Tod auf der Kohleninsel

Arnd Rüskamp ist am südlichen Rand des Ruhrgebiets am Baldeneysee geboren. Er hat Publizistik studiert, war Reporter und Moderator, Soldat und Biker, Autor und Verleger. Er lebt im Ruhrgebiet und in seiner Teilzeitheimat zwischen Schlei und Ostsee.

Dagmar Maria Toschka ist durch und durch Rheinländerin. Sie wurde am Niederrhein geboren und lebt heute mit ihrem Mann in Köln, wo die Autorin auch eine Praxis für Gesprächs- und Schreibtherapie führt.

Dieses Buch ist ein Roman. Handlungen und Personen sind frei erfunden. Ähnlichkeiten mit lebenden oder toten Personen sind nicht gewollt und rein zufällig.

Schimanski, dachte Theo Bosman.
Dann verlor er das Bewusstsein.

Fund auf der Kohleninsel

Bernard Bosman holte weit aus und schleuderte einen Knüppel mit aller Kraft über die Kohlehalde hinweg. Sein Hund schoss sofort nach vorn. Der Knüppel drehte sich langsam vor dem violettfarbenen Himmel und verschwand nach einigen Umdrehungen im Gegenlicht der untergehenden Sonne trudelnd hinter der schwarzen Kuppe. Blacky, der temperamentvolle Labrador, folgte dem Stock mit kurzen Sätzen, Kohlenstaub stieg auf, als er über den Grat sprang.

Bernard Bosman atmete tief ein und ging leicht in die Hocke, um das Glitzern der Sonnenstrahlen im Staub der Kohle besser sehen zu können. »Morgen male ich das«, murmelte er.

Blacky bellte. Das war ungewöhnlich. Der ehemalige Polizeihund, der Bernard von seinem Vater anvertraut worden war, bellte, wenn er einen Angreifer stellte oder einen Fund anzeigte, aber nicht, wenn er apportierte.

Bernard lief um die etwa sechs Meter hohe Halde, an deren Fuße er gehockt hatte, herum. Als er auf der anderen Seite ankam, musste er blinzeln. Die untergehende Sonne blendete ihn. Blacky bellte noch immer. Als Bernard ihn erreichte, verstand er, warum. Der Sommerabend hatte seine Unschuld verloren.

Er stolperte einige Schritte zurück und zog sein Handy aus der Hemdtasche, tippte kurz auf das Kontaktfoto seines Vaters. Freizeichen.

Theo Bosman, nur gut zwei Kilometer entfernt, hörte den Refrain von »The Rising«. Er öffnete die Augen und las in der oberen rechten Ecke seines Gesichtsfeldes: »Horst Schimanski«. Weiß auf blau. Dann verstand er. Er lag in der Schimmi-Gasse. Bruce Springsteen hörte auf zu singen.

Theo Bosman griff sich an den Kopf. Ein taubes Gefühl. Benommen schaute er nach links und rechts. Keine Menschenseele. Ein Schiffsdiesel schickte sein beruhigendes Tuckern vom Rhein rüber. Er richtete sich auf, war unsicher auf den Beinen, stützte sich mit der linken Hand an einer Hauswand ab. Erneut meldete sich sein Handy. Er fingerte es aus der Innentasche seiner alten Lederjacke. Das Display zeigte seinen Sohn Bernard.

»Papa, du musst kommen. Auf die Kohleninsel. Hier liegt eine Leiche«, rief Bernard. Seine Stimme zitterte, während er hastig mit Blacky an der Leine in Richtung seines Schiffs lief.

Theo wollte mit seinem Sohn sprechen, konnte es aber nicht. Seine Zunge streikte. Taumelnd lief er die paar Schritte zum Geländer, das den Vinckekanal von der Promenade trennte. Seine Finger kribbelten. Bei seiner letzten Ohnmacht war das auch so gewesen. Mit der rechten Hand wischte er sich fahrig über die Augen. Sein Blick schweifte über das Heck des Museumsdampfers »Oskar Huber«, über das graue Wasser im Hafenbecken und die Speditionsinsel hinweg auf den Rhein. Ruhrort, an einem lauen Augustabend. Ruhrort, wie an jedem anderen Tag. Das geschäftige Treiben klang bereits aus.

Langsam spürte Theo Bosman seine Zunge wieder und versuchte, sich zu sortieren. Sein Sohn hatte also eine Leiche gefunden. Er holte das Handy wieder hervor, der Anruf war beendet. Er rief zurück. Aber Bernard ging nicht ran. Wo war der Junge? Wo lag sein Schiff, die »Alma«, überhaupt?

Bernard und seine Frau Lea waren gestern Nacht erst aus Rotterdam zurückgekommen. So viel wusste er. Er wählte die Nummer seiner Schwiegertochter. Freizeichen, sonst nichts.

Theo Bosman sah sich um. An der Hauswand seiner Stammkneipe lehnte sein Fahrrad. Er hatte ein Bier bei Hübi getrunken. Er schaute auf seine Armbanduhr. Einundzwanzig Uhr dreiundfünfzig. Als das heute-journal begann, hatte er die Kneipe verlassen. Es waren also rund acht Minuten vergangen, in denen er offensichtlich ohnmächtig geworden war, Bernards Nachricht entgegengenommen und erfolglos versucht hatte, die Kinder zu erreichen.

Kohleninsel. Eine Leiche. Warum hatte Bernard nicht die Polizei gerufen? Was hatte er damit zu tun? Es half nichts, er musste da rüber. Gute zehn Minuten, länger würde er mit dem Rad nicht bis zur Kohleninsel brauchen.

Bernard Bosman ließ sich in den alten Korbsessel fallen. In dem hatte seine Oma Maite früher immer gesessen, wenn sie Opa auf der Brücke Gesellschaft leistete. Blacky legte sich neben ihn und knurrte. Bernard zog das Handy aus der Gesäßtasche seiner Jeans. Drei Anrufe seines Vaters in Abwesenheit. So schnell er konnte, war er zu seinem Schiff gerannt und hatte in der Hektik das Klingeln offenbar nicht wahrgenommen. Jetzt rief er ihn zurück, noch immer schwer atmend.

»Warum hast du vorhin nicht abgenommen?«, blaffte Theo ihn an. »Wo bist du? Und: Was hast du damit zu tun?«

»Bist du bescheuert? Was soll ich damit zu tun haben? Eine Leiche. Da will ich gar nichts mit zu tun haben. Du bist doch der Ex-Bulle. Was fragst du solche Sachen? Mir ist schlecht.«

»Wo liegt die Leiche?«

»Gleich hinter der ersten Halde. Zur Ölinsel hin. Ich will da nie wieder drüber sprechen.«

»Hast du was angefasst?«

»Du bist wirklich bescheuert.«

»Wo bist du?«

»Auf der ›Alma‹. Schrottinsel, Südseite.«

»Wo ist Lea?«

»Weiß ich nicht.«

»Such sie und bleibt zusammen an Bord. Ich melde mich.«

»Hütehund, du hättest Hütehund werden sollen«, antwortete Bernard. Aber sein Vater hatte bereits aufgelegt.

Theo Bosman nahm die Abkürzung über die Gleise zur Speditionsinsel. Um sich im Gewirr aus Schienen, Straßen und Hafenbecken zurechtzufinden, hatte er als junger Kommissar der Wasserschutzpolizei Jahre gebraucht. Jetzt kannte er Ruhrort, jenen Stadtteil von Duisburg, wo Rhein und Ruhr zusammenflossen, wie seine Westentasche.

Ostwind. Die sanfte Abendbrise trug das Rauschen der Autos von der A 59 herüber. Ein Ladekran quietschte. Die Kohleninsel menschenleer. Die in die verzweigten Wasserflächen ragenden Halbinseln waren das Herz des Hafens, aber um diese Tageszeit konnte man sich hier verloren fühlen.

Inzwischen war die Sonne untergegangen, und erste Sterne funkelten am wolkenlosen Himmel. Theo stieg vom Rad und schob es über die weitläufige Fläche auf die Halden zu. Er suchte nach Spuren, entdeckte aber nichts Auffälliges.

»Du bleibst schön bei mir, hörst du?«, instruierte Bernard Bosman den Labrador und verließ die Brücke, um den Kühlschrank im Vorratsraum anzusteuern.

Die »Alma« war ein modernes Binnenschiff, ausgerüstet mit allen technischen Finessen und für seine Eigner die sichere Grundlage ihrer Existenz gewesen – damals, 1964. Tom Bosman hatte das Schiff gekauft, es nach seiner Mutter benannt und 1969 in einer stürmischen Herbstnacht seinen Sohn Theo in der Kombüse gezeugt. Dessen Nachgeborener Bernard Bosman war seit einem knappen Jahr neuer Kapitän an Bord und konnte das Schiff nur halten, weil seine Liebste einen florierenden Online-Handel mit Karnevals- und Partyartikeln betrieb. Und Lea war es, an die sich Bernard nach dem Fund der Leiche jetzt gern gekuschelt hätte. Seine Hände zitterten und seine Beine auch. Lea war nirgendwo aufzutreiben, ans Handy ging sie nicht.

Er griff sich eine Flasche Bier aus dem Kühlschrank, warf die Tür zu, drehte sich wieder um und erschrak beinahe zu Tode. Wenige Zentimeter vor ihm fletschte ein Zombie seine Zähne und schaute ihn aus blutunterlaufenen Augen an.

»Bernie, ich mach mich nass.« Der Zombie brüllte vor Lachen. »Du bist wirklich die größte Pussy zwischen Ijsselmeer und Binger Loch.« Lea war zurück und trug die neueste Maske aus ihrem Schockerangebot.

Bernard rutschte mit dem Rücken am Kühlschrank hinunter und verharrte in der Hocke. Lea zog sich die Maske vom Gesicht, beugte sich zu ihm runter und legte ihre Hand auf seine Wange.

»Was ist los?«

Er öffnete den Mund, schüttelte den Kopf und lehnte sich zurück, ohne etwas zu sagen. Seine Frau griff an die linke Seite des Kühlschranks. Dort hing ein Kapselheber. Sie nahm Bernard die Flasche aus der Hand, öffnete sie, trank einen Schluck und hielt ihm das Bier wieder hin. Schaum trat aus der Öffnung.

Bernard nahm die Flasche, stellte sie aber zwischen seinen Füßen ab. Lea setzte sich links neben ihn, zog ein Päckchen Tabak aus dem engen Ärmel ihres Shirts und drehte zwei Zigaretten. Sie zündete beide an und reichte eine ihrem Mann. Dann rauchten sie und schwiegen. Lea stand auf, kam mit einem Aschenbecher zurück und setzte sich Bernard nun gegenüber auf den Boden. Er aschte ab.

»Bernard, ist was mit deinem Dad, wieder sein Herz?«

»Ich habe eine Leiche gefunden.«

Lea Bosman schaute sich hektisch um. »Hier?«

»Auf der Kohleninsel. Ich war mit Blacky raus.«

»Oh Gott.«

»Es war so furchtbar. Die Frau hatte eine Tüte über dem Kopf.«

Bernard umfasste Leas Hand und zog sie auf seinen Oberschenkel. »Ich hab einen Stock geworfen, Blacky ist hinterher, kurze Zeit später bellte er.«

»Er bellt doch nie, wenn er einen Stock holt.«

»Eben. Ich bin sofort hin. Um die Kohlenhalde rum.«

»Hast du Boss angerufen?«, fragte sie.

Er nickte.

Theo Bosman hatte sich der Leiche zunächst nicht weiter als bis auf zehn Meter genähert. Er wollte keine Spuren zerstören. Nun trat er aber doch langsam heran. Der Boden aus Kohlenstaub war so hart und trocken, dass keine Fußabdrücke zu sehen waren. Er leuchtete das Umfeld mit einer Taschenlampe ab, außer einer zerdrückten Zigarettenschachtel gab es nichts zu sehen, was hier nicht hingehörte.

Er näherte sich dem leblosen Körper von den Füßen her, und auf den ersten Blick erkannte er die Schuhe von Guste Krawitz. Es waren zeitlose mittelbraune Halbschuhe mit einem kleinen Keilabsatz, orthopädische Schuhe, die sie immer trug. Sie besaß vermutlich drei oder vier Paar, die einander ähnelten wie eineiige Zwillinge.

Theo hatte schon einige Opfer von Gewaltverbrechen gesehen, aber noch nie jemanden persönlich gekannt. Die Erkenntnis, dass es Guste war, die vor ihm im Dreck lag, stach wie ein Messer in sein Herz. Seit Jahren hatte er seinen Kaffee an ihrem Kiosk auf dem Neumarkt getrunken, über die Love Parade diskutiert, die Kanzlerin durch den Kakao gezogen, sich mit ihr um Mellie, die obdachlose Fixerin, gesorgt und die aktuellen Zipperlein besprochen. Guste gehörte zu den Menschen, die er in der letzten Zeit am häufigsten gesehen hatte. Auch noch mit neunundsechzig hatte sie jeden Morgen pünktlich um sechs an ihrem Kioskfenster gestanden, mit frisch geschmierten Brötchen.

Theo machte zwei tastende Schritte hin zum Kopf, der in einer beschlagenen Plastiktüte steckte. Er ging leicht in die Knie. Die rechte Gesichtshälfte konnte er nur schemenhaft erkennen. Die Haut schien im Licht der Taschenlampe bläulich verfärbt. Guste war wahrscheinlich unter der Plastiktüte erstickt.

Er schaute sich noch einmal um, nichts deutete darauf hin, dass sein Sohn hier gewesen war, und es gab keinen Anlass, die Polizei darüber in Kenntnis zu setzen. Theo wusste nicht genau, warum er Bernard da raushalten wollte. Sein Instinkt riet es ihm. Und so griff er zum Handy und wählte den Notruf. Dann hockte er sich neben die Tote.

»Guste, ich lass dich jetzt nicht allein. Kannst unbesorgt sein. Und ich verspreche dir, dass ich rausfinde, wer das gemacht hat.«

Um zweiundzwanzig Uhr vierundfünfzig sah Theo Bosman den blauen Schein der anrückenden Polizeifahrzeuge über die Kohleninsel zucken.

»Die machen jetzt gleich nur ihren Job, Guste. Darfst du nicht persönlich nehmen.«

Er stand auf, trat einen Schritt zurück und deutete eine Verneigung an.

Eine junge Polizistin, die Theo nicht kannte, näherte sich mit Taschenlampe. Sie stellte ihm einige Fragen, nahm seine Personalien auf und schickte ihn mit der Ankündigung, man werde sich an ihn wenden, hinter die Absperrung. Wenige Minuten später trafen die Beamten der Kriminaltechnik ein und bauten Scheinwerfer auf. Im Schwarz von Nacht und Kohleninsel wurde Guste Krawitz nun hell angeleuchtet. Ein Beamter in weißem Schutzanzug machte Fotos.

Theo schob sein Fahrrad über den dunklen Boden zur Straße. Stimmen und Geräusche hinter ihm wurden leiser. Jetzt war Guste allein mit all den Fremden.

Er überquerte die Straße, lehnte sein Fahrrad an einen Laternenpfahl und wartete. Zwanzig Minuten vergingen. Dann näherten sich Scheinwerfer aus Richtung Schlickstraße. Das Auto wurde langsamer, blinkte und bog auf die Kohleninsel ein. Aus dem geöffneten Seitenfenster hörte Theo Volksmusik. Es war ein Leichenwagen.

»Gute Reise«, murmelte Theo, stieg auf und radelte durch die Nacht nach Hause. Wenn man ihn noch weiter befragen wollte, wusste man ja, wo er zu finden war.

Am Neumarkt, mitten in Ruhrort, stoppte er. Der Platz war leer und ganz still. Am Kopfende der kleine Flachbau, in dem Gustes Kiosk der tägliche Anlaufpunkt für viele Ruhrorter war. Er umrundete die Bude. Kurz vor dem Eingang des Anbaus stutzte er. Neben der Tür sah er ein Graffito. Rote Farbe auf rotem Backstein.

Theo zog seine Taschenlampe aus der Jacke und las: »Eltern haften für ihre Kinder.« Er fuhr mit dem Finger über das »E«. Nicht mehr nass, aber klebrig. Er steckte die Taschenlampe ein, machte ein Foto mit seinem Handy und schickte es seiner Ex-Frau Ella, der Staatsanwältin, die sich bald mit Gustes Tod befassen würde. Vielleicht hatte man sie auch schon geweckt.

Dann fiel sein Blick auf den alten Rettungsring, den Guste zur Verschönerung ihres Kiosks an die Wand gehängt hatte. Ein Geschenk von Knut Janssen, als der vor Jahren seinen Kahn aufgeben musste und in Rente ging. Nun steckte ein Messer darin. Theo fotografierte es ebenfalls und schickte es Ella.

Die letzten Meter über den Neumarkt hinüber in die Rheinbrückenstraße zu seiner Wohnung schob Theo Bosman das Fahrrad wieder und fühlte sich erschöpft.

Er legte »Streets of Philadelphia« von Springsteen auf und schlief lange nicht ein.

Verstrickt

Ein zunächst monotones, unangenehm lautes, dann an- und abschwellendes Jaulen weckte Theo Bosman. Er brauchte einen Moment, bis ihm klar wurde, dass seine Mitarbeiterin Raluca Wiesel einen wenig dezenten Weckruf mit dem Staubsauger aussandte. Eigentlich sollte sie sich um die Buchhaltung seiner »Agentur für maritimes Consulting« kümmern, Anrufe erledigen, recherchieren. Siebeneinhalb Stunden in der Woche. Aber Raluca war eigentlich immer da. So fühlte es sich jedenfalls für ihn an. Er mühte sich aus dem Bett, fuhr mit den Fingern durch seine Haare und trat in die Küche.

»Raluca, guten Morgen. Langeweile? Oder wollen Sie mir was sagen?«

Er blieb unter dem großen Dachfenster stehen und schaute hinaus in den Hinterhof. Dort parkten zwei Autos. Seine alte Klapperkiste und ein nachtblauer Jaguar, der hier eigentlich nicht hinpasste.

»Boss, Sie sehen ein bisschen angegreift aus. Wie nach schlechter Nacht.«

»Angegriffen, Raluca«, korrigierte er seine rumänischstämmige Assistentin. Es war ein Spiel zwischen den beiden. Raluca gab die radebrechende Roma, Theo den großspurigen Besserwisser. Er vermutete, dass sie das Spielchen erfunden hatte, um seine Aufmerksamkeit zu wecken, wenn sie es für nötig hielt. Hin und wieder ließ er sich gern darauf ein. Nun aber ging ihm Guste durch den Kopf.

»Habe Müsli für Sie gemacht.« Raluca deutete auf den Küchentisch und verschwand mit dem Staubsauger im Büro. Sie schloss die Tür hinter sich, und das Jaulen begann von Neuem.

Theo setzte sich. Neben dem Müsli lag ein Schreiben des Duisburger Finanzamtes. Daran, mit einer Büroklammer befestigt, Ralucas Kommentare und Handlungsanweisungen. Die Welt machte keine Pause. Er schob den Bürokram zur Seite und löffelte lustlos den gesunden Brei in sich hinein.

Gerade als er aufstand, um sich einen Kaffee zu machen, tauchte Raluca wieder auf und winkte mit seinem Telefon. »War lautlos. Sieben verpasste Anrufe Ihrer Ex-Frau.«

Theo antwortete nicht, ließ sie weiter wedeln, ging ins Bad, duschte, zog sich an und grüßte zum Abschied kurz in sein Büro, in dem Raluca auf ihrem überdimensional großen Tischrechner herumtippte. Ein Relikt aus der Ära Ceauşescu, wie er vermutete.

»Boss, ich mache eine köstliche Gemüsesuppe mit Fleischbällchen. Nicht fremdessen, okay?«

Mit einem versteckten Seufzer verließ er seine Wohnung. Vor der Haustür noch ein Blick aufs Handy. Neun verpasste Anrufe. Seine Ex blieb wie immer hartnäckig.

Der noch junge Tag wurde schon drückend warm. Theo ließ das Auto stehen und entschied sich für die Straßenbahn. Er überquerte den Neumarkt, registrierte, wie die Polizistin vom Vorabend mit zwei Kollegen den Kiosk in Augenschein nahm, beschleunigte den Schritt und bog rechts ab, um entlang des begrünten Haniel-Geländes nach einer knappen Viertelstunde die Haltestelle am Tausendfensterhaus zu erreichen. Gerade rechtzeitig.

Die 901 rumpelte mit ihm und einem Dutzend lärmender Jugendlicher erst über den Vinckekanal, dann den Hafenkanal, die Ruhr und den Innenhafen Richtung Hauptbahnhof. Dort stieg Theo aus, ging die restliche Strecke im Schatten der Straßenbäume zu Fuß und betrat nach Monaten wieder einmal den viergeschossigen Zweckbau der Staatsanwaltschaft. Zwei Treppen musste er nehmen, dann stand er vor der Tür seiner Ex. »Dr. E. Lanken-Bosman, Kapitalsachen, Staatsanwältin«, stand Respekt einflößend auf ihrem Türschild.

Er trat ein, ohne zu klopfen, und erwartete eine Rüge der Vorzimmerdame, die ihn nicht mochte. Ein Gefühl, das auf Gegenseitigkeit beruhte. Aber Frau Bärchter thronte ausnahmsweise nicht auf ihrem Gymnastikball, und so konnte er gleich ins Allerheiligste vordringen.

Ella telefonierte, hob den Kopf und reagierte mit einem gestressten Blick. Er schlenderte zum Sideboard. Dort standen eine

Kaffeemühle, eine Siebträgermaschine, Espressotassen und eine Dose, deren verlockender Inhalt, wie er genau wusste, sehr gute Cantuccini waren. Ella liebte Italien und hörte heimlich Eros Ramazzotti.

Theo winkte mit einer Tasse zum Schreibtisch und formte mit den Lippen: »Du auch eine?«

Ella Lanken-Bosman knallte laut den Hörer auf die Basisstation. »Du bist verstrickt, und unser Sohn ist es auch. Du Meisterdetektiv«, sagte sie mit gepresster Stimme.

Theo drehte sich um, ohne zu antworten, mahlte Kaffeebohnen, presste das Mehl mit dem Tamper an, befestigte den Siebträger und startete den Brühvorgang. Mit zwei Tassen duftenden Espressos trat er an ihren Schreibtisch, setzte sich auf den Besucherstuhl und legte die Beine auf einen Aktenwagen. »Du hast versucht, mich zu erreichen, Ella.«

Sie reagierte wütend auf dieses Machogehabe. »Was hat Bernard damit zu tun?«

»Habe ich ihn auch gefragt, und unser Sohn war nicht amüsiert. Zufall, Ella, bloßer Zufall. Er hat Blacky ausgeführt.«

»Das hat er mir auch erzählt.«

Theo zuckte mit den Schultern.

»Können wir dabei bleiben, dass du sie gefunden hast?« Ellas Frage klang eher wie eine Anordnung.

Er nickte. »Warum hast du mich angerufen?«

»Als wäre das nicht klar. Obendrein hat Krähling einen Hexenschuss, und die kleine Müller ist in Mutterschutz. Personalengpass. Solltest du bei deinen Ermittlungen für die Versicherung X oder den Bootseigner Y zufällig Erkenntnisse gewinnen, die uns im aktuellen Fall helfen, wäre ich über einen Hinweis nicht unfroh.«

»Wie redest du denn? Lauter Konjunktive. Und wie fühlt es sich an, wenn du nicht unfroh bist? Ella, hast du einen neuen Freund? Ministerium? Düsseldorf? Doch hoffentlich nicht Welling, diesen Speichellecker.«

Ella grinste. »Eifersüchtig?«

»Ts«, war Theos einzige Reaktion. »Kann ich euch Spesen berechnen?«

»Nein.« Sie verdrehte die Augen. »Warum Guste?«

»Keine Ahnung. Einen Liebhaber hatte sie nicht, soviel ich weiß. An Raubmord glaube ich nicht. Hätte sich nicht gelohnt. Es ist mir ein Rätsel.«

»Als wir noch zusammenwohnten, bin ich morgens immer bei ihr vorbei, um Zeitungen mit ins Büro zu nehmen«, erinnerte sich Ella. »Nie ein böses Wort. Sie war immer nett. Stets am Schicksal der anderen interessiert.«

»Das könnte zumindest theoretisch ein Anpack sein. Der Ruhrorter Kulturverein drängte sie seit ein oder zwei Jahren, als Parteilose für den Duisburger Rat zu kandidieren. So viel Zuspruch wünschte sich mancher Fraktionsvorsitzender.«

»Unsinn, Theo, deshalb bringt man niemanden um. Wir sind keine Bananenrepublik. Aber was ist mit diesem Graffito am Kiosk? ›Eltern haften für ihre Kinder.‹ Verstehe ich nicht. Guste hat doch keine Kinder. Siehst du da einen Zusammenhang?«

Theo machte ratlose Armbewegungen, wobei er den Bericht der Gerichtsmedizin auf dem Schreibtisch liegen sah. Er griff danach.

»Na, na.« Ella war schneller.

»Erzähl's mir, oder ich gehe wieder.«

»Sie ist erstickt. Unter der Plastiktüte. Zuvor wurde sie gewürgt. Sie war höchstwahrscheinlich ohnmächtig, als man ihr die Tüte über den Kopf zog.«

»Klingt nach Laien. Wozu der doppelte Aufwand?«

»Sie wollten sichergehen?«

»Ist sie unter der Tüte noch mal zu Bewusstsein gekommen?«

»Wissen wir nicht.«

»Hat sie sich gewehrt?«

»Blutergüsse an den Unterarmen. Die rechte Schulter ausgekugelt. Man hat ihr die Arme auf den Rücken gedreht. Schürfwunden an Beinen und Ellbogen, dort auch weiße Lacksplitter.«

»Der Auffindeort ist nicht der Tatort?«

»Noch unklar.«

»Reifenspuren?«

»Ja, aber nicht verwertbar. Der Boden ist zu hart.«

»Was ist mit dem Messer im Rettungsring?«

»Dutzendware. Könnte jedem gehören. Kaum brauchbare Fingerabdrücke. Da muss es keinen Zusammenhang geben.«

»Sonst was?«

Ella nickte. »In der Tüte, in ihrem Mund und in ihrer Lunge haben wir Spuren von Heroin gefunden. Unverschnitten. Beste Qualität.«

»Da müsste man doch auf Basis der Eindringtiefe in die Lunge sagen können, ob sie unter der Tüte noch einen tiefen Atemzug genommen hat.«

»Warum reitest du so darauf rum?«

Theo Bosman schlug mit der Hand auf den Schreibtisch. Seine Espressotasse kippte um. »Ich will wissen, was diese Arschlöcher mit Guste gemacht haben. Haarklein. Und dann hol ich sie mir, diese Frettchen.«

»Theo, darf ich daran erinnern, dass deine Karriere bei der Polizei genau so ihr unrühmliches Ende nahm?«

Er wischte die kleine Kaffeelache mit der Hand weg und deutete dann mit dem Zeigefinger auf seine Ex-Frau. »Ich krieg die, Ella, ich krieg die.«

Er ging Richtung Tür, die sich öffnete, bevor er sie erreichte. Im Rahmen stand die junge blonde Polizistin, die ihn auf der Kohleninsel befragt hatte. Einen Gruß andeutend, schob er sich an ihr vorbei und ging zügig den Flur runter.

Ihm war wieder schwindelig. Er bekam schlecht Luft. Am Treppenabgang blieb er kurz stehen, schlug sich auf die Brust. Irgendwas rumpelte da, war aus dem Takt geraten. Einige Atemzüge lang stützte er sich auf das Geländer. Dann ging er zurück zum Büro seiner Ex-Frau und öffnete die Tür.

Die beiden Frauen standen am Fenster. Theo trat einen Schritt in den Raum. »Meine Karriere, Ella, meine Karriere nahm kein unrühmliches Ende. Ich habe gekündigt, weil ich es nicht mehr ertragen habe, dass wir keine Gerechtigkeit schaffen konnten. Und das weißt du.«

Fünf Minuten später saß Theo Bosman in einem Taxi. »Mülheim, Hafenstraße«, gab er dem Fahrer als Ziel an.

Er musste aufs Wasser.

Um links am Hafen einbiegen zu können, wartete der Taxifahrer den Gegenverkehr ab. Nach einigen Lkws mit Containern, die donnernd vorbeirollten, bog vor ihnen der pinkfarbene Cadillac von Dörte Gathmann ab. Theo Bosman atmete tief durch.

Der Taxifahrer pfiff. »Leck mich am Arsch. Wat 'ne abgefahrene Karre. Und die Uschi. Hasse die Uschi gesehen?«

Theo machte nur: »Hm.«

Das Taxi kam hinter Dörtes Straßenkreuzer zum Stehen, und während er noch zahlte, lief sie bereits mit ausgebreiteten Armen auf ihn zu.

»Na, Boss. Kleines Schnäpschen, wir beide?«

»Dörte, es ist noch hell. Außerdem hatte ich einen Scheißtag gestern.«

Das ließ sie nicht gelten. »Mach ich dir 'ne Hühnersuppe. Auch kein Ding.« Sie hakte sich bei ihm unter.

Dörte Gathmanns Boot lag neben seinem. Sie war eine herzensgute, wenn auch leicht zwielichtige Person. Angeblich hatte sie mit siebzehn Abi gemacht, in London irgendwas mit Business studiert, in den Neunzigern ein Vermögen mit Geschäften an der Börse gemacht, danach alles verzockt, und jetzt mit Anfang vierzig war sie die Chefin eines Unternehmens, das sein Geld mit Sexspielzeug verdiente. Dörte kam stets gut gelaunt daher, Dezenz gehörte nicht zu ihren Eigenschaften. Sie trug immer ein wenig zu viel Make-up, hellrosa Lippenstift, wasserstoffblonde Haare, jede Menge Rouge. Und die Pflege nachbarschaftlicher Beziehungen stand ganz weit oben auf ihrer Prioritätenliste.

»Zehn Minuten, Dörte, mehr habe ich nicht.«

Sie hörte gar nicht zu, sondern zog ihn auf ihre Yacht, die doppelt so lang war wie seine. Pragmatisch wie sie war, füllte sie rasch eine Dose Hühnersuppe in eine Suppenschale um und schob sie in die Mikrowelle. Dann setzte sie sich zu Theo.

»Na, lass dich nicht bitten. Wo drückt der Schuh?«

»Möchte nicht darüber sprechen.«

Seine Gastgeberin ließ sich nichts anmerken und schaltete sofort um: »Kampmann will die Liegegebühren erhöhen.«

»Soll er.«

»Ich könnte den Hafen hier kaufen.«

»Ach, Dörte. Das ist Kampmanns Leben. Hast du mal seinen Fernseher gesehen? Der ist mindestens zwanzig Jahre alt. Lass ihn.«

Dörte zog ihre angemalten Augenbrauen hoch und rollte mit den Augen, sagte aber nichts mehr dazu. Stattdessen fragte sie: »Gehst du ins Stadion am Wochenende?«

»Wollte ich, aber ich habe zu tun.«

»Willst aber nicht drüber sprechen.«

»So ist es.«

Die Mikrowelle klingelte. Dörte nahm einen Löffel, probierte die Suppe und verzog das Gesicht. »Wer soll das denn essen?«

Sie kippte die Suppe in den Ausguss. »Na, dann will ich dich mal ziehen lassen. Und denk dran: Heute Abend ist Skat. Wenn du was brauchst«, sie hielt Daumen und kleinen Finger an ihr rechtes Ohr, »ruuuf mich aaan.«

Theo kletterte an Land und ging dann an Bord seiner »Calypso«. Das Thermometer an der Schuppentür gegenüber den Liegeplätzen zeigte sechsundzwanzig Komma sieben Grad.

»Hühnersuppe«, sagte er zu sich selbst und musste lächeln. Dörte war anstrengend, aber einmalig.

Er schob die Tür seines Schiffs vom Typ Jeanneau auf. Ein Schwall heißer Luft kam ihm entgegen. Rasch machte er ein paar Schritte zum Cockpit und öffnete das große Schiebedach. An Backbord bot die kleine Pantry einen Kühlschrank. Theo griff hinein, schraubte eine Flasche auf und trank in langen Zügen das kühle Nass aus Walsum. Er dachte an den Weg des Wassers. Wie der Regen vor vielen Jahren irgendwo versickerte, seinen Weg durch die Erde fand, mit Mineralien angereichert wurde und nun seinen Durst stillte. Wenn Theo Bosman vor irgendwas Ehrfurcht hatte, dann vor Mutter Erde. Vor den Elementen. Vor dem Leben.

Er dachte an Guste, und ihm kamen die Tränen. Die bereits halb geleerte Flasche stellte er auf den Tisch und schaute hinüber zur Schleuse. Vielleicht sollte er mal wieder raus. Richtig raus auf die Nordsee. Hundertfünfzig Seemeilen etwa. In gut acht Stunden könnte er dort sein.

Mit einem Bling kündigte sich eine E-Mail an und holte

ihn aus seinen Tagträumen von der Weite des Meeres. Raluca erinnerte ihn daran, dass er Kruse von der Schiffsversicherung versprochen hatte, das Ergebnis seiner Nachforschungen im Falle des havarierten Tankschiffes nicht nur telefonisch, sondern nun auch endlich mal schriftlich zu übermitteln. Er rief Raluca an.

»Bitte halten Sie mir das vom Hals. Meine Notizen liegen auf dem Schreibtisch, die Fotos sind auf der Speicherkarte in der Kamera. Der Kapitän war betrunken und hat seinen sechzehnjährigen Neffen steuern lassen. Sie wissen doch, wie Kruse es gern hat. Ich hab da jetzt keinen Kopf für.«

»Gern. Kann ich gleich machen. Kein Problem. Denken an Gemüsesuppe?«

»Ja, Raluca. Ich denke und danke.« Er legte auf. Wenn Raluca ihm den Rücken jetzt frei hielt, würde er sich zumindest ein paar Tage dem Fall Guste widmen können.

Er verstand nicht, warum sich Heroin in der Tüte befunden hatte, die man ihr über den Kopf gezogen hatte. War es Zufall? Hatte man irgendwann vorher Stoff in der Tüte transportiert? Jedenfalls deutete es auf Täter aus der Szene hin. Junkies, Dealer, Rauschgiftfahnder. Aber er kannte sich mit dem Thema nicht aus. Der zuständige ehemalige Kollege im Präsidium konnte ihn nicht leiden. Blieb Harry Blumster von der Wasserschutzpolizei, der ihm vielleicht etwas zu auffälligen Vorkommnissen im Hafen erzählen konnte, und selbstverständlich würde er sich an Rick wenden. Rick Boysen, dem er einst das Leben gerettet hatte, der sein Geld mit Geschäften verdiente, von denen Theo Bosman lieber nichts wissen wollte. Dass Dörte und Rick sich kannten, schien logisch. Dass er selbst Umgang mit der Halbwelt pflegte, war Zufall. Jedenfalls redete sich Theo das ein. Heute Abend würde er Rick beim Skat auf Dörtes Yacht sehen und um Hilfe bitten.

Er trank den Rest Mineralwasser und holte dann aus der Vorderkajüte seinen Tablet-PC. Dörte spendierte seit einem Jahr WLAN für alle. Seitdem surften sie hier im Hafen mit Highspeed. Er suchte nach »Heroin+Duisburg« und erhielt neunundsiebzigtausendneunhundert Treffer. Spaßeshalber gab er »Kaffee+Duisburg« ein. Fünfhundertdreiundfünfzigtausend

Treffer. Das relativierte die Präsenz der Droge in der virtuellen Welt. Bedachte man aber, dass Heroin illegal war, schlug sich das Wort erschreckend häufig im Netz nieder.

Guste und er hatten sich seit ein paar Jahren ein bisschen um Mellie gekümmert, eine Fixerin aus Ruhrort, die im Sommer ab und zu am Hochbunker schlief. Mellie war bisher sein einziger Kontakt zum Drogenmilieu gewesen. Wo steckte die überhaupt? Bestimmt war es drei oder vier Wochen her, dass er sie zuletzt gesehen hatte.

Theo klickte sich weiter durch den Wust an Informationen zum Thema Drogen. Er erfuhr, dass etwa zweihunderttausend Menschen in Deutschland Heroin spritzten, dass fast tausend Menschen pro Jahr infolge des Konsums starben. Davon achtzig Prozent Männer. Der Altersdurchschnitt der Toten lag bei siebenunddreißig Jahren, zumindest nach dem Bericht der Deutschen Beobachtungsstelle für Drogensucht. Weltweit entstanden aus dem Handel mit Drogen Einnahmen von ungefähr sechshundert Milliarden US-Dollar, las er weiter und notierte auf seinem Block auch, dass die Mafia nun Duisburg für ihre Aktivitäten entdeckt hatte.

»Harry anrufen, Rick ausquetschen, Mellie suchen«, schrieb er auf den Block und spürte Müdigkeit in allen Knochen. Er brachte den Sonnenschutz an Achtern in Position, griff sein Handy, drückte die Ohrstöpsel an ihren Platz, legte sich auf die Bank, hörte Springsteen »Tougher than the Rest« singen, dachte an Betty und nickte ein.

***

Betty Harmes schlug die Augen auf. Ihr war jedes Zeitgefühl abhandengekommen. Wie spät mochte es sein? Der Wecker hatte noch nicht geklingelt. Sie tastete auf dem Boden neben dem Bett nach ihm und hob ihn auf Augenhöhe: neun Uhr achtundzwanzig. Um zehn sollte sie das Café Kaldi aufschließen.

Noch während sie den Wecker in der Hand hielt und darüber nachdachte, ob sie sich kurz rumdrehen sollte, um weiterzuschlafen, klingelte das Ding. Am liebsten hätte sie es gegen die

Wand geschmissen. Aber sie stellte es nur aus und auf den Boden zurück. Müde richtete sie sich auf, sie war erst spät ins Bett gekommen.

Ein Blick zum Schreibtisch genügte, um ihr schlechtes Gewissen zu aktivieren. Dieses Schreiben im Fall Brastelt musste heute dringend fertig werden. Wenn sie Glück hatte, war im Café nicht viel los und sie würde es dort erledigen können. Der allmorgendliche Dreiklang stand nun an: aufstehen, duschen, Kaffee trinken. Letzteres würde schon im Kaldi stattfinden müssen, sonst reichte die Zeit nicht.

Sie tapste ins Bad, das Wasser erfrischte sie. Ihre Zähne putzte sie wie immer unter der Dusche, das sparte Zeit, optimierte die Arbeitsabläufe. Sie zog ein weißes T-Shirt aus dem Stapel im Schrank, dazu eine frische Bluejeans, packte Laptop samt Unterlagen in ihre Aktentasche, schnell in die grünen Flip-Flops, und schon ging's los. Mit noch nassen Haaren schloss sie etwa fünf Minuten später das Café ihrer Freunde Katja und Raik auf.

Puh, da musste erst einmal Luft rein, es miefte nach Bier und Schweiß. Die geschlossene Gesellschaft vom Vorabend hatte Spuren hinterlassen und sich im Laufe des Abends immer mehr geöffnet für vorbeikommende, uneingeladene, aber willkommene Nachbarn und Mitbürger aus Ruhrort. Zum Schluss war das Café aus allen Nähten geplatzt, Betty kam kaum mehr mit den Bestellungen nach, die Stimmung wurde laut und lustig, Betty am Ende müde und zerknirscht. Denn sie wusste, wie viel Arbeit sie für ihre Mandantin zu erledigen hatte. Nun öffnete sie die Tür so weit es ging, stellte einen Stuhl davor und nahm die Kaffeemaschine in Betrieb.

An Gustes Kiosk war sie heute nicht mehr vorbeigegangen, um sich ein Brötchen zu holen, dafür war es zu spät gewesen, vielleicht fand sie noch etwas in der Küche, das sich als frühstückstauglich erwies. Raik verließ sie nie, ohne klar Schiff gemacht zu haben, und der Kühlschrank war groß, mit dem nötigen Quäntchen Glück barg er noch einen kleinen Schatz. Aber erst mal Kaffee.

Mit einem Glas Latte macchiato XXL setzte sie sich auf den Stuhl, der die Tür offen hielt. Sie sog die Stille des Augenblicks und die Wärme der Sonne ein. Im Geiste ging sie die Argumentation ihres anwaltlichen Schreibens durch, in dem sie die gegnerische Seite darüber in Kenntnis setzen wollte, eine Klage anzustrengen, wenn sich das Verhalten des Mannes nicht schlagartig ändere. Es galt, den richtigen Ton zwischen Drohung und dem Wunsch nach einvernehmlicher Lösung zu treffen.

Ihre Mandantin schreckte wegen der Prozesskosten vor einer Klage eigentlich zurück. Aber diesem Arschloch von Chef, der ihre Mandantin als Leibeigene zu betrachten schien, die man ruhig auch mal anfassen durfte, gehörten ordentlich die Leviten gelesen. Dennoch sollte der Arbeitsplatz erhalten bleiben, eine kniffelige Lage. Kam es hart auf hart, würde sie trotzdem klagen.

Mit einem letzten großen Schluck trank sie den Kaffee aus, fand im Kühlschrank nur Frikadellen, blieb lieber nüchtern und setzte sich dann an einen der Tische, um das Schreiben zu bearbeiten. Ihre Küchentischkanzlei, die sie sonst von zu Hause aus betrieb, mutierte an solchen Tagen zur Caféhauskanzlei. Sie fragte sich, ob es nicht doch eine gute Idee wäre, ein ganz normales Büro anzumieten, in der Hoffnung, dass dann auch mehr Mandanten den Weg zu ihr fänden. Ansonsten fräße die Miete ihren Umsatz auf, und sie müsste noch mehr kellnern. Ihre Gedanken wurden von einer Besucherin unterbrochen, die den Schankraum betrat. Es war ihre Mandantin.

»Frau Brastelt, was machen Sie denn hier? Sie haben doch nicht etwa schon das Handtuch geschmissen?«, fragte Betty.

Ihr Gegenüber schüttelte den Kopf, mit Tränen im Gesicht.

Betty stand auf, nahm die Frau in den Arm und führte sie an ihren Tisch. »Kommen Sie, setzen Sie sich, ich mache Ihnen einen gescheiten Kaffee, nichts wird so heiß gegessen, wie es gekocht wird. Bin ja bei Ihnen.«

Aus ihrer Aktentasche kramte sie eine Packung Tempotaschentücher, die sie der Frau auf den Tisch legte, machte sich an der Kaffeemaschine zu schaffen und kehrte mit einem Espresso zurück. »Hier, trinken Sie den, der weckt die Lebensgeister.«

Betty schloss die Tür, niemand musste ihre Mandantin in diesem Zustand sehen, die, wie sich herausstellte, nicht zur Arbeit gehen konnte, weil sie vor lauter Angst ganz durcheinander war. Betty erklärte ihr, dass sie sich dadurch angreifbar mache.

Unentschuldigtes Fernbleiben vom Arbeitsplatz bot ihrem Arbeitgeber alle Möglichkeiten einer Kündigung, fristlos sogar. Die Frau brauchte ein Attest.

Sie brachte Frau Brastelt dazu, im Büro anzurufen, um sich krankzumelden. Dann telefonierte Betty alle Praxen im Umkreis durch, bis sie einen Termin für ihre Mandantin bekam. Die instruierte sie, alle Symptome ihrer Angst aufzuschreiben, um sie dem Arzt vortragen zu können, im Notfall in Tränen auszubrechen. Sie brauchte eine Krankmeldung, sonst wäre der Fall schon jetzt verloren. Schließlich versprach Betty, mit in die Sprechstunde zu gehen. Sicher war sicher. In einer halben Stunde käme Verstärkung ins Café, dann würde sie Frau Brastelt in die Praxis fahren.

***

Als Theo Bosman aufwachte, brannte sein linker Unterarm. Er öffnete die Augen. Der Arm war gerötet. Dass sich die Erde dreht, dass Schatten wandert – keine Geheimnisse. Nun hatte er sich einen Sonnenbrand eingefangen, fühlte sich aber erfrischt. Selbst wenn sie nur im Hafen lag, erholte er sich auf der »Calypso«, ganz wie im Urlaub.

Er ging ins Bad, wusch sich das Gesicht und kochte dann oben einen Kaffee. Kaum hatte er den Wachmacher ausgetrunken, kam das Taxi, das er gerufen hatte. Im Wageninneren war es angenehm kühl. Er lehnte sich entspannt zurück und rief Harry Blumster auf dem Handy an.

»Du bist nicht zum Grillen gekommen, Theo. Sind wir dir nicht mehr gut genug?«

»Grillen? Ich weiß von nichts.«

»Mein Geburtstag, letzten Freitag.«

»Mist, habe ich verpennt. Tut mir leid, Harry.«

»Nächstes Jahr denkst du dran.«

Theo Bosman berichtete von Guste und seiner Absicht, selbst zu ermitteln.

»Dazu sag ich nichts, Theo. Vermutlich hast du es mit Ella abgesprochen. Na ja.«

»Ich möchte von dir nur wissen, ob dir in den letzten Tagen im Hafen irgendwas aufgefallen ist, das zum Geschehen passen könnte.«

»Ja, aber das habe ich der Kollegin von der Mordkommission schon gesagt.«

»So 'ne Kleine, mit kurzen blonden Haaren?«, fragte Theo.

»Ja, die ist neu, aus Düsseldorf.«

»Das passt, macht auf mich einen arroganten Eindruck«, konnte sich Theo nicht verkneifen.

»Willst du tratschen? Also, vor drei Tagen fiel mir auf, dass auf der ›Anneke‹, einem Tankschiff, drei Anzugträger rumliefen. Ich gehe davon aus, dass die Kollegin den Eigner befragt hat. Der ist aber schon wieder unterwegs.«

»Irgendwas an Land?«

»Nö.«

»Dank dir, Harry. Grüß Birgit.«

»Kommst du am Wochenende ins Stadion?«

»Leider nicht. Ich werde versuchen, wegen Guste was rauszukriegen.«

»Verstehe, hat sie verdient.«

Theo legte auf. Gerade fuhren sie unter der ersten von fünf Brücken durch, auf der hier dicht an dicht Züge die Ruhr überquerten. Er liebte dieses scheinbare Durcheinander der Verkehrswege, das ewige Hin und Her von Rangierloks, Sportbooten, Fußgängern und Autos. Es war laut, es stank, es war das pralle Leben.

Mahlzeit

Der Taxifahrer entpuppte sich als glühender MSV-Duisburg-Fan, ließ die glorreichen Zeiten der siebziger Jahre Revue passieren und präsentierte, wie nicht anders zu erwarten, einen Spielbericht der legendären Begegnung vom 5. November 1977, als Bernard Dietz beim 6:3-Sieg über die Bayern vier Tore machte.

Nachdem der trotz des klimatisierten Innenraumes stark schwitzende Chauffeur strahlend geendet hatte, erzählte Theo Bosman, dass er seinen Sohn nach Bernard »Ennatz« Dietz und nur ihm zu Ehren auf den schönen Namen Bernard getauft hatte.

Der Fahrer stoppte vor dem Café Kaldi, drehte sich zu Theo um und sagte: »Ich heiße Süleyman. Ich bin Türke, Duisburger, und ich bin Zebra.«

Dann schob er einen USB-Stick in sein Autoradio. Es erklang die MSV-Hymne:

Wir sind Zebras, weiß-blau
Unser Club: der MSV
Und wir stehen für euch immer hier
Denn hier zwischen Rhein und Ruhr
Ja, da gibt es einen nur:
MSV, unser Club im Revier …

Die beiden Männer sangen mit. Zahlen musste Theo für die Fahrt trotzdem.

Noch summend öffnete er die Tür zum Café Kaldi, und es gelang ihm nur knapp, nicht frontal mit der blonden Düsseldorfer Polizistin zusammenzustoßen, deren Namen er sich nicht gemerkt hatte.

»Na, wir laufen uns jetzt wohl ständig über den Weg«, bemerkte er.

»Eigentlich stehen Sie mir gerade eher im Weg«, antwortete die junge Frau.

»Kess ist nicht zwangsläufig clever.«

Die Polizistin lupfte kurz die Augenbrauen, drängelte sich an ihm vorbei, setzte eine Sonnenbrille auf und lief Richtung Neumarkt.

»Wie heißen Sie noch mal?«, rief er ihr hinterher.

Sie machte auf dem Absatz kehrt, griff in die Innentasche ihres grauen Sommerblousons, förderte eine Visitenkarte zutage und drückte sie Theo Bosman an die Brust. Mit der linken Hand schob sie die verspiegelte Pilotenbrille ein Stück herunter und blickte ihn an. »Wenn Sie Informationen haben, anrufen. Ansonsten: Ich bin genau so, wie Sie glauben, dass ich bin. Kommen Sie mir nicht in die Quere.«

Es folgte Abgang Nummer zwei. Theo Bosman las: Sinja von Stetten. Eine Blaublütige. Er steckte die Karte weg und betrat den Gastraum des Café Kaldi.

Die Mittagszeit war vorüber, die ersten Tische wurden wieder frei. Es duftete nach Winzersuppe, eine der Spezialitäten von Raik Eriksson, dem isländischen Wirt der Ruhrorter Kultgaststätte, den die Liebe zu Katja aus dem Nordatlantik in den Duisburger Hafen gespült hatte. Eine Geschichte, die auch Theo romantisch fand.

Sie war während ihrer Ausbildung zur Reittherapeutin im Rahmen einer Fortbildung nach Island gereist. Er jobbte dort im Tagungshotel und fragte sie beim Einchecken nach ihrem Namen. Sie antwortete: »Liebe.« Raik hatte ein bisschen Deutsch in der Schule gelernt und verstand die Bedeutung des Wortes. Bis heute behauptete er, sie habe ihren Namen mit einem Fragezeichen ausgesprochen. Darauf hatte er nur eine Antwort gekannt. Seit vier Jahren waren sie ein Paar, seit zwei Jahren die neuen Gastgeber in der alten Schimanski-Kneipe.

»Theo, du bist spät, es gibt nur noch Reste«, rief Raik, der hinter der Theke aus dunkel gebeiztem Holz stand.

Theo klopfte dem Wirt auf die Schulter. »Was wollte die Dame von der Polizei?«

»Sie wollte wissen, ob wir Guste kannten und ob wir Konkurrenten gewesen wären. So ein Schwachsinn. Guste verkaufte belegte Brötchen und Lollis, wir bieten Mittagstisch. Dann hat sie gefragt, ob wir jemanden mit Sprühdosen gesehen hätten. Ja, das war's eigentlich. Nee, stopp, sie hat noch gefragt, ob wir Gustes Kinder kennen würden. Fand ich komisch, Guste hatte doch keine Kinder, oder? Hoffentlich erwischen sie die Mörder. Guste war so nett zu mir, als ich hierherkam. Hat mich allen in Ruhrort vorgestellt.«

Springsteens »The Rising« unterbrach Raik. Theo schaute auf sein Handy, sah Ellas Nummer.

»Hast du was?« Die Staatsanwältin klang genervt.

»Vielleicht weiß ich heute Abend mehr. Falls ja, melde ich mich. Hast du was?«

»In Guste Krawitz' Wohnung fanden sich keinerlei Hinweise. Da war außer ihr niemand drin. Keine Einbruchspuren. Keine Nachricht auf dem Anrufbeantworter. Nur Werbung im Briefkasten.«

»Fotos von Kindern?«

»Nein.«

»Und im Kiosk?«

»Da sind wir noch nicht ganz durch.«

»Sag mal, Ella, muss ich dir wirklich jede einzelne Information abringen? Möchtest du wirklich, dass ich euch unterstütze? Ist das die Hitze, oder was? Kannst du mir was zu dem Graffito sagen?«

»Die Techniker meinen, die Farbe sei ganz frisch gewesen. Sie vermuten, dass der Schriftzug Montag zwischen zwanzig und zweiundzwanzig Uhr angebracht wurde.«

»Ich hätte sie treffen können, diese Frettchen.«

Durchs Fenster sah er Betty Harmes auf das Café zulaufen. Schnell beendete er das Gespräch. Er mochte ihren lässigen Gang, der zu einer Achtzehnjährigen gepasst hätte. »Siebenunddreißig«, murmelte er, »niemals.«

Ihre schulterlangen, brünett-blonden Haare wehten strubbelig im Wind. Die Flip-Flops schlurften ein wenig auf den Gehwegplatten. Man hätte sie für eine Studentin halten können.

»Trägst du dieses Schuhwerk auch unter deiner Robe?«, grüßte Theo sie beim Hereinkommen.

»Na klar«, gab sie zurück, »damit erziele ich meine größten Erfolge vor Gericht.«

Sie ging gleich durch in die Küche und kehrte mit zwei Tellern Winzersuppe zurück, die sie vor sich und Theo auf den Tisch stellte. »Iss mit mir«, bat sie ihn, »ich bin noch nüchtern.«

Er blickte in das warme Grün ihrer Augen und löffelte gedankenverloren die Suppe. Beide schwiegen beim Essen, und Theo genoss diese entspannte Stille zwischen ihnen. Die fühlte sich wie eine harmonische Übereinkunft an, miteinander zu sein, ohne den anderen zu behelligen. Man konnte nicht mit jedem gut schweigen.

Betty erwähnte Guste nicht. Entweder wusste sie noch nicht von deren Tod, oder sie wollte nicht darüber sprechen. Beides war ihm recht.

Nach dem Essen servierte sie Theo Bosman noch einen Espresso, dann lief er die paar Meter vom Kaldi zu seiner Wohnung zurück. Die Sonne stach heiß im Nacken, wenn das so weiterging, würde er tatsächlich so was wie Sonnenschutz brauchen. Als er seine Wohnungstür aufschloss, fiel ihm sein Versäumnis ein, es roch nach Suppe.

»Sie sind spät dran, Boss, aber das tut der Suppe ganz gut, dann zieht sie noch mal so richtig durch«, rief Raluca Wiesel aus der Küche. »Habe schon auf dem Wohnzimmertisch für Sie gedeckt, setzen Sie sich, ich komme gleich mit der Terrine.«

Theo atmete tief durch, der Wohnzimmertisch war gedeckt, als hätte er Geburtstag, mit einem kleinen lila Blümchen in der Vase, einem Tischset, das er noch nie gesehen hatte, und einer kunstvoll gefalteten roten Papierserviette neben einer brennenden Kerze. Theo fragte sich ernsthaft, ob er mehr als nur die Suppe vergessen hatte.

»Wessen Geburtstag feiern wir?«, rief er in die Küche.

Raluca zog dort einen Taschenspiegel aus ihrem Rucksack und schaute, ob ihre Frisur noch saß. Sie war beim Friseur gewesen, wo sie sich mit blonden Strähnchen und einem Stufenschnitt ihre Naturkrause hatte verschönern lassen. Dann legte sie Lippenstift auf und zog sich die Schürze aus.

Die Suppe hatte sie nach einem alten Rezept ihrer Mutter zubereitet, sogar Suppenknochen besorgt und lange ausgekocht.

Von zu Hause hatte sie noch eine Terrine mitgebracht, so was besaß der Boss ja leider nicht. »Heute dürfen Sie mal gepflegte Tischkultur genießen«, rief sie zurück.

Theo war zwischenzeitlich an den Schreibtisch in seinem Büro gegangen, sortierte die Post und lief nun an der Küche vorbei zur Wohnungstür, ohne Raluca eines Blickes zu würdigen.

»Raluca, ich muss dringend los, bin gar nicht hungrig, frieren Sie es ein«, sagte er nur und verschwand. Es zog ihn zum Kiosk. Irgendetwas musste sich doch dort noch herausfinden lassen.

Als er sich dem Büdchen näherte, sah er schon die Absperrung mit rotem Flatterband. Frau von Stetten durchsuchte mit einem Kriminalbeamten den Innenraum, ein zweiter Kollege stand draußen vor der Tür. Mit gebührendem Abstand blieb Theo stehen und las noch einmal den Satz: »Eltern haften für ihre Kinder.«

Da Guste keine Kinder hatte, kamen unter Umständen ihre Eltern in Frage. Haftete sie als Tochter für ihre Eltern? Aber Guste war neunundsechzig Jahre alt. Dann wären ihre Eltern mindestens Ende achtzig. Ob die was auf dem Kerbholz hatten, Guste eine Schuld für sie abzahlte? Aber wovon? Guste war arm wie eine Kirchenmaus. Der Kiosk warf nicht viel ab. Außerdem hätte der Satz dann lauten sollen: »Kinder haften für ihre Eltern.«

»Dafür, dass Sie angeblich rein zufällig die Leiche fanden, sehe ich Sie verdammt oft.« Frau von Stetten näherte sich ihm. »Das macht Sie langsam verdächtig.«

Aus der würde er nichts rausbekommen, das wusste Theo gleich. Dennoch versuchte er ihr klarzumachen, wie nahe er Guste stand und dass ihm ihr Schicksal nicht gleichgültig sein konnte. Er wollte von Stetten loswerden, um vielleicht mit dem vor der Tür stehenden Polizisten ins Gespräch zu kommen. Als sie schließlich wieder im Kiosk verschwand, gab er sich dem Polizisten als Ex-Kollege zu erkennen.

»Wir kannten ja alle die Guste, ich meine, Frau Krawitz«, sagte er. »So eine nette Frau. Man hätte meinen können, sie wäre Ruhrorter Urgestein, aber sie kam ursprünglich gar nicht von hier. Die war ja gebürtig aus, warten Sie mal, war die nicht aus Wuppertal?«

»Nee, die war aus Geldern, da vertun Sie sich. Aber ich darf nichts zu dem Fall sagen, das wissen Sie ja.«

»Ja klar. Weiß ich.«

Guste stammte also gebürtig aus Geldern. Das hatte sie in all den Jahren nie erwähnt. Theos Eltern lebten dort, denn auch seine Mutter war Geldernerin. Nun, da die beiden sich aufs Altenteil zurückgezogen hatten, waren sie an ihren Geburtsort zurückgekehrt, obwohl sich Theo seinen Vater abseits von Fließgewässern wie dem Rhein und der Ruhr gar nicht hatte vorstellen können.

Er musste die beiden besuchen, am besten gleich morgen, viel zu lange hatte er sie schon nicht mehr gesehen. Seine Mutter war im selben Alter wie Guste, vielleicht kannten sich die beiden sogar. So groß war Geldern schließlich nicht. Zumindest damals.

Noch passte da in Sachen Guste für ihn nichts zusammen. Drogen, Geldern, Eltern, Kinder, das Messer im Rettungsring, die Kohleninsel als Leichenfundort. Er bat Ella telefonisch, ihm die Namen und letzten Wohnorte von Gustes Eltern zu besorgen. Auch wenn die auf diesen Gedanken nichts gab, schickte sie ihm die Informationen kurze Zeit später auf sein Smartphone. Beide Elternteile lebten nicht mehr. Die Spur, so sie jemals eine war, endete schon an diesem Punkt, wie es schien.

Er lief zum Bäcker schräg gegenüber dem Kiosk, der als Ruhrorter Nachrichtenbörse einen erstklassigen Ruf genoss. Theo hasste Tratsch. Aber besondere Umstände erforderten nun mal besondere Maßnahmen.

Als er den Laden betrat, duftete es nach frisch gebackenem Brot, und über Guste war man bereits im Gespräch. Er musste also nur noch zuhören. Alle waren sich einig und betonten, wie gut und arbeitsam sie gewesen war, ohne je auf einen grünen Zweig zu kommen. Niemand konnte sich erklären, warum man ihr etwas angetan hatte.

Theo kaufte pro forma ein Brötchen, das er draußen gleich in den nächsten Abfalleimer warf, und zog weiter. Er betrat Geschäfte rund um den Marktplatz und lenkte so unauffällig es ging das Thema auf Guste. Überall der gleiche Tenor. Sie war herzensgut, fleißig, aber arm.

Als Theo die vergebliche Türklinkenputzerei eigentlich schon satt hatte, erwähnte die Verkäuferin in einer kleinen Boutique, dass sich Guste für Regenjacken interessiert habe, weil sie offenbar eine Seereise plante. Theo horchte auf, das war ungewöhnlich. Guste hatte doch ihre wenige freie Zeit in Ruhrort verbracht und sonst nirgendwo. Von Urlaub hatte er sie in all den Jahren nie reden hören. Eine Kreuzfahrt hätte sie sich nie und nimmer leisten können. Leider konnte die Verkäuferin nicht mit Details aufwarten, und so klapperte er doch noch einige Läden ab, aber es ergab sich nichts Neues mehr.

Verwirrt und verschwitzt, wie er war, zog Theo es vor, sich erst mal aufs Wasser zu begeben. Vielleicht würde die Ruhe auf seinem Boot ihm dazu verhelfen, Verbindungen herzustellen, die ihm jetzt noch verborgen blieben.

Guste und die Schiffsreise gingen ihm nicht aus dem Kopf. Als er in die Mülheimer Hafenstraße einbog, parkte dort ein alter olivgrüner Golf. Er lächelte, stellte sein Auto gleich dahinter ab und lief die letzten Meter zu seinem Boot. Jemand saß in der Plicht, brünett-blonde Haare wehten im Wind. Er legte einen Zahn zu. Es war Betty, die dort auf ihn wartete.

»Überraschung!«, rief sie von Weitem.

»Eine schöne«, sagte er, als er aufs Boot stieg.

»Eine schöne was?«, fragte sie.

»Na, Überraschung.«

»Du kennst sie ja noch gar nicht«, lachte sie.

»Klar kenne ich sie. Sie sitzt vor mir.«

Betty seufzte und schaute in den Himmel. Er konnte wirklich nette Sachen sagen. Wenn er wollte.

»Wir gehen aus«, sagte sie kokett.

»Ach, tatsächlich?«

»Hast du Lust, Boss?«

»Ich hab immer Lust, das weißt du doch.«

Betty wühlte in ihrer braunen, leicht abgewetzten Lederaktentasche, bis sie schließlich den Ausdruck einer E-Mail hervorkramte, auf dem ein Name stand: »Restaurant Weißer Vogel«. Sie hielt ihm das Blatt vor die Nase.

»Das ist in Geldern«, wunderte sich Theo, »ein Nobelschuppen. Gibt es was zu feiern, einen Lottogewinn?«

»Lass dich überraschen«, antwortete sie.

Auf dem Weg in die Kajüte zog er sein hellblaues T-Shirt über den Kopf und öffnete den Gürtel seiner Jeans. Das passte ja ausgezeichnet, ob Betty seine Gedanken lesen konnte? Er würde sie bei der Gelegenheit seinen Eltern vorstellen. Als eine gute, liebe Bekannte. Erst mal. Aber so konnte er zwei Fliegen mit einer Klappe schlagen.

Nach einem kurzen Umweg über das Bord-Bad kam er nach zwei Minuten in anthrazitgrauem Hemd und schwarzer Hose zurück an Deck. Er wollte nicht durch einen modischen Fehltritt zum schwarzen Schaf im Weißen Vogel werden. Letztes Jahr hatte er seine Eltern zum siebzigsten Geburtstag seines Vaters dorthin ausgeführt und die Eleganz der Gäste noch in Erinnerung. Zum Kartenspielen bei Dörte würde er später dazustoßen, das wurden sowieso immer lange Nächte.

Betty nickte anerkennend. »Theo Bosman, du passt zu mir.«

Stumm bot er ihr seinen Arm an und geleitete sie an Land. »Wollen wir mit meinem Wagen fahren?«

»Bist du sicher? Ich dachte, der säuft dir ständig ab.«

Theo führte sie wortlos über den Schotterweg bis zum eisernen Tor, das den Hafen zur Straße abriegelte. Ob er Betty auf Guste ansprechen sollte? Er entschied sich dagegen. Sie war so guter Laune, und er wusste, wie sehr sie Guste mochte.

Vor seinem Auto, das genau hinter ihrem parkte, blieb er stehen.

»Also doch mit meinem?«, fragte Betty und wollte auf ihren klapprigen Golf zusteuern. Aber Theo ließ ihren Arm nicht los, drückte stattdessen auf die Fernbedienung in seiner Hosentasche, und die Türschlösser öffneten sich mit einem Klack.

»Darf ich bitten«, sagte er und öffnete die Fahrertür des Autos.

»Theo, lass den Scheiß, bist du verrückt geworden? War der nicht abgeschlossen? Schließ den wieder zu um Gottes willen, wir kommen in Teufels Küche.«

»Betty, ich brauchte ein neues Auto, hier ist es.«

»Willst du mich verarschen? Wem gehört die Karre?«

»Mir.«

Sie löste sich aus seinem Arm und trat einen Schritt zurück. Vor ihr stand ein dunkelblauer Jaguar XK8 Cabriolet. Sie sah Theo an, er schien es ernst zu meinen.

»Was ist das denn für eine Protzkarre? Seit wann fährst du so was?«

»Ist ein Geschenk.«

Betty prustete laut vor Lachen. »Wer in aller Welt verschenkt denn solche Autos? Sind deine Schwiegereltern gestorben? Haben die dir das Ding vermacht?«

»Die beiden erfreuen sich bester Gesundheit. Es ist von Rick.«

»Du gibst es ihm doch zurück, oder?«, beharrte sie.

»Wollte ich, aber er nimmt es nicht.«

»Ich weiß ja, dass du diesem Mann das Leben gerettet hast, aber muss man da gleich ein Auto verschenken, ein so teures zudem?« Betty fehlten die Worte.

Theo nahm sie bei der Hand und führte sie zur Beifahrertür, die er für sie öffnete. Zögernd stieg sie ein. Kopfschüttelnd strich sie dann mit den Fingern über die Ahornmaserung des Armaturenbretts.

»Wirst du jetzt dekadent, Boss?«

»Soll ich?«

Betty lachte.

Sie fuhren Richtung A 42, im Radio lief Brian Ferry. Sie probierte alle Knöpfe aus, verstellte ihren Ledersitz nach hinten, nach vorn, nach unten, dann nach oben. Wie ein Kind im Kirmeswagen, dachte Theo amüsiert. Er würde ihr später von Guste erzählen. Vielleicht morgen. Als er einen Abstecher zu seinen Eltern vorschlug, willigte Betty erfreut ein.

Während sie weitere Schalter durchprobierte, berichtete sie Theo aufgekratzt von ihrem Tag. Eine neue Mandantin wollte ihren Chef verklagen, weil er sie bedrängte, mit ihm zu schlafen. Sie wechselten auf die A 57, und sie legte ihm alle Aspekte dieses Falles dar. Es bestand die Gefahr, beim falschen Richter zu landen und nicht erhört zu werden, weil manche offenbar immer noch dachten, Frauen seien schuld, wenn Männer sich vergaßen. Wie es ja überhaupt Glücksache sei, den richtigen Richter zu erwischen.

Zum bestimmt hundertsten Mal regte sie sich darüber auf, dass es eine Sache sei, recht zu haben, leider eine ganz andere, recht zu bekommen. Damit würde sie sich nie abfinden können. Und überhaupt war sie sich nicht sicher, ob es eine gute Idee gewesen war, damals von sozialer Arbeit auf Jura umgesattelt zu haben. Sie plapperte munter vor sich hin, und Theo fühlte sich angenehm abgelenkt.

Eine halbe Stunde später fuhren sie in Alpen von der Autobahn ab in Richtung Geldern.

In der Hitze der Nacht

Der Weiße Vogel lag etwas abseits der Vernumer Straße. Kies knarzte unter den Reifen, als sie die Auffahrt des alten Herrenhauses erreichten.

Während Betty in ihrer Aktentasche kramte, ging Theo um das Auto herum, um ihr galant die Tür zu öffnen. Rund um das schöne alte Gemäuer roch es nach frisch gemähtem Gras.

»So ein eleganter Wagen macht was mit einem, kann das sein?«, schmunzelte sie und ergriff seine ausgestreckte Hand beim Aussteigen.

Er schloss hinter ihr die Wagentür, stellte sich ganz nah zu ihr, sodass er ihr Haar fast berührte, und flüsterte: »Es ist nur ein Auto.«

Sie nickte, lächelte und schwieg. Beide gingen über den Vorplatz zum Eingang, vorbei an kleinen Rasenflächen, Buchsbäumen und großen Terrakottaschalen, in denen rote Blumen blühten. Bei jedem Schritt sanken sie sanft in den Kies unter ihren Füßen ein. Ein Herr im Smoking begrüßte sie und führte sie zu einem auf Bettys Namen reservierten Tisch am Fenster. »Wie weiß der Kies noch ist«, sagte sie beim Blick hinaus, »alles so gepflegt.«

Als Theo in die Karte schaute, fragte er sich, warum Betty diesen Abend ausgerechnet hier verbringen wollte, wo sie doch sonst so bescheiden lebte, notorisch pleite war, er ihr sogar bei der letzten Miete aushelfen musste. Sicherheitshalber hatte er vor der Abfahrt Bargeld und Kreditkarte in seiner Brieftasche überprüft. Bei ihr wusste man nie, was passierte.

Beide orderten das Menü des Tages mit fünf Gängen. Für diesen Abend wollte er alles hinter sich lassen, auch den Anblick von Guste auf der Kohleninsel.

Mit jedem Gang entspannte er mehr. Er genoss die Atmosphäre des Restaurants, den ruhigen, höflichen Service, das gute Essen, die stilvoll gedeckten Tische um ihn herum, das Strahlen in Bettys Augen. Zum Abschluss bestellten sie Espresso und lehnten sich zufrieden in ihren Stühlen zurück.

»Weißt du, was ich wirklich an dir schätze?«, sagte Betty. »Dass du auch mal die Klappe halten kannst. Ganz sicher wunderst du dich, warum wir hier so fürstlich speisen, aber du machst mit, ohne dumme Fragen zu stellen. Das ist richtig gut, Boss.«

Nun ließ Betty die Katze aus dem Sack. Ihr Schulfreund Dirk, ein Zeitungsredakteur, hatte ihr einen Nebenverdienst mit angenehmen Begleiterscheinungen angeboten. Sie sollte für ihre erste eigene Gastro-Kolumne Restaurants testen. Man zahlte ihr nicht nur ein Honorar, sondern auch das Essen, zur Tarnung sogar für zwei. Sie war ganz aus dem Häuschen über ihren neuen Job. Es gab nur einen Haken, die Spesen konnte sie erst abrechnen, wenn sie den Artikel geliefert hatte. Dafür fehlten ihr im Augenblick die Mittel, und so bat sie Theo, einzuspringen. Sobald ihr neuer Arbeitgeber ihre Rechnung beglichen hatte, würde sie es ihm erstatten. An diesem Punkt senkte sie den Blick und strich verlegen ihre Serviette glatt.

»Betty, es ist mir ganz egal, wer das hier bezahlt. Es hat sich gelohnt.«

Sie senkte den Kopf noch etwas tiefer. »Auf dich kann man sich verlassen.«

Betty stand auf, um zur Toilette zu gehen, während er noch seinen Kaffee trank. Auf dem Rückweg begegnete ihr ein Rosenverkäufer, dem sie eine besonders schöne, langstielige Baccara abkaufte. Die wollte sie Theo schenken, für seine Großzügigkeit.

Während sie zahlte, kam ein Zeitungsverkäufer mit der Ausgabe vom nächsten Tag herein, und Betty las die Schlagzeile: »Leiche auf Ruhrorter Kohleninsel.« Sie kaufte ein Exemplar und überflog schnell den Artikel. Es stand kein Name darin, aber erwähnt wurde eine Kioskbetreiberin aus Ruhrort. Da gab es nur eine, Guste Krawitz.

Betty stockte der Atem, die hatte sie gestern Mittag noch gesehen, mit ihr gesprochen. Was war da passiert? Wieso hatte sie nichts davon mitbekommen? Wahrscheinlich, weil sie sich so intensiv Frau Brastelt gewidmet hatte. Wie sollte sie es Theo beibringen, ihn schockte das sicher genauso. An Gustes Kiosk las er jeden Morgen seine Zeitung. Der Arme, sie würde ihn trösten müssen. Aber es half nichts, er musste es erfahren. Sie würden einander trösten. Langsam ging sie zum Tisch zurück.

Ihr Herz klopfte, als sie sich wieder zu ihm setzte. »Theo, du musst jetzt stark sein.«

»Wenn du die Höhe der Rechnung meinst, sei unbesorgt, meine Kreditkarte wird das Problem lösen«, lachte er.

»Ich glaube, man hat Guste ermordet.« Sie hielt ihm die Zeitung hin.

Theo räusperte sich, damit war der angenehme Teil des Abends wohl beendet. Es wäre ihm lieber gewesen, er hätte es ihr selbst gesagt, aber nun war es zu spät. »Ich war am Tatort.«

Betty sprang auf und knallte die Zeitung auf den Tisch. »Und wann wolltest du mir das sagen? Nach ihrer Beerdigung? Was bist du nur für ein Scheißkerl, Bosman!«, zischte sie.

Gäste und Personal verstummten, ein Kellner kam gelaufen, hinter ihm der Herr im Smoking.

»Die Rechnung, bitte«, bat Theo.

»Du bist echt das Letzte.«

»Gerade noch mochtest du es, dass ich die Klappe halten kann«, versuchte er, sie zu beruhigen.

»Ich warte am Auto auf dich, wenn du gestattest.«

Theo zahlte und folgte ihr. Auf alle seine Versuche, sich zu erklären, reagierte sie nur noch gereizter. Er ließ den Wagen an und fuhr los. So wütend hatte er sie noch nie erlebt.

Es war eine schlechte Idee gewesen, sie schonen zu wollen, das gab er zu und entschuldigte sich. Daraufhin wurde sie still. Ihre Wut mischte sich nun mit Trauer. Sie wollte wissen, was Theo mit der Sache zu tun hatte, und er erzählte ihr alles, was er wusste, dass er ermittele, aber noch im Dunkeln tappe.

»Da bin ich auf jeden Fall dabei«, kündigte sie an, »ich helfe dir, Gustes Mörder zu finden.«

»Davon lässt du auf jeden Fall die Finger, hörst du? Das ist viel zu gefährlich.«

»Blödsinn, das schulde ich Guste.«

»Betty, du schuldest Guste nichts. Dich in Gefahr zu bringen, hilft ihr nicht mehr.«

Im gleichen Augenblick wusste er, dass er sich seine Worte schenken konnte. Sie ließ sich von niemandem etwas sagen, von ihm schon gar nicht. Im Gegenteil, sie drängte darauf zu hören, was er schon in Erfahrung gebracht hatte. Sofort überlegte sie, bei wem sie Erkundigungen einziehen würde.

Theo regte an, den Besuch bei seinen Eltern zu vertagen. Sie seien jetzt wohl nicht in der richtigen Stimmung. Außerdem sei es spät geworden und die alten Herrschaften vielleicht schon im Bademantel. Das sah auch sie ein.

Als sie die Autobahn erreichten, drückte er das Gaspedal durch, um schnell nach Hause zu kommen. Um Betty zu entkommen.

»Ich bleibe heute Nacht auf der ›Calypso‹«, sagte er, als sie gerade über die Ruhr fuhren. Lichter spiegelten sich im Wasser.

Ein Brummen war ihre Antwort, während sie weiter aus dem Fenster schaute.

Theo rieb sich die Augen. Irgendwann hatte er mal gehört, dass man gähnte, weil man nicht genügend Sauerstoff im Körper habe. Sollte das stimmen, steht mein Erstickungstod wohl unmittelbar bevor, dachte er und erkannte sogleich, wie geschmacklos dieser Gedanke war. Nur gute tausend Meter von hier hatte Bernard vor vierundzwanzig Stunden Gustes Leiche gefunden. Und wie er wusste, war sie erstickt.

»Was kann Guste mit Heroin zu tun gehabt haben?«, fragte er sich laut.

»Nichts natürlich. Ein blöder Zufall. Der Killer hatte gerade nichts anderes zur Hand als diese Tüte«, meinte Betty.

»Also kein geplanter Mord? Ein Mord im Affekt. Ein Streit. Die Situation eskalierte. Der Mörder griff nach einem Beutel, in dem sich zufällig Reste von Heroin befanden. Scheint mir abwegig. Es sei denn, der Mörder kommt aus dem Drogenmilieu. Es gab Streit wegen einer Sache, die gar nichts mit Drogen zu tun hatte, und dem Kerl sind die Sicherungen durchgeknallt.«

»Und was sollte das sein, worüber gestritten wurde? Guste ist weder reich, noch vertritt sie extreme Ansichten, und für eine Kriminelle halte ich sie auch nicht. Was ist denn mit dem Graffito? Wie passt das ins Bild?«

Theo wechselte auf die A 40 Richtung Essen und ließ sein Seitenfenster herunterfahren. »Vielleicht hat das eine mit dem anderen nichts zu tun. Ein Mord hier und ein Dummer-Jungen-Streich da. Ich rufe morgen früh Ella an. Kann sein, dass die Polizei inzwischen weiß, wo Guste ermordet wurde. Ob auf der Kohleninsel, in ihrem Kiosk, zu Hause in ihrer Wohnung oder ganz woanders.«

Der wummernde Fahrtwind ließ die Unterhaltung abebben. In Duisburg-Kaiserberg verließ Theo die Autobahn. Es wurde leiser und kühler. Sie fuhren mitten durch den Duisburger Stadtwald. Beinahe an Ellas Haustür vorbei, die sich nach der Scheidung eine Wohnung in Mülheim-Speldorf gekauft hatte.

Zu Fuß wäre Theo von seiner Yacht aus in wenigen Minuten bei ihr. Aber er ging nur zu ihr, wenn sie ihn darum bat. Er wollte keinem neuen Mann begegnen müssen. Bernards Geburtstag feierten sie inzwischen an neutralen Orten. Das bedauerten alle drei, aber es galt, damit umzugehen.

Betty ließ ihre dunkelblonde Mähne im Wind flattern. Traurig schaute sie auf die Bäume, durch die das Licht von Fackeln schien. Eine Feier im Golfclub vielleicht. Er parkte den Jaguar vor dem Hafenschuppen. Beide stiegen aus. Betty kam um die lange Haube des Autos herum. Theo war am Kotflügel stehen geblieben. Sie schauten einander an. Ein Moment der Unsicherheit entstand. Theo steckte seine Hände in die Gesäßtaschen seiner Hose. Betty trat einen Schritt näher, küsste ihn rasch auf die linke Wange und ging zu ihrem Auto hinüber.

»Schlaf gut«, rief er ihr nach und wartete, bis sie den altersschwachen Golf gewendet hatte. Sie hupte und verschwand.

Im Rückspiegel sah Betty, wie er ihr nachblickte. Sie hob die Hand, um ihm zu winken, auch wenn er das in der Dunkelheit nur schwer sehen konnte.

Warum hatte er ihr nichts von Guste gesagt? Nahm er sie nicht ernst? Interessierte es ihn nicht, was in ihr vorging? Warum war er dann so aufmerksam zu ihr? Sie verstand die Männer nicht und Theo schon gar nicht. Sie hätte ihm doch sofort von Gustes Tod berichtet und es nicht einen ganzen Tag für sich behalten.

Theo konnte so verschlossen sein. Als lebte er auf einem eigenen Stern. Ganz allein. Und dennoch war er verlässlich und für jeden da. Für sie passte das nicht zusammen. Hoffentlich fand er Gustes Mörder.

Wie konnte sie helfen? Vom Drogenmilieu verstand sie nicht viel. Meist war sie anwaltlich mit kleineren Fällen befasst, im Bekanntenkreis nahm niemand Drogen, in ihrer Familie schon gar nicht.

Der minderjährige Mandant, der sich mit seinem Stiefvater geprügelt hatte, fiel ihr ein. Wie hieß der noch? Betty trommelte mit den Fingern aufs Lenkrad. Andy, richtig, Andy Grabowski. Seine Mutter hatte sich damals an sie gewandt, weil sie mehr als nur juristischen Beistand suchte. Betty konnte dem Jungen das Gefängnis ersparen, nicht aber eine Heimunterbringung. Andy hatte seinerzeit Drogen konsumiert und tief im Sumpf der Szene gesteckt. Ihn würde sie aufsuchen und befragen. Vielleicht wusste der was. Gleich morgen früh wollte sie sich darum kümmern. Die Anschrift des Heims würde sie in ihren Akten finden.

Sie bog am Kreisverkehr in den Ruhrdeich ein. Hier sah alles so friedlich aus. Vom Mülheimer Nordhafen bis in die Ruhrorter Deichstraße waren es keine zehn Kilometer. Als sie am Friedhof Eisenbahnstraße vorbeifuhr, dachte sie an Gustes Beerdigung. Wer würde die ausrichten? Hatte Guste überhaupt Verwandte? Ihr Mann, der alte Krawitz, war schon vor Jahren gestorben.

Sie fuhr auf die Deichstraße, hier war sie zu Hause. Ihre kleine Mansardenwohnung hatte sich hoffentlich etwas abgekühlt. Sie parkte und schloss die Haustür auf. Der Hausflur empfing sie mit angenehmer Kühle, als sie die knarzenden Holzstufen in die vierte Etage erklomm. Die Luft in der Casa Azul, wie sie ihre Wohnung gern nannte, nachdem sie die meisten Wände in Kobaltblau gestrichen hatte, stand stickig im Raum. Schnell öffnete sie alle Fenster, setzte sich aufs Bett und rieb sich die Schläfen.

Der Mond schien sanft auf ein Poster mit dem Porträt der Malerin Frida Kahlo, das sie zwar gerahmt, aber noch immer nicht aufgehängt hatte. Sie fühlte sich hundemüde, doch diese Restaurantkritik musste sie noch schnell schreiben, damit Dirk sie pünktlich bekam. Mit einem kalten Pils aus dem Kühlschrank setzte sie sich an ihren Schreibtisch unter dem Fenster, das auf den Rhein rausging, und tippte die erste Gastro-Kolumne ihres Lebens.

***

Nachdem Theo Bosman Bettys Wagen in der Dunkelheit aus den Augen verloren hatte, umrundete er das flache Hafengebäude und sah sofort, dass Dörte an Bord ihrer Yacht war. Es sah so aus, als hätte sie bewusst jedes noch so kleine Glühbirnchen eingeschaltet. Die »Bezaubernde Jeannie« war illuminiert wie der Times Square zu Weihnachten. Als er näher kam, hörte er: »... here we go-o, rockin' all over the world.«

Dörte hatte Status Quo aufgelegt und tanzte ausgelassen. In diesem Moment erinnerte sich Theo. Skatabend, er hatte den Skatabend mit Dörte und Rick vergessen abzusagen beziehungsweise anzukündigen, dass er später kommen würde. Eilig enterte er Dörtes Luxusliner und erntete sofort den Spott seiner Freunde. Ob er spontan dement geworden sei, zwei Stunden hätten sie versucht, ihn auf dem Handy zu erreichen, ob er glaube, Bauernskat sei ein adäquater Ersatz, und warum er sich nicht endlich setze. Theo tat, wie ihm geheißen, mischte, gab, spielte und verlor. Ein Spiel nach dem anderen. Eine halbe Stunde später hielt er es nicht mehr aus.

»Leute, ich bin völlig erledigt, und konzentrieren kann ich mich auch nicht.«

Rick schaute konsterniert in sein Blatt und beschwerte sich: »Das, Theo, das ist ein wunderbares Omablatt, und ausgerechnet jetzt wirfst du das Handtuch. Junge, Junge.«

»Lass ihn!«, ging Dörte dazwischen. »Denk lieber nach, wie du helfen kannst, Gustes Mörder zu finden.« Sie ging rüber an die Bar und begann, Cocktails zu mixen.

Rick nahm seine Rolex ab und legte sie vor sich auf den Tisch. »Es geht um Geld«, sagte Rick, »es geht immer um Geld. Geld und Macht. Jemand hat einen Vorteil durch Gustes Tod, oder er hatte vorher einen Nachteil. Fangen wir mal mit dem

Vorteil an. Ich kannte die Dame ja nur vom Sehen, aber sie aus dem Leben zu schubsen, um eine fette Lebensversicherung zu kassieren, scheint mir als Motiv auszuscheiden, oder?«

Theo nickte.

Rick lehnte sich zurück und fuhr mit verschränkten Armen fort. »Und von bunten Lollis abgesehen, gab es bei ihr sehr wahrscheinlich auch sonst nix zu holen. Keine Aktien, Immobilien oder – Einfluss. Einfluss auf wichtige Entscheidungen, Gewerbeflächen, Gesetzesentwürfe. Richtig?«

Theo nickte erneut. »Geld als Motiv, da hast du sicher recht. Aber vergiss die Liebe nicht.«

Rick lachte laut. »Liebe, Theo, du bist ein Romantiker. Ersetze Liebe durch Macht, dann bin ich einverstanden.«

»Du bist ein Zyniker, Rick. Du brauchst eine Frau oder wenigstens ein Haustier.«

Rick stand auf und ging zum Fenster. Mit dem Rücken zu Theo sagte er nach einer kurzen Pause: »Einen finanziellen Vorteil für den Mörder würde ich ausschließen. An einen feurigen Liebhaber kann ich auch nicht glauben. Tut mir leid. Eure Guste hatte ein Geheimnis. Vielleicht hat sie jemanden erpresst oder sie verfügte über eine Information, die jemand dringend benötigte. Wurde sie gefoltert?« Er drehte sich wieder zu Theo um.

»Keine entsprechenden Hinweise«, antwortete der, »nur Abwehrverletzungen. Möglicherweise hat man ihr den Plastikbeutel über den Kopf gezogen, wieder abgenommen, sie befragt und so weiter. Aber ich kann mir nicht vorstellen, welches Geheimnis man aus ihr hätte herauspressen können. Ich stolpere immer wieder über das Heroin. Nehmen wir doch mal an, es war ein Junkie oder ein Dealer. Was könnte der von Guste gewollt haben?«

Dörte kam mit drei Gläsern an den Tisch. »Gin Manhattan, die Herren.«

»Drogen. Irgendwie sind wir alle abhängig. Von Alkohol, Geld, Anerkennung.« Rick griff zu.

»Oh, der Herr wird philosophisch. Ist es denn schon so spät?« Dörte setzte sich zu Rick auf das weiße Ledersofa und hob ihr Glas.

Theo zog die Lippen zusammen: »Bisschen viel Angostura Bitter.«

»Weichei«, erwiderte Dörte und ließ die Cocktailkirsche mit einer lasziven Bewegung in ihrem Mund verschwinden. »Guste hat ihr Einkommen ein bisschen aufgebessert. Da lernt man komische Leute kennen. Sprich doch mal mit den Junkies in Ruhrort.«

Theo dachte an Mellie, die er schon eine Weile nicht mehr gesehen hatte. Morgen würde er zur Drogenberatung gehen. Er wusste, dass sie dort ab und zu hinging, um Bekannte zu treffen.

Dörte stellte ihr Glas auf den Tisch und stand auf. »Mir ist warm.«

Mit dieser Feststellung verließ sie den Salon, öffnete die Knöpfe ihres knappen Kleidchens und stieg über die Badeleiter ins Hafenbecken. Rick und Theo schauten einander fragend an.

Von draußen meldete sich Dörte: »Los, ihr Memmen, es ist herrlich.«

Theo Bosman wachte nur langsam auf. Ein dumpfer Kopfschmerz breitete sich hinter seinen Augen aus. Er konnte sich aber an nur einen Cocktail erinnern. Er hatte den Skatabend abgebrochen, sie hatten geredet, und dann waren sie schwimmen gegangen. Nackt. Alle drei.

Er war hier noch nie ins Wasser gesprungen. Das war auch verboten. Zwanzig Kilometer ruhraufwärts in Essen diskutierte man darüber, das Baden in der Ruhr an bestimmten Stellen wieder zu erlauben. Aber hier im Hafen kam das nicht in Frage. Viel zu gefährlich.

Er erinnerte sich wieder. Nach ein paar Zügen hin und her war er zurück zur »Bezaubernden Jeannie« geschwommen und hatte im Dunkeln die Badeplattform zuerst mit seiner Stirn erreicht. Es war, als hätte ihm jemand mit dem Hammer auf den Kopf geschlagen.

Nun kam er mühsam hoch, machte zwei Schritte, öffnete die Tür zum Bad, schaute in den Spiegel und sah, dass es die linke Augenbraue erwischt hatte. Das Veilchen war nicht zu übersehen. Er wusch sich, nahm zwei Schmerztabletten und brühte einen Tee auf, als er leises Kichern hörte. Er schaute hoch und traute seinen Augen nicht. Von Bord der »Bezaubernden Jeannie« machte, mit einem breiten Lächeln im Gesicht, Rick einen Schritt an Land. Kurz drehte er sich noch zur Yacht um, warf eine Kusshand in Richtung Dörte, deren winkenden Arm Theo sehen konnte, und ging dann beschwingt zu seinem Auto. Rick und Dörte. Da hätte er jede Wette dagegengehalten.

Theo schob sich aufdrängende Bilder innerlich beiseite, kontrollierte seine E-Mails und verließ die »Calypso« in der festen Absicht, weder Dörte noch Rick auf die letzte Nacht anzusprechen.

Fragen kost' nix

Die Sonne weckte Betty Harmes mit unerbittlicher Hitze. Ihre Dachwohnung mutierte an diesen Sommertagen schon frühmorgens zur Sauna, das machte jedes Weiterschlafen unmöglich. Dabei hatte sie an der Kolumne noch lange feilen müssen und sie dann erst spät abgeschickt. Aber jetzt rief sie sich zur Ordnung, duschte und suchte noch ins Badetuch gewickelt als Erstes Andy Grabowskis Akte heraus.

Andy war seinerzeit in einer Außenwohngruppe des Schifferkinderheims Nikolausburg der Caritas in Ruhrort untergebracht worden, nicht weit vom Haupthaus in der Fürst-Bismarck-Straße entfernt. Das lag ganz in der Nähe des Café Kaldi. Das Stückchen würde sie radeln, der Fahrtwind versprach Kühlung. Um zehn begann ihre Kellner-Schicht, bis dahin wusste sie vielleicht schon mehr.

Hastig zog sie sich an und lief die Treppen hinunter. »Guste, wir vergessen dich nicht!«, rief sie halblaut, als sie ihre Aktentasche ins Fahrradkörbchen am Lenker legte und losfuhr.

Im Schifferkinderheim, früher ein Internat für die Kinder von Partikulieren, bekamen heute alle Kinder und Jugendlichen ein Zuhause, wenn sie oder ihre Eltern in eine Krise gerieten. Andys Situation war damals so verfahren gewesen, dass man seitens des Jugendamts die Unterbringung in einer Wohngruppe für das Beste hielt.

Als Betty in die Fürst-Bismarck-Straße einbog, sah sie bereits eine Gruppe Jugendlicher im Schatten einiger Bäume zusammenstehen. Sie trugen Baseballkappen, Sonnenbrillen, die Hosen hingen tief in den Knien, die Füße steckten selbst bei diesen Temperaturen in hohen Turnschuhen, die nicht zugebunden waren. Schuhbänder schienen aus der Mode gekommen. Als Betty sich näherte, wurde einer der Jungs auf sie aufmerksam und stieß seinen Nebenmann an. Der schaute nun in ihre Richtung, man steckte Dinge in Hosentaschen, tuschelte miteinander, wandte sich von ihr ab.

»Kennt die einer?«, hörte sie den Größten von ihnen fragen. Man schaute wieder in ihre Richtung, schüttelte den Kopf, drehte erneut ab und stellte sich in einem Halbkreis mit dem Rücken zu ihr auf. Nur einer blickte sich noch einmal um. Das war Andy Grabowski. Sie erkannte ihn selbst unter der großen Ballonmütze. Er schien sich einen Bart wachsen zu lassen, sah nun erwachsener aus als noch vor einem Jahr. Aber auch unwirscher.

Betty stieg von ihrem Rad, klappte den Ständer aus und stellte sich hinter Andy. Als der sich nicht rührte, tippte sie ihm auf die Schulter. Er kreuzte die Arme vor der Brust, stellte seine Beine noch weiter auseinander und beachtete sie nicht. Sie trat einen Schritt zurück und brüllte laut: »Grabowski!«

Er zuckte zusammen und drehte sich mit einem Ruck zu ihr um. Mit ihm auch alle anderen Jungens.

»Was willst du Schlampe?«, ranzte sie einer von denen an.

»Schön geschmeidig bleiben, Dicker. Von dir will ich gar nichts. Ich will nur Andy sprechen.«

Der machte allerdings keine Anstalten, mit ihr zu reden. Die anderen verdrückten sich leider auch nicht.

»Kennt einer von euch Guste Krawitz?«, fragte sie.

»Was geht Sie das an?«, mischte sich einer der Jungen ein.

»Andy, die ist ermordet worden, hast du was gehört?«

Sie sah ein Springmesser aufblitzen.

»Kennst du die Mutti?«, kam es von einem.

Andy sagte nichts, schaute auf den Boden, drehte sich schließlich wieder weg von ihr. Betty musste einsehen, dass sie von ihm keine Hilfe zu erwarten hatte. Zumindest nicht in dieser Situation. So zog sie eine Visitenkarte aus ihrer Aktentasche und steckte die Andy in die Gesäßtasche.

»Ey, du lässt dir von der Alten an den Arsch fassen!«, grölte der Typ, der Andy direkt gegenüberstand. »Geht da was?«

Die Gruppe brach in schallendes Gelächter aus. Betty raunte Andy zu, er möge sich melden, falls ihm etwas einfiele. Dann stieg sie auf ihr Fahrrad und fuhr in Richtung Kaldi. Bevor ihre Schicht begann, hatte sie noch Zeit für einen großen Kaffee, vielleicht auch mal für ein Frühstück.

Als sie vor dem Café ankam, hielt wieder ein Stuhl die Tür offen. Raik wuselte in der Küche hin und her, es roch nach Kaffee. Betty setzte sich an einen der dunklen Holztische und atmete tief durch. Hier war es noch einigermaßen kühl.

Andy gab sie verloren. Manchmal fragte sie sich, ob sie als Anwältin das Richtige tat, indem sie jemanden verteidigte und vor dem Knast bewahrte. In diesem Fall war sie sich nicht mehr sicher. Wer wandelte sich im Gefängnis schon zum Guten? Die meisten kamen ja verrohter heraus, als sie hineingegangen waren.

Raik brachte ihr einen Latte XXL, wie sie ihn liebte. Sich selbst machte er einen Espresso. Gemeinsam saßen sie schweigend im Café-Raum, genossen den Kaffee und die Ruhe, die sie umgab.

Katja kam herein, eine Tüte Brötchen unter dem Arm. »Noch jemand ohne Frühstück?«, fragte sie, und Betty hob die Hand. Sie nahmen sich Zeit an diesem Morgen, besprachen den anstehenden Tag, aßen, gedachten Guste. Ein erster Gast betrat das Café und gesellte sich zu ihnen.

Betty schaute noch rasch in ihre E-Mails, bevor die Arbeit für sie losging.

»Halt dich aus Sachen raus, die dich nichts angehen. Sonst knallt's«, las sie da. Absender: Bullterrier.

Erschrocken klappte sie ihr Notebook zu, packte es in ihre Aktentasche und brachte diese sicherheitshalber in die Küche. Wer war Bullterrier?

Zurück im Schankraum, versuchte sie sich nichts anmerken zu lassen. Sie wischte die Tische ab, verwickelte die neuen Gäste in Gespräche, alles wie immer. Raik und Katja wollte sie nicht beunruhigen.

Es gab nur einen, dem sie davon erzählen würde. Ihm schickte sie eine SMS: »Komm zu mir essen. Betty.«

***

Theo Bosman war eine halbe Stunde zuvor in Duisburg angekommen. Er stellte den Jaguar auf dem Parkplatz an der Müllersgasse ab. Beim Weggehen blickte er noch mal über die Schulter.

Langsam gewöhnte er sich an den Anblick seines neuen Autos. Peinlich war es ihm inzwischen nicht mehr. Er spendete für Greenpeace und Ärzte ohne Grenzen, trennte Müll – um ehrlich zu sein, Raluca trennte Müll – und war Grünen-Wähler der ersten Stunde. Wenn Selbstbetrug strafbar wäre, säße ich längst im Knast, dachte er und bog um die Hausecke. Dort stieß er frontal mit einer Frau zusammen.

»Ey, pass doch auf«, fuhr sie ihn an und trat einen halben Schritt zurück.

Es war Mellie, die er umgerannt hatte. Interessiert betrachtete sie seine Stirn, auf der eine Beule entstanden war. »Ärger gehabt?«, fragte sie.

Er schüttelte den Kopf. »Dass ich dich jetzt hier treffe, ist wie ein Sechser im Lotto, habe nach dir gesucht. Beziehungsweise, ich wollte die Suche hier beginnen. Wo hast du gesteckt?«

Mellies Blick verdüsterte sich. »Hatte was zu erledigen.«

»Willste 'nen Kaffee?«

»Lieber Eis.«

»Behrens?«, schlug Theo vor.

»Ja.« Mellies Miene hellte sich wieder auf.

Theo deutete mit dem Kopf zum Parkplatz. Sie schlenderten gemeinsam hinüber. Über dem Asphalt flirrte die heiße Luft schon jetzt. Er blieb an der Fahrertür des Jaguars stehen.

Mellie schaute ihn mit vorgeschobenem Kopf und großen Augen an. »Du klaust Autos?«

»Ein Geschenk.«

»Ja sicher.« Mellie öffnete die Tür und glitt auf das weiße Leder. »Heiß.«

»Da sagst du was.« Theo startete den Achtzylinder.

Mellie schnalzte mit der Zunge. »So einen will ich auch. Ich könnte mein Abi nachmachen. Oder dealen. Wozu rätst du mir?«

»Reich heiraten.«

»Du bist ein Chauvi, Boss.«

»Stimmt, ich schleppe wehrlose Frauen in die Eisdiele ab.«

Theo Bosman ließ das Verdeck nach hinten fahren. Mellie legte den rechten Arm ins Fenster und sagte nichts mehr, bis sie vor dem Eiscafé standen.

Sie entschieden sich für einen Tisch im hinteren Bereich des Behrens. Dort fühlte es sich einen Hauch kühler an. Theo nahm einen Eiskaffee, wie immer. Mellie studierte die Karte mit großer Begeisterung und brauchte einige Minuten, bis sie zaghaft einen Heidelbeer-Becher bestellte.

»Fünf Euro fünfzig, Boss?«

Der reagierte nicht.

Mellie nahm das Base-Cap ab, und Theo sah oberhalb des rechten Ohres eine genähte Wunde.

»Ärger gehabt?«, fragte nun er.

Mellie winkte ab.

»Ich erzähl dir gleich von meinem Veilchen, und du erzählst mir von deinem Cut.«

Das Eiscafé war gut besucht, und Theo registrierte die auf Mellie gerichteten Blicke mancher Gäste. Der fleckige Rucksack zu Mellies Füßen, die abgewetzte Cargohose, die schmutzigen Fingernägel, das Anker-Tattoo auf ihrer Schulter, der kahl rasierte Schädel, die genähte Wunde. Mellie zeigte, wo sie war. Unten. Dass man sie anstarrte, schien sie auszublenden. Ihre Konzentration galt allein dem Eisbecher, als er serviert wurde.

Sie war noch so jung. Guste war tot. Mellie lebte. Guste wäre aus ihrem Kiosk rausgekommen, hätte ihr einen Kuss auf die Stirn gedrückt und gesagt: »Kannst dich hinten duschen, Mädchen, du stinkst.«

»Vorgestern hatte ich Geburtstag«, sagte Mellie. »Ich nehm das hier Mal als nachträgliches Geschenk. Danke.«

Theo wurde übel. Er entschuldigte sich und ging zur Toilette. Dort ließ er sich das kalte Wasser über die Handgelenke laufen. Guste war an Mellies Geburtstag getötet worden. Er konnte jetzt nicht mit ihr über den Mord sprechen. Wollte das auch nicht. »Erst das Leben, dann der Tod«, flüsterte er seinem Spiegelbild entgegen.

Als er den Gastraum wieder betrat, sah er, wie Mellie sich im Löffel des Eisbechers betrachtete. Er trat an den Tisch. »Ich habe noch ein Geschenk für dich, 'ne Runde Planschen am Großenbaum. Lust?«

Sofort griff die junge Frau nach ihrem Rucksack und stand

auf. »Ich war mit sechzehn Jugendmeisterin über hundert Meter Freistil.«

Theo legte einen Zehn-Euro-Schein auf die Theke, ließ Mellie den Vortritt, und gemeinsam rannten sie über die Straße zum Auto. Als sie losfuhren, drückte Mellie übermütig auf den Knöpfen der Stereoanlage herum, und nach wenigen Sekunden erklang die »Morgenstimmung« von Edvard Grieg.

Mellie legte den Kopf schräg und schaute Theo Bosman an. »Boss, du bist in Wirklichkeit ein Romantiker, stimmt's?«

»Das findet Rick auch.«

»Wer ist das«?

Er antwortete nicht. Sie drehte die Musik laut. Wortlos fuhren sie die Wanheimer Straße Richtung Süden.

Als Theo Bosman das Auto auf dem Parkplatz des Freibades abstellte und gerade aussteigen wollte, griff Mellie nach seinem Arm. »Warum hast du nach mir gesucht?«

Er schluckte, zögerte einen Moment. Dann fragte er: »Du kennst doch Guste?«

»Ja klar«, antwortete Mellie. »Warum hast du nach mir gesucht?«

»Guste wurde ermordet. Vorgestern. Ihr Kopf steckte in einer Plastiktüte. In der Tüte fand die Polizei Heroin.«

Weiter kam er nicht. Mellie stieß die Tür auf, sprang aus dem Auto und schlug mit der flachen Hand auf die Motorhaube. Ihre Lippen presste sie so fest aufeinander, dass sie ganz weiß wurden.

»Mellie, ich will dich nicht in irgendeinen Zusammenhang damit bringen.«

Sie lachte gequält. »Ich habe nicht mal einen Ladendiebstahl auf dem Kerbholz.« Mellie dreht sich um und setzte sich auf den Boden, an den Vorderreifen gelehnt.

Theo lief um das Auto herum zu ihr und sah, wie sie weinte. Er ging zurück zur Fahrertür. Mit weinenden Frauen konnte er nicht. »Ich gehe schon mal rein.«

Damit wandte er sich Richtung Eingang, bezahlte für Mellie mit und ging runter zum Strand. Keine Minute später lief er ins Wasser und schwamm raus auf den See. Die Boxershorts erwiesen sich nur als mittelmäßiger Badehosenersatz. Es war ihm egal. Er machte lange Züge unter Wasser. Langsam kühlte auch sein Kopf ein bisschen ab.

An der Badeinsel angekommen, dreht er sich zum Strand um und sah, dass Mellie in Slip und T-Shirt ins Wasser kam. Er stemmte sich aus dem Wasser und setzte sich auf die Plattform. Mellie schwamm auf ihn zu. Schnell. Ihre breiten Schultern passten nicht zum schmalen Körper. Sie musste als Jugendliche hart trainiert haben. Rasch erreichte sie die Badeinsel, und in einer fließenden Bewegung zog sie sich neben ihn auf die feuchten Holzplanken.

»Wann wird Guste beerdigt?«, wollte sie wissen.

»Keine Ahnung, ich sage dir Bescheid.«

Mellie nickte. »Ich kenne ein paar Dealer. Aber die sind, wie soll ich sagen, arme Schweine. Harmlos. Was sollten die auch von Guste wollen. Ich weiß nur eins, das Gift ist teurer geworden.«

»Wann?«

»Letzten Monat. So vor zwei Wochen vielleicht.«

Theo schaute sie an. »Mellie, dir läuft Blut aus der Nase.«

Sie griff nach ihrem nassen T-Shirt und drückte sich mit dem Stoff die Nasenflügel zusammen. »Kommt vom Sniefen«, erklärte sie.

Theo schüttelte den Kopf. »Herrgott, reiß dich doch endlich mal zusammen. Du brauchst einen Job und ’ne Wohnung.«

Mellie sah ihn ernst an. »Ach, Boss, wenn das so einfach wäre.«

Sie klang resigniert. Mitte zwanzig und ohne jede Illusion. Theo nahm sich vor, mit Betty über sie zu sprechen. Er ließ sich wieder ins Wasser gleiten und kraulte zurück, versuchte Mellies Stil, streckte den Arm nach dem Eintauchen. Ein ganz neues Gefühl des Gleitens. Vielleicht könnte sie Kindern das Schwimmen beibringen. Vielleicht hatte Betty eine Idee.

Gerade, als er sich in den Sand gelegt hatte, meldete sich sein Handy. Ein Mittsechziger auf einem Handtuch drei Meter weiter mischte sich ein.

»Bist du bescheuert, dein Handy hier liegen zu lassen? Die Dinger werden geklaut wie blöde.«

»Meins nicht. Rechnet doch niemand damit, dass jemand so bescheuert ist.« Theo ging ran. Es war Ella.

»Wir wissen was über die Farbe, mit der man diesen Spruch an Gustes Kiosk angebracht hat. Übrigens wurde er nicht gesprüht, sondern mit einem Pinsel aufgetragen. Sehr ungewöhnlich. Antifouling. Das ist –«

Theo unterbrach. »Kenne ich, Ella. Fürs Unterwasserschiff, gegen den Bewuchs mit Muscheln und so. Also könnten die Schmierer im weitesten Sinne aus der Ecke der kleinen und großen Schiffseigner kommen. Ich habe dir doch von meinem Telefonat mit Harry Blumster berichtet.«

»Ja, mit dem betreffenden Partikulier der ›Anneke‹ hat die Kollegin von Stetten telefoniert. Der ist inzwischen wieder in den Niederlanden. Aber leider hat er ausgesagt, keine fremden Personen an Bord gesehen zu haben.«

»Ella, da stimmt was nicht. Harry Blumster hat mir ausdrücklich von drei Anzugträgern an Bord berichtet. Er hat ja nicht halluziniert. Wo kam das Schiff denn her?«, fragte er.

Er konnte hören, wie Ella in den Unterlagen blätterte. »Constanța, Rumänien.«

»Die Balkanroute, die Schmuggelroute für Drogen. Jedenfalls auf dem Landweg. Wir tasten uns ran. Wie heißt der Partikulier?«

»Das kann ich dir nicht sagen. Tut mir leid. Aber was ich dich fragen wollte: Wie heißt eigentlich dieser holländische Trainer, der so lange auf Schalke war?«

»Huub Stevens.«

»Nee, nicht Huub, hieß der nicht Kent?«

Theo verstand. Kent Stevens. Da würde er mal ein bisschen rumstochern. »Ach, Ella, von Fußball hast du echt keine Ahnung. Tschüss.«

Er sah Bettys SMS und traf eine halbe Stunde später im Café Kaldi ein, während Mellie den Tag im Wasser verbringen wollte.

Betty lief in die Küche und bat um zwei Schinken-Pfannkuchen. Sie wollte Pause machen und berichtete vom Zusammentreffen mit Andy. Dann nahm sie ihre Tasche mit in den Schankraum, setzte sich zu Theo an den Tisch und zeigte ihm die E-Mail.

»Halt dich aus dem Fall Guste am besten raus, das ist viel zu gefährlich. Diese Jungs können ganz schön ungemütlich werden, wenn du sie so offen befragst, das muss man vorsichtiger, verdeckter machen. Und gib diesen Typen nicht einfach deine Visitenkarte, das ist ja wie eine Einladung.«

Sie sagte nichts dazu, er mochte recht haben. Aber alles in ihr sträubte sich dagegen, die Hände in den Schoß zu legen.

Geheimnisse

Bislang war der Sommer so dahingeplätschert. Ein paar kleine Routinejobs, Musik hören, Skat spielen. Theo Bosman hatte das genossen. Und jetzt explodierte seine kleine Welt binnen kürzester Zeit. Guste wurde ermordet, Betty bedroht, und seit anderthalb Stunden lag ihm auch noch Mellies Zukunft im Magen. Er wusste gar nicht, womit er anfangen sollte.

Zunächst war er jetzt auf dem Weg zu seinem Sohn. Bernard lag mit der »Alma« noch im Hafen. Theo hatte das Schiff seines Vaters, das jetzt das Schiff seines Sohnes war, gesehen, als er über die Brücke zur Speditionsinsel gefahren war. Das Dach des Ruderhauses hatte Bernard bemalt. Mit einer Kopie der Seerosen von Monet. Als sie noch eine glückliche Familie waren, Ella, Bernard und er, hatten sie das Bild gemeinsam in der Neuen Pinakothek in München angeschaut, und Bernard hatte sich gar nicht lösen können. Die »Alma« war seit Bernards Kunstaktion jedenfalls ein Hingucker und wurde oft von Passanten fotografiert. Theo betrat das Schiff noch immer mit dem Gefühl, nach Hause zu kommen.

»Ahoi, jemand an Bord?«

Achtern, hinter dem Ruderhaus, lugte Leas Kopf um die Ecke. Um den Hals trug sie eine Schlange. »Dad, ein Sonnenstrahl an diesem traurigen Tag.«

Sie lief auf ihn zu und umarmte ihren Schwiegervater einige Momente länger als sonst. Die Schlange war gelb, glitschig und aus Plastik. »Ich bin so dankbar, dass es uns gut geht. Keine Hungersnot, kein Erdbeben und keine gedungenen Mörder. Ich kannte Guste ja nicht so gut, aber freundlicher als sie kann man kaum sein.«

Sie legte Theo von hinten ihre Hände auf die Schultern, schob ihn Richtung Steuerhaus und sang: »Gleich geht sie los, unsere Polonaise …«

Theo war glücklich, dass sein grüblerischer Sohn eine Frohnatur wie Lea erwischt hatte.

Bernard saß im Steuerhaus über der Disposition für die »Alma«. Er erledigte den Bürokram mit einer gewissen Hingabe. »Von mir hast du das nicht«, sagte Theo und wuschelte seinem Sohn durch die Haare.

»Wer unausweichliche Pflichten akzeptiert, lebt leichter.« Damit wandte sich Bernard wieder den Unterlagen zu, und Lea zog ihren Schwiegervater nach unten in die schwimmende Wohnung. Dort platzierte sie ihn mit einem kleinen Schubser am Esstisch.

»Sag mal, Lea, was schleust du mich hier so durch? Ich wollte eigentlich mit Bernard über Guste sprechen.«

Sie kniff die Augen zusammen und schüttelte leicht den Kopf. »Besser nicht. Es geht ihm schlecht, sobald ich ihn darauf anspreche. Gestern wollte er nicht mit Blacky raus. Ich denke, wir lassen ihn mal ein paar Tage in Ruhe. Magst du einen Tee?«

Sie tranken Earl Grey, und Lea zeigte ihm auf ihrem Handy Fotos ihrer neuen Lagerräume in Köln. Lea vergrößerte gerade ihr Geschäft. Seit Kurzem hatte sie ihre Kostümkollektion um Übergrößen erweitert. Eine goldene Idee, wie sie sagte. Irgendwann stand sie auf, schloss die Tür zum Aufgang, setzte sich wieder und spielte mit ihrem Ehering. Das machte sie immer, wenn sie nervös war.

»Dad, da ist was, das ich mit dir besprechen möchte. Seit einiger Zeit verschwindet Bernard, sobald wir irgendwo in der Nähe von Köln sind, und kommt erst in der Nacht zurück. Ich habe ihn gefragt, wohin er geht. Er sagte, dass er an einem Kunstprojekt arbeite. Mehr nicht. In seinem Schrank stehen schwarze Lackschuhe.«

Ihre Augen röteten sich. Sie schluckte. »Ich habe Angst, dass er eine andere hat. Hilfst du mir?«

Theo rieb sich den Nacken, kratzte sich am Kinn, schaute aus dem Fenster und dann wieder in Leas Augen. »Hast du wirklich schon alles versucht, was aus ihm rauszubekommen? Das müsst ihr doch untereinander lösen. Kann mich nicht in eure Ehe einmischen.«

Lea liefen nun Tränen übers Gesicht. Sie habe ihn nun mehrfach darauf angesprochen, aber er gebe nichts preis.

Theo wurde mulmig zumute. Er wusste, wie verschlossen Bernard war. Das hatte er von ihm. Aber Fremdgehen, das wollte so gar nicht zu ihm passen. Leas Tränen mitansehen zu müssen, fordert ihm einiges ab, deshalb versprach er widerwillig, sich zu kümmern, in einem günstigen Moment – vielleicht. Den Tee trank er nicht mehr aus. Seinem Sohn warf er im Gehen ein kurzes »Tschüss« zu.

Wieder an Land ärgerte er sich über sich selbst, er hatte Ja gesagt und Nein gemeint. Aber einer weinenden Lea gegenüber war er schwach geworden. Er rief Raluca an.

»Agentur für maritimes Consulting, Sie sprechen mit Raluca Wiesel.«

»Ich bin's, bitte sagen Sie alle Termine bis Ende nächster Woche ab.«

»Oh, Boss, Sie klingen wie der Vorstandsvorsitzende eines Global Players.«

»Tatsächlich bin ich der überforderte Schnüffler in Fällen, die mir nicht gefallen.«

»Fällen? Ist das nicht ein Plural? Was Neues? Etwas, wovon ich wissen sollte?«

»Ja, ja und nein. Sie können übrigens die Suppe auftauen. Heute Abend esse ich zu Hause.«

Theo stieg in seinen Jaguar, er war spät dran, hatte er doch seinen Eltern versprochen, pünktlich zu sein. Nun fuhr er zum Kaffee. Mit Blumen, ohne Betty.

Um diese Zeit würde nicht viel los sein auf den Straßen, und so verließ er die A 57 bereits eine knappe halbe Stunde später an der Ausfahrt Alpen. Am Ende der Weseler Straße brachte ihn eine rote Ampel zum Stehen.

Links blickte er auf das Haus, in dem einst die Kollegen der Gelderner Polizei untergebracht waren, bevor sie ihr neues Gebäude am Bahnhof bezogen hatten. Es sah verlassen und traurig aus. Der Polizei unwürdig, fand er. Schräg gegenüber, auf der anderen Seite der Kreuzung, stand, was einst die Kirche seiner Kindheit war. Sie wurde heute weltlich genutzt. Nichts blieb, wie es war.

Leise Melancholie breitete sich in ihm aus, als er vor dem Wohnhaus seiner Eltern in der Herzogstraße einparkte. Und er fragte sich, was aus seinem Sohn Bernard würde, wenn der noch lange als Binnenschiffer auf der »Alma« fuhr, denn eigentlich hatte er andere Pläne, träumte von einem Künstlerleben. Sollte der Lümmel seine Lea betrügen, bekäme er es mit ihm zu tun. Aber er vertraute Bernard. Sein Sohn war ein verlässlicher Partner und in Liebesangelegenheiten immer beständig gewesen. Kein Draufgänger oder Abschlepper.

Theo klingelte. Noch immer keine Sprechanlage, dachte er, als ihm aufgedrückt wurde. Vielleicht musste er die eines Tages noch selbst für seine Eltern installieren. Er lief die hellgrauen Steintreppen hoch in die zweite Etage und roch bereits im ersten Stock den Duft von frisch gebackenem Kuchen. Gedeckter Apfelkuchen, mit Bröseln, wie er hoffte. Den konnte niemand so gut wie seine Mutter. Die Tür zur Wohnung stand offen, er hörte seine Eltern hin und her laufen, aufgekratzt miteinander sprechen. Die Tassen seien ja noch gar nicht auf dem Tisch, jetzt aber dalli.

Tom Bosman kam zur Tür. »Junge, wie schön, komm rein, dann kann sich deine Mutter endlich beruhigen.«

Die beiden umarmten sich, klopften sich gegenseitig heftig auf den Rücken, ließen dann wieder voneinander ab.

»Man könnte meinen, ihr prügelt euch, wenn man euch Männer so sieht«, lachte Maite Bosman und nahm Theo zärtlich in den Arm. Sanft strich sie ihm über das Haar, deutete einen Kuss auf seine Wange an und hielt ihn dann an seinen Oberarmen fest.

»Lass dich anschauen, gut siehst du aus, ein wenig dunkel unter den Augen, schläfst du denn genug?«, wollte sie wissen.

»Aber ja, Mama.«

Sie lächelte ihn an, glaubte kein Wort, trabte wieder in die Küche, wo sie sich am Kuchen zu schaffen machte. Geschäftig lief sie noch ein paarmal hin und her, stellte Saft und Kondensmilch auf den gedeckten Wohnzimmertisch, ein Blümchen zur Dekoration, das gute Besteck, von Oma Bosman einst geerbt, dann setzte auch sie sich zu den beiden Männern, die sich bereits Kaffee in ihre Tassen einschenkten.

»Mutter hatte Sorge, ob ihr die Brösel auch gelingen«, frotzelte Tom Bosman. »Nimm dir ein Stück, nein, warte, ich gebe dir eins auf, eins von den größeren, du kannst es vertragen, ich soll das ja nicht mehr.«

Tom balancierte ein großes Stück Apfelkuchen auf Theos Teller, das im letzten Moment doch noch auf die Seite kippte, was alle drei lauthals bedauerten. Dann fachsimpelten sie ausgiebig über die Brösel, die, wie Theo fand, mal wieder köstlich schmeckten. Maite lächelte fast ein wenig verlegen, sprang dann auf, ihr fiel die Sahne ein, die sie für Theo geschlagen hatte, falls er welche wollte. Als Erster gab sich Tom einen großen Schlacks davon in den Kaffee, als sie nicht hinsah. Die beiden Männer stießen sich an, so als hätten sie nicht nur Maite ausgetrickst, sondern auch den Arzt, der Tom dringend zu weniger Fett geraten hatte.

Wie es auf der »Alma« liefe, wollten beide Eltern wissen und erkundigten sich nach Bernard und Lea und ob die noch immer einen flachen Bauch hätte. Sie träumten doch von Urenkeln. Theo konnte keine Nachwuchsnachrichten verbreiten, über Leas Sorgen, betrogen zu werden, sprach er lieber nicht, berichtete stattdessen von Guste Krawitz' Ermordung.

»Guste?«, fragte Maite und sah Tom an. »Guste Joosten, wie furchtbar.«

»Nein, Guste Krawitz«, korrigierte Tom.

»Ja, so hieß sie später, als sie den alten Krawitz geheiratet hat«, fügte Maite leise hinzu. »Wie ist denn das passiert?«

Theo berichtete, was er über diesen Fall wusste und dass man sich den Spruch auf ihrem Kiosk nicht erklären konnte.

Maite schlang ihre Arme um sich, so als würde ihr kalt. Und sie erzählte die Geschichte der Guste Krawitz, geborene Joosten, mit der sie seinerzeit die Anne-Frank-Schule besucht hatte. Geldern war zu dieser Zeit noch ein Dorf gewesen, die Gegend am Ende des Boeckelter Weges sowieso, denn dort schien der Ort im Nichts zu enden. Hinter den letzten Häusern begannen bereits die ersten Felder. Man kannte sich. Viele der Schüler kamen von den Bauernhöfen rundherum.

Guste stammte auch von einem der Höfe, einem mit wenig Land. Sie war die Jüngste von fünf Geschwistern und musste schon früh zu Hause mithelfen, damit sich der Familienbetrieb über Wasser halten konnte. Ihr Vater trank, schlug oft Frau und Kinder im Suff. Eines Tages kam Guste nicht mehr in die Schule. Alle wunderten sich, denn keiner der Mitschüler wusste, warum. Auch die Lehrer schwiegen eisern. Dann unternahmen Maite und ein paar Freundinnen ein halbes Jahr später einen Fahrradausflug, bei dem sie am Hof von Gustes Eltern vorbeikamen, und dort sahen sie Guste auf der Treppe vor dem Hauseingang. Mit dickem Bauch, hochschwanger. Als sie die Mädchen auf ihren Fahrrädern entdeckte, stand sie schnell auf, ging ins Haus und warf wortlos die Tür hinter sich zu. Guste war zu diesem Zeitpunkt erst sechzehn gewesen.

Man munkelte, sie habe das Kind entbunden, und ihre Tante habe es als das ihre ausgegeben. Niemand wusste, wer der Vater war, aber die Tante gab den Jungen später ins Heim, als der heranwuchs und Schwierigkeiten machte. Guste erschien nie wieder in der Schule. Ein paar Jahre später hörte Maite von deren Heirat mit Günter Krawitz, einem wesentlich älteren Mann. Als Zweitgeborener konnte der sich keine Hoffnung auf den elterlichen Hof im benachbarten Issum machen, so zogen beide weg nach Duisburg.

Danach hatte Maite nur noch selten von Guste gehört, traf sie aber einmal wieder, als sie Theo in Ruhrort besuchte und an ihrem Kiosk vorbeikam. Beide hatten so getan, als würden sie einander nicht wiedererkennen, und sich nicht auf vergangene Zeiten in Geldern angesprochen.

»Guste hatte einen Sohn, das erklärt den Spruch auf ihrem Kiosk«, stellte Theo fest. »Weißt du, unter welchem Namen der Junge aufgezogen wurde? Mama, das wäre ein wichtiger Hinweis für mich, denk nach, bitte.«

»Der Junge kam zur Schwester ihrer Mutter, so sagte man, Erna Klein. Er trug wahrscheinlich deren Nachnamen. Aber sicher bin ich nicht.«

Theo trat ans Fenster und schaute auf die Niers, den kleinen Fluss, der nur ein paar Meter entfernt am Haus vorbeifloss. Erna Klein, das konnte eine Spur sein. Aber wer außer Maite, außer den Alteingesessenen, wusste von diesem Kind?

Er trank den Rest Kaffee, verabschiedete sich herzlich von seinen Eltern, versprach, ganz bald wieder vorbeizuschauen.

Gemeinsam stiegen sie die Stufen hinab. In Theos Familie pflegte man zu winken. »Das ist das Mindeste«, sagte seine Mutter immer. Als sein Vater den Jaguar sah, schaute Theo ihn gleichermaßen warnend wie bittend an. Tom Bosman fragte nicht. Maite nahm nicht wahr, dass ihr Sohn mit einem Auto unterwegs war, das ein paar Nummern zu groß für sein Bankkonto war.

Als Theo auf dem Boeckelter Weg an der Kreuzung zur Weseler Straße wieder an der ehemaligen Kirche zu stehen kam, musste er daran denken, wie viel Schicksal sich auf dem Kilometer zwischen St.-Adelheid-Kirche und Anne-Frank-Schule abgespielt haben musste, wenn man gezwungen war, sein eigenes Kind wegzugeben. Er hätte Bernard nie wieder losgelassen, nachdem die Hebamme ihm dieses warme, weinende Bündel zum ersten Mal in seine Arme gelegt hatte. Wie gut, dass sich die Zeiten änderten.

Er geriet in den Feierabendverkehr und quälte sich bis zur Autobahnauffahrt, dann konnte er endlich wieder Gas geben. Eine knappe Dreiviertelstunde später parkte er den Jaguar vor seiner Wohnung. Als er die Haustür aufschloss, duftete es im Hausflur nach Essen. Ihm fiel die Suppe wieder ein, die er Raluca gebeten hatte, aufzutauen. Auf die hatte er nun gar keine Lust mehr, er war noch satt vom Kuchen seiner Mutter. Außerdem hatte er dringend anderes zu tun als zu essen. Die Suppe konnte er ja morgen noch aufwärmen.

Er schloss die Tür zu seiner Wohnung auf, und Raluca rief fröhlich aus der Küche: »Da sind Sie ja, sogar pünktlich, das ist wunderbar.«

»Raluca, was die Suppe angeht –«

Sie unterbrach ihn: »Nix Suppe, das ist doch Schnee von gestern, die können Sie sich aufwärmen, wenn ich nicht da bin. Es gibt Kohlrouladen, die lieben Sie doch so.«

Raluca löste die Schleife ihrer Schürze auf dem Rücken, zog sie sich vom hellgrünen Kleid herunter und trat vor Theo.

»Rouladen?«, wiederholte Theo ungläubig. »Wieso nicht Suppe?«

»Nicht fragen, essen«, befahl Raluca und schob ihren Boss rückwärts zum Esstisch, den sie mit lila Platzdeckchen und kleiner rosa Kerze dekoriert hatte.

Theo überlegte, ob er ihr den Gefallen tun und wenigstens ein bisschen essen sollte, aber der Gedanke daran ließ ihn bereits würgen.

»Raluca, Sie sind ein Schatz, ein ganz wunderbarer sogar, aber ich kann jetzt nichts essen, frieren Sie es ein. Sind Sie so nett?«

Theo stand auf, ging in sein Schlafzimmer, warf ein paar frische Sachen in den alten Seesack und brach auf. Er wollte für eine Weile allein sein, und er wollte wieder aufs Wasser.

Sicherer Hafen?

Auf der »Calypso« legte Theo sich ins Bett, obwohl er wusste, dass er nicht gut schlafen würde. Ihm spukten die Details rund um Gustes Ermordung durch den Kopf. Ihr Anblick auf der Kohlenhalde ließ ihn nicht los. So stand er wieder auf, ging die zwei Stufen hoch zur Bordküche und goss sich einen Schnaps ein. Den kippte er vor dem Kühlschrank stehend weg. Den zweiten gleich hinterher, und einen dritten nahm er mit in die Koje. Er wusste, dass Schnaps als Schlafmittel nicht taugte. Aber im Augenblick fiel ihm nichts Besseres ein.

Er legte sich hin, löschte das Licht und schob die Gardine einen Spalt zu Seite. Draußen war es ruhig, Dörte anscheinend unterwegs. Auf ihrer Yacht sah er kein Licht. Alles, was er hörte, waren das leise Plätschern des Wassers und das Knarzen der Taue. Er schloss die Gardine wieder und hoffte auf die Wirkung des Alkohols in Kombination mit dem sanften, fast unmerklichen Schaukeln seines Boots, das ihn sonst immer sehr beruhigte. Tatsächlich wurde er müder, döste langsam ein. Wie lange er geschlafen hatte, wusste er nicht, als er durch Geräusche draußen an Land aufgeweckt wurde.

Es brauchte einen kurzen Moment der Orientierung, aber Theo war sich sicher, dass er Schritte hörte, die in seine Richtung kamen. Er sprang aus dem Bett und nahm die zwei Stufen hoch in die Kajüte mit einem Satz. Auf dem Boden zwischen der Sitzgruppe und dem Steuerstand lag ein kleiner Läufer, an allen vier Enden mit Druckknöpfen am Boden befestigt. Er riss den Teppich hoch und öffnete die darunter verborgene Klappe. Er nahm seine Pistole und ein Päckchen Munition aus dem Fach, drückte die Patronen ins Magazin und schob das Magazin in den Griff der Pistole. Vielleicht brauchte er die jetzt. Er verschloss die Klappe wieder. Es war sicher zwei Jahre her, dass er die Waffe, außer zum Reinigen, zuletzt in der Hand gehabt hatte. Der Mord an Guste hatte ihn wohl schreckhaft gemacht. Gar nicht meine Art, dachte er.

Die Schritte draußen wurden schneller. Theo postierte sich hinter der Gardine zum Heck. Dass man sein Boot so leicht betreten konnte, verfluchte er jetzt. Vorsichtig schob er den Vorhang der großen Glasschiebetür zur Seite, sodass ein schmaler Spalt entstand. Aber er konnte niemanden sehen. Draußen war es stockfinster. Wer auch immer sich da gerade näherte, würde zuerst in den Lauf seiner Pistole schauen, so viel stand fest.

Die Schritte verstummten. Dann eine Bewegung des Bootes und ein dumpfer Aufprall. Jemand war an Bord gesprungen.

Ungeschickt, dachte Theo, zog mit einem Ruck die Glastür auf, packte den Eindringling an der Schulter und beförderte ihn mit einem Judowurf ins Hafenbecken. Der Körper war leicht, und noch bevor er ins Wasser eintauchte, erkannte Theo, dass er Betty über Bord geworfen hatte. Er hörte sie aufschreien.

Theo legte die Pistole auf den Boden, schaltete die Außenbeleuchtung der »Calypso« ein und warf den Rettungsring ins Wasser.

»Dass du mir hinterherspringst, ist wohl zu viel verlangt.«

»Der Kapitän muss die Übersicht behalten.«

Betty klammerte sich an den Ring, strampelte mit den Beinen und näherte sich der Leiter an der Hafenmauer. Dort half Theo ihr an Land und hängte ihr an Bord der »Calypso« ein großes blaues Handtuch um ihre Schultern. Dann nahm er die Waffe an sich und entlud sie.

»Kannst du mir mal sagen, warum du dich hier mitten in der Nacht anschleichst?« Er richtete seine Walther P99 auf den Boden. »Das hätte leicht ins Auge gehen können. Warum rufst du nicht einfach an, wenn du zu mir kommen willst?«

Vorsichtig zog er das Stangenmagazin aus der Waffe, die Rick ihm einst besorgt hatte, nicht ohne den Griffrücken an Theos Hand anpassen zu lassen. Er wollte sie wieder in seinem Versteck unter dem Deckboden verstauen, als er bemerkte, dass seine nächtliche Besucherin weinte. Er legte die Walther aus der Hand und zog Betty zu sich in den Arm.

»Was ist denn passiert?«

Sie versuchte, die Tränen zu unterdrücken, das Sprechen

fiel ihr schwer. Er strich ihr über das Haar. Schwieg mit ihr. Dann holte er auch ihr einen Schnaps aus dem Kühlschrank. Eng nebeneinander setzten sie sich auf die Bank am Tisch. Aber sie rührte das Glas nicht an. Er entschuldigte sich dafür, sie ins Wasser geworfen zu haben, fragte, ob sie eine Bleibe für die Nacht suche. Sie nickte, noch immer weinend. Theo bot ihr sein Bett in der Masterkoje an, er selbst wollte in die kleine Gastkoje umziehen. Sie nahm das Angebot an.

Er holte Decken hervor, legte ihr ein Handtuch raus, sagte und fragte nichts. Erst als er sich in die Zweitkoje zurückziehen wollte, rückte sie mit der Sprache heraus. Jemand war in ihre Wohnung eingedrungen, hatte alles auf den Kopf gestellt und eine Nachricht an die Wohnzimmerwand gesprüht: »Wir kriegen dich.«

Theo spürte, wie sich sein Herz zuschnürte. Noch ein Graffito. Waren Gustes Mörder jetzt auch hinter Betty her? Wo war der Zusammenhang?

Er musste Betty beschützen. Sollte es sich bei ihren Besuchern um die Kategorie Verbrecher handeln, die Guste auf dem Gewissen hatten, wäre das keine leichte Übung. Dessen war er sich bewusst. Trotzdem versuchte er, Betty zu beruhigen. Sie sollte erst mal darüber schlafen, bei ihm sei sie in Sicherheit. Zumindest hoffte er das.

Sie nickte nur stumm, nahm dann doch den Schnaps und zog sich ins Bett zurück. Er bat sie, hinter sich abzuschließen, er selbst würde bei offener Tür schlafen. Die Walther lud er erneut und legte das alte, lederne Waffenhalfter aus seiner aktiven Zeit bei der Wasserschutzpolizei an. Er wollte bereit sein, auch wenn die Pistole im Halfter drückte, sobald er sich hinlegte.

Er tippte eine SMS an Rick Boysen: »Brauche Unterstützung. Bin auf der Calypso in MH.«

An Schlaf war nicht mehr zu denken. Er hörte Betty ihre Schlafzimmertür von innen aufschließen. Barfuß tapste sie die paar Schritte zu ihm herüber. »Ich möchte nicht, dass du hier die Nacht verbringst«, sagte sie, »du hast ja gar keinen Platz.«

Sie nahm seine Hand, zog ihn hoch zu sich und führte ihn in die größere Koje. Dort legte sie sich auf das Doppelbett und klopfte einladend neben sich auf die Matratze, während sie ihn auf eine Weise ansah, die ihm die Knie weich werden ließ.

Jetzt nur nicht schwach werden, dachte Theo, das ist kein guter Augenblick, um die Kontrolle zu verlieren. Er würde nur so lange bei ihr bleiben, bis sie einschlief, nahm er sich vor und schloss die Kojentür hinter sich ab. Betty kroch unter die Bettdecke, während er sich mit Jeans und Pistolenhalfter neben sie legte. Eine Nacht mit ihr hatte er sich anders vorgestellt. Er riss sich zusammen, wollte einen klaren Kopf behalten. So schwer es auch fiel.

Er drehte sich ebenfalls zur Seite, zur anderen, schob dort den kleinen Vorhang vor dem Fenster zurück und schaute raus. Das Wasser war ruhig.

Theo verbrachte den Rest der Nacht zwischen Wachen und Dösen, bis das erste, zarte Tageslicht Muster aus Sonne auf das Bett malte. Wieder hörte er Schritte, die sich auf das Boot zubewegten. Vorsichtig stand er auf, schloss leise die Kojentür auf, schlich sich in die Kajüte und schob den Vorhang zum Heck ein Stück zur Seite. Seine Pistole nahm er sicherheitshalber aus dem Halfter.

Es näherte sich seinem Boot nun eine Person mit schwerem, etwas schleifendem Gang, den er zu kennen glaubte. Rick Boysen. Er kam direkt aus der Sonne, und seine massige Gestalt warf einen imposanten Schatten. Theo steckte die Pistole ins Halfter zurück, öffnete den Vorhang, dann leise die Glastür und trat hinaus aufs Deck. Er winkte Rick und legte einen Finger auf den Mund. Theo sprang an Land, wo er im Flüsterton erklärte, was passiert war.

»Die kannst du jetzt nicht mehr allein lassen, das ist zu gefährlich.« Rick war sich da sicher. »Personenschutz kannst du auch knicken, bis die Polizei in die Gänge kommt, ist deine Freundin hinüber.«

»Pst …«, machte Theo und zeigte in Richtung Koje.

Sie gingen ein paar Schritte und beratschlagten, was zu tun sei. Schließlich schlug Rick vor, seine Yacht zu holen, sie neben Theos »Calypso« zu legen und von dort aus mit zwei guten

Leuten als Bodyguards Betty zu bewachen, die nicht mehr nach Hause sollte. So lange, bis Gustes Mörder hinter Gittern saßen. Theo leuchtete dieser Plan ein, obwohl es keinen Beleg für einen Zusammenhang gab. Wie Betty zum Thema Personenschutz stand, war eine ganz andere Frage.

»Lass mich das machen«, meinte Rick, »ich werde ihr das schon beibringen. Natürlich will sie lieber einen so hübschen Kerl wie dich am Morgen sehen, das ist schon klar. Du haust jetzt ab, versuchst, was herauszufinden, ich bleibe hier, lasse mein Schiff kommen und erkläre der Lady die Lage.«

Theo kannte Bettys störrisches Naturell. Leicht würde Rick es mit ihr nicht haben, wenn sie es überhaupt akzeptierte, beschützt zu werden. Vielleicht war es wirklich besser, sie vor vollendete Tatsachen zu stellen.

Sofort begann Rick, telefonisch einige Leute zusammenzutrommeln, und veranlasste, dass man ihm seine Yacht brachte, was einige Stunden dauern würde. Solange wollte er in der Kombüse der »Calypso« warten.

Theo gab Rick den Schlüssel und schrieb Betty eine SMS. Er wollte sie nicht wecken. Dann setzte er sich mit seinem Jaguar in Bewegung.

***

Es dauerte nicht lange, und Betty wachte auf. Benommen rief sie nach Theo.

»Der musste schon los, darf ich Ihnen etwas Gesellschaft leisten? Mein Name ist Rick Boysen. Ihr Freund hat mich gebeten, auf Sie aufzupassen«, hörte sie durch die geschlossene Tür. »Lesen Sie doch mal Theos Nachricht auf Ihrem Handy dazu.«

Den Namen kannte sie, dieser Typ hatte Theo das Auto geschenkt. Nervös suchte sie ihr Handy. Tatsächlich, Theo bat sie, sich von Rick und seinen Leuten beschützen zu lassen, bis er wiederkäme. Wann das sein sollte, blieb unerwähnt.

Dieser Scheißkerl, dachte Betty, was denkt der sich? So einfach abzuhauen. Sie zog sich an und griff zwei Handtücher, hängte sie sich über den linken Arm und öffnete die Tür. Rick stand in dem schmalen Gang zwischen Tisch und Küchenzeile, genau auf dem Teppich, unter dem sich Theos Geheimfach für die Pistole verbarg.

»Noch mal guten Morgen, ich freue mich, Sie kennenzulernen«, eröffnete er das Gespräch etwas steif.

Betty lächelte schmal, als sie ihn bat, sie vorbeizulassen, sie wolle die große Dusche im Gebäude gegenüber nutzen und gleich zurückkommen. Er möge es sich doch solange bequem machen. Sie zeigte ihm, wo der Kaffee stand, und ging von Bord.

Rick wollte ihr folgen, aber sie wimmelte ihn ab: »Es gibt Augenblicke im Leben einer Frau, da muss sie allein sein. Es dauert nur ein paar Minuten. Kochen Sie Kaffee für uns, am besten eine ganze Kanne.«

Bis zu den bescheidenen Sanitärräumen waren es nur wenige Meter. Er geleitete sie trotzdem dorthin. Die Tür befand sich zwischen zwei Gebäuden in einem Gang, der zur Hafenseite offen war. Rick folgte ihr mit gebührendem Abstand, stellte sich mit dem Rücken zu ihr in den Gang und begann zu telefonieren. Man solle sofort mit zwei weiteren Männern herkommen, hörte sie ihn sagen. Diese Lady würde er nicht allein bespaßen können, das zeichne sich ab. Leise stahl sie sich an das andere Ende des Ganges. Was aussah wie ein Bretterverschlag, war eine alte Tür ohne Griff.

Betty setzte sich in ihr Auto und brauste los Richtung Ruhrort, mit den Handtüchern auf dem Beifahrersitz, die würde sie Theo zurückgeben, nein, die würde sie ihm um die Ohren schlagen. Dass er tatsächlich glaubte, sie kaltstellen zu können.

***

Theo Bosmans Herz schlug ihm bis zum Hals. Wäre ihm der Brummifahrer nicht nach links ausgewichen, läge er jetzt sehr wahrscheinlich unter dem blauen Container, den er im linken Augenwinkel verschwinden sah. Der Vierzigtonner schlingerte und kam so zum Stehen, dass er die Zufahrt zur Ruhrbrücke versperrte. Theo bremste, steuerte den Jaguar an den Straßenrand, stieg aus und lief zurück Richtung Kreisverkehr.

Das Führerhaus des Gespanns stand im rechten Winkel zum Auflieger. Er ging um die Schnauze des Trucks herum und traf dort auf den Fahrer, einen kleinen und ausgemergelten Mann im fortgeschrittenen Alter. Der schaute ihn an, schaute seinen Lkw an, dann blickte er wieder in Theos Augen.

»Das war meine gute Tat für heute. Kannst dir auch was ausdenken, mein Freund«, sagte der Mann.

Theo hielt ihm die Hand hin, der Fahrer schlug ein. »Danke, ich war in Gedanken. Kann ich was für dich tun?«

»Sicher. Spende ein bisschen was für unseren Pfadfinderstamm. Abtei Hamborn – und pass auf dich auf. Bist ja noch ein junger Kerl.« Damit drehte er sich um und kletterte wieder hinters Steuer.

Theo spürte Dankbarkeit. Es gibt mehr von den Guten als von den Schlechten, dachte er, winkte dem Brummifahrer und lief zurück zu seinem Auto. Er war in Gedanken ganz woanders gewesen, als er in den Kreisverkehr eingebogen war, hatte darüber gegrübelt, wer Betty bedrohte und wie er den finden konnte. Je weniger konkret das Bild vom Widersacher war, desto wütender, weil hilfloser, wurde Theo Bosman. Das war schon so gewesen, als er noch Polizist war.

Er griff nach dem Kugelschreiber, der in der Ablage bereitlag, und kritzelte »Pfadfinder« auf seinen Notizblock. Dann startete er den Jaguar, überquerte die Speditionsinsel, ließ seine alte Dienststelle am Vinckekanal rechts liegen und erreichte wenige Minuten später Bettys Wohnung in der Deichstraße. Er klingelte bei Dahlmann, dem alten Ehepaar, das die Wohnung nur zu Arztbesuchen verließ. Ihm wurde aufgedrückt. An der Wohnungstür im Hochparterre stand Lore Dahlmann auf ihren Rollator gestützt und brauchte einen Augenblick, um ihn zu erkennen.

»Danke, ich habe den Schlüssel vergessen«, rief Theo. Frau Dahlmann hörte nicht mehr gut.

Sie schenkte ihm ein Lächeln, drehte den Rollator mit Tippelschritten und rief ihrem Mann zu: »Dat Krösken von der Betty.«

Theo roch, dass in der ersten Etage Fleisch angebraten wurde. Er schaute auf die Uhr. Kurz nach sieben. Da würde man heute wohl sehr pünktlich essen.

Gegenüber von Bettys Wohnungstür, auf dem Fensterbrett, standen zwei verdorrte Zimmerpflanzen. Er hob die linke aus ihrem Übertopf, holte den Schlüssel hervor und mühte sich mit dem hakenden Türschloss, bis es sich öffnete. Bettys Dachgeschosswohnung konnte einen an heißen Tagen umbringen, so stickig wurde es in ihr. Er fühlte sich wie ein Eindringling, zögerte einen Moment lang, durchschritt dann aber die kleine Diele. Er ahnte, dass Betty sein Eindringen in ihre Privatsphäre hassen würde. Auf ihrem Schreibtisch stand, wonach er suchte. Ihr Notebook. Er zog den Stecker und rollte das Kabel auf. Am Stuhl hing eine bedruckte Stofftasche mit dem Selbstbildnis von Frida Kahlo, jener mexikanischen Künstlerin, die auch Bernard sehr schätzte. Darin verstaute er alles. Er schloss die Tür, legte den Schlüssel wieder in den Blumentopf und rief im Auto eine Schulfreundin an.

»Ah, der Boss, was verschafft mir die seltene Ehre?«, meldete sich Leo.

»Ich brauche mal einen kleinen Hack. Könnte in einer Viertelstunde bei dir sein.«

»Kannst du 'ne Kiste Wasser mitbringen? Ich sauf wie 'ne Ziege. Diese Dreckshitze bringt mich um.«

***

Betty verlangte ihrem alten Golf alles ab. Aufgeregt schaute sie abwechselnd auf die Straße und in den Rückspiegel. Bisher hatte sie kein Auto wahrgenommen, das sie verfolgte. Trotzdem raste sie, als ginge es um ihr Leben. Die erste Ampel überquerte sie bei Dunkelorange, die zweite schon bei Hellrot.

Wenn Theos Freund war, wofür sie ihn hielt, würde der gleich Kohorten zwielichtiger Typen ausschwärmen lassen, um sie zu suchen. Weder die noch diesen doofen Rick Boysen wollte sie am Bein haben. Und all das, weil Theo meinte, sie beschützen zu müssen. Warum übernahm der den Job eigentlich nicht selbst, wenn er sich doch um sie sorgte?

An der dritten Ampel traute sie sich nicht mehr, über Rot zu fahren, und blieb stehen, nicht ohne den Rückspiegel im Auge zu behalten. Sie dachte an Theos Gesicht, als sie ihm in der letzten Nacht von den Eindringlingen berichtet hatte. Diesen Blick würde sie nicht mehr vergessen, nachdenklich, wütend, entschlossen und besorgt zugleich.

Ihr lief ein Schauer den Rücken herunter. Wenn er sie mit seinen dunklen braunen Augen ansah, fühlte sie sich immer etwas verunsichert und trotzdem angenehm berührt. Wenn er traurig schaute, wollte sie ihn trösten. Wenn er sie böse ansah, wollte sie türmen. Daraus sollte einer schlau werden. Für einen Moment vergaß sie den Rückspiegel und dachte darüber nach, wie die Nacht wohl verlaufen wäre, wenn sie nicht aus purer Angst zu ihm an Bord gegangen wäre. Ob er sich dann auch so zurückgehalten hätte?

Sie schaute in den Rückspiegel. Ihre Augen waren gerötet, mit dunklen Ringen versehen, die Haare hatte sie in der Eile nicht gekämmt. Gepflegt sah sie nicht gerade aus. Theo Bosman konnte wirklich jede haben, warum sollte er sich gerade mit ihr aufhalten? Sie blickte auf die Ampel, nur um zu sehen, wie die wieder auf Rot sprang. Sie hatte glatt eine Grünphase verpasst.

»Mann, Betty, du Vollpfosten!«, brüllte sie. »Theo Bosman, du machst mich noch verrückt!«

Sie war froh, dass niemand sie hörte. Die Ampel sprang erneut auf Grün. Schnell wollte sie in der Wohnung ein paar frische Sachen und ihr Notebook holen, dann ins Kaldi, dort noch ein paar Schreiben für ihre Kanzlei verfassen, bevor die Morgenschicht begann.

Sie parkte auf der Deichstraße, nahm im Hausflur immer zwei Stufen auf einmal, bis sie atemlos vor ihrer Wohnungstür stand, an der sie horchte. Alles ruhig. Mit geübtem Griff hob sie die Tür leicht an der Klinke an, drehte langsam den Schlüssel im Schloss. »Jemand hier?«, rief sie etwas unsicher.

Schritt für Schritt betrat sie ihre Wohnung. Alles sah noch so aus wie am Vorabend, als sie fluchtartig herausgerannt war. Vorsichtig ging sie in ihr Schlafzimmer, nahm einige T-Shirts aus dem Schrank, zwei Jeans, Unterhosen. Mehr benötigte sie vorerst nicht. Sie stopfte alles in ihren Leinenrucksack. Jetzt noch den Vorgang Brastelt, der lag auf dem Bett, das Notebook, und sie würde ihr kobaltblaues Dachgeschoss-Domizil direkt wieder verlassen.

Sie ging zum Schreibtisch, kein Notebook. Sie schaute zurück auf das Bett, dort lag es auch nicht. Woanders musste sie nicht suchen, denn sie arbeitete entweder am Schreibtisch oder auf dem Bett. Ihr Herz begann zu rasen. Die waren wiedergekommen. Klar, das wirklich Wichtige in dieser Wohnung war ihr Notebook. Darin befanden sich alle relevanten Daten, private wie berufliche.

Langsam, fast auf Zehenspitzen, tastete sich Betty rückwärts aus ihrer Wohnung, auf jedes Geräusch achtend. Leise schloss sie die Tür von außen, hastete die Treppen hinunter, wieder zwei Stufen auf einmal nehmend, bis sie auf Frau Dahlmann traf, die ohne ersichtlichen Grund auf ihren Rollator gestützt im Hausflur stand.

»Da haben Sie Ihr Krösken verpasst, der war ja ganz früh auf den Beinen, schläft der auch so schlecht wie unsereins?«, fragte die alte Dame.

Betty verstand nicht ganz. »Wen meinen Sie?«

»Frolleinschen«, Frau Dahlmann grinste, »wir waren auch mal jung. Machen Sie sich da mal keine Sorgen. Habe heute früh Ihren Freund gesehen. Der hatte den Haustürschlüssel vergessen. Ein Hübscher, wenn Sie mich fragen, mit diesen schönen braunen Augen, dunklen Haaren und hohlen Wangen. Kochen Sie denn auch genug für den?«

Betty war verwirrt und fragte nach, ob sie ganz sicher sei, was den hübschen Mann anginge.

»Aber ja doch, werde doch wohl noch wissen, wer hier ein und aus geht«, versicherte Frau Dahlmann.

»Ja, da haben Sie recht«, erwiderte Betty und fragte sich, ob das gut oder schlecht war.

Sie verabschiedete sich, lief zu ihrem Auto, warf Rucksack und Aktentasche auf den Beifahrersitz, kramte ihr Handy hervor, um Theo anzurufen, aber ihr Akku war leer.

Frustbude

Theo Bosmans frühere Schulfreundin Leo hauste in der Villa ihres verstorbenen Vaters, eines Multimillionärs. Der einstige Glanz war der Patina jahrelanger Verwahrlosung gewichen. Leo lebte, was sie schon als Schülerin vertreten hatte – maximale Ignoranz gegenüber allen Aspekten, die sie nicht interessierten. Die väterlichen Zuwendungen waren bereits in der Phase drohenden Erwachsenwerdens die Quelle gewesen, aus der Leo sich bediente, wenn sie damals und heute als erste Deutsche die aktuellste Hardware aus Übersee an den Strom anschloss. Abgesehen davon, führte sie trotz großen Reichtums ein karges und einsames Leben.

Kurze Zeit hatte sie Informatik und Physik studiert, aber bald beschlossen, sich ein eigenes Bild zu machen, sich ihre Informationen immer vor Ort zu beschaffen. Wenn sie etwas zum Thema Chipentwicklung wissen wollte, kaufte sie sich das Tutorial eines Ingenieurs direkt beim Hersteller. So hielt sie es noch heute und war nach Theo Bosmans Informationen die einflussreichste Hackerin Europas. Ihre Villa verließ sie nur selten.

Theo stellte die Klimaanlage auf achtzehn Grad. Die Außentemperatur lag bereits jetzt bei neunundzwanzig Komma sechs. Er überquerte erneut das Hafenbecken und die Ruhr, fuhr Richtung Westen am Fluss entlang und hielt nach gut zehn Minuten vor dem Getränkemarkt an der Schweizer Straße. Neben einer Kiste Wasser kaufte er noch zwei Dosen Stapelchips, von denen sich Leo seit Jahren mehr oder weniger ernährte.

Es war ruhig hier in dieser Ecke zwischen Zoo und Innenhafen. Er parkte vor Leos Villa, legte Bettys Notebook auf die Wasserkiste, klemmte die Stapelchips zwischen Wasserkiste und seiner Brust ein und hoffte, dass er unfallfrei zum Portal gelangen würde.

Leo saß auf den Eingangsstufen. »Theo, du hast abgenommen. Kann das sein?«, rief sie ihm entgegen.

»Leo, du hast deine Haare gefärbt, oder ist das Grau etwa echt?«

Er stellte die Kiste ab, beide umarmten sich. In der Schule war Leonie Paganetti wegen ihrer Familie und ihres unangepassten Verhaltens eine Außenseiterin gewesen, nicht aber für Theo. Weder hatte er sie ausgegrenzt noch sie angebaggert. Sie nahm ihm Notebook und Chips ab und ging voraus auf die Terrasse, die unter dem dichten, alten Baumbestand im Schatten lag.

Sie reichte Theo eine Flasche, nahm sich selbst eine, schüttelte ein bisschen und ließ Kohlensäure entweichen. »Prost«, sagte sie. »Bei wem soll ich unters Röckchen gucken?«

Nachdem Theo die Situation erklärt hatte, bat er sie, den Absender der Drohmail an Betty ausfindig zu machen.

Leo öffnete das E-Mail-Programm, klickte hier und klickte da, steckte einen USB-Stick in das Notebook, schloss es wieder und trank noch einen Schluck. »Reicht es dir, wenn ich dich am späten Nachmittag anrufe? Ich habe gleich einen Arzttermin. Kalk in der Schulter. Und bei dir, was zwickt da so?«

Theo dachte an seine Ohnmachtsanfälle, an das rappelnde Gefühl in der Brust und antwortete: »Alles bestens. In mir wirkt das Gen der ewigen Jugend meiner Mama.«

»Die Mama mit dem tollen Vornamen«, erinnerte sich Leo, »Maite, ich habe damals meinen Kanarienvogel so genannt.«

Beide lachten.

»Das erzähl ich ihr beim nächsten Telefonat. Es wird sie freuen.« Theo stand auf. Sie umarmten sich erneut.

»Ich würde dich gern mal zum Essen einladen. Dich – und deine Frau. Oder Freundin.« Leo deutete auf das Notebook.

»Betty, ja, gute Idee. Ihr liegt auf derselben Linie. Immer eine Handbreit daneben. Ich sag's ihr. Ist aber nicht meine Frau oder Freundin. Jedenfalls nicht im klassischen Sinne.«

»Kompliziert. Hört sich interessant an. Zum Grillen?«

»Hast du wieder Personal?«

»Nee, Boss. Du grillst. Betty und ich sprechen.«

Als Theo auf der Rückfahrt wieder am großen Kreisverkehr ankam, drosselte er das Tempo und schaute mehrfach nach links und rechts, bevor er einfädelte. Bei der Verkehrsdichte und den zahlreichen Lkw nahm er sich vor, künftig nicht mehr so nachlässig, sondern aufmerksamer zu fahren. Er wollte noch eine Weile leben, hier, in Ruhrort.

Jenseits des Vinckekanals bog er rechts ab und fuhr gleich links auf den Parkplatz der Wasserschutzpolizei. Das Schild »Einsatzfahrzeuge frei« ignorierte er. War er etwa nicht im Einsatz? Er drückte die Klingel links neben der Glastür. Es summte fast augenblicklich, er griff nach dem Knauf. Im ersten Stock, hinten rechts, klopfte er an die Tür seines alten Büros und trat ein, ohne auf eine Antwort zu warten.

»Theo, beim nächsten Mal lasse ich dich abschleppen. Das ist nicht dein Privatparkplatz.« Harry Blumster tippte auf einen Monitor, der das Bild der Überwachungskamera zeigte.

»Für so 'n Quatsch hast du Zeit?« Theo setzte sich an den Besprechungstisch mit Blick auf das Hafenbecken.

Harry erhob sich ächzend. »Morgen komme ich in Badehose. Das war doch früher nicht so heiß.« Er setzte sich seinem alten Chef gegenüber. »Du willst doch was. Raus mit der Sprache.«

»Diese Anzugträger auf der ›Anneke‹. Kannst du dich erinnern, wie die aussahen?«

»Wie aus dem Ei gepellt. Dunkelblaue Anzüge, weiße Hemden. Zwei mit gegelten schwarzen Haaren, und einer hatte Glatze. Zwischen dreißig und vierzig, würde ich schätzen. Normale Statur, durchschnittlich groß, alle drei.«

»War es da auch schon so warm?«, fragte Theo.

»Hat mich auch gewundert. Trägt doch keiner freiwillig Anzug bei dem Wetter. Vielleicht Mitarbeiter einer Bank oder Versicherung. Amtsgericht?«

»Harry, kannst du mal bei Duisport nachfragen, wann die ›Anneke‹ wieder hier sein wird?«

Harry angelte hinter sich nach dem Mobilteil seines Telefons und führte ein kurzes Gespräch.

»Keine Dispo, liegt zurzeit in Köln.« Blumster stand auf. »Halt mich auf dem Laufenden wegen Guste.«

»Sicher.«

Theo atmete die Büroluft, die so vertraut nach Papier und

einem scharfen Reinigungsmittel roch, und verließ seinen ehemaligen Arbeitsplatz.

Im Auto rief er sein eigenes Büro an. Raluca ging nicht ran, die Luft war rein, er konnte heim.

Zu Hause stellte er den Plattenspieler an, legte Simply Red auf und ging ins Bad unter die Dusche. Wenn das hier vorbei ist, dachte er, fahre ich mit der »Calypso« raus. Allein!

Frisch rasiert ging er wieder ans Werk. Als Nächstes wollte er Andy aufspüren, der konnte vielleicht was wissen. Bettys Fehler war gewesen, ihm die Visitenkarte mit ihrer privaten Adresse zu geben, die ja gleichzeitig ihre Kanzleianschrift war. Vielleicht hatte der Junge das als Einladung aufgefasst und ihr einen Besuch abgestattet. Möglicherweise hatte er aber auch etwas mit dem Mord an Guste zu tun. Unter Umständen weder noch. So war das nun mal mit Spuren und Verdachtsmomenten.

Er rief Betty an, die ging nicht ran. Dafür hatte er eine Nachricht von Rick, dass sie ausgebüxt war, von seinen Leuten aber beschattet würde, im Augenblick sei sie unterwegs, so wie es aussehe, Richtung Kaldi.

Theo war noch immer nüchtern. Dass sein Magen grummelte, nahm er als Aufforderung, der Frustbude einen Besuch abzustatten. So hatte Betty seine Lieblings-Pommesbude getauft, in der er gern Armeen von Kohlehydraten, Fett und Kalorien in sich aufnahm. Hemmungslos. Die Frustbude lag schräg gegenüber der Wache auf der Ölinsel. Theo Bosman hätte sich keinen besseren Platz vorstellen können, denn manchmal musste es eben Fett sein.

***

Im Café Kaldi wuselte Raik in der Küche, als Betty entnervt Rucksack und Aktentasche neben dem Kühlschrank fallen ließ.

»Frag nicht, bitte«, bat sie.

Raik sah sie an, zögerte einem Augenblick, nickte dann stumm und arbeitete weiter. Sie schloss ihr Handy an eine Steckdose im Gastraum an und machte sich einen Latte macchiato XXXL. Als sie sich setzte, sprang ihr Handy wieder an, sechs verpasste Anrufe von Theo zeigte es an. Ohne seine Nachrichten abzuhören, rief sie zurück.

»Theo, mein Akku war leer, was hast du in meiner Wohnung gemacht, sind die Schriftzeichen an der Wand vielleicht auch von dir?«

»Bist du bescheuert?«

Betty legte auf und versuchte, Tränen zu unterdrücken. Sie musste vor die Tür und lief raus auf die Straße. Was machte dieser Mann mit ihr? Und sie mit ihm? Natürlich waren die Schmierereien nicht von ihm. Aber seit wann ging der einfach bei ihr rein, ohne etwas zu sagen? Das empfand sie als übergriffig. So standen sie noch nicht zueinander. Sie erinnerte sich noch nicht einmal daran, ihm von dem Schlüssel im Blumentopf erzählt zu haben, oder war er mit einem Dietrich reingekommen? Konnte man denn vor niemandem mehr sicher sein?

Sie setzte sich auf den Bordstein und heulte. So beschissen hatte sie sich schon lange nicht mehr gefühlt, wenn überhaupt je. Vielleicht sollte sie ihr Leben gründlich ändern, nach Afrika auswandern, Brunnen bauen. Als Entwicklungshelferin könnte ihr Leben sinnvoll sein. Sie blickte auf die hellgrünen Flip-Flops an ihren Füßen. Beim linken löste sich langsam der untere Teil der Sohle. Den konnte sie bald wegschmeißen, oder vielleicht klebte sie ihn erst noch mal.

»Betty Harmes, tust du dir etwa gerade leid?«, fragte sie sich nach einer Weile. »Das macht keinen Sinn.« Sie atmete tief durch, wischte sich die Tränen aus dem Gesicht und legte sich kurz mit dem Rücken auf den Gehweg, die Füße noch immer auf der Straße.

Sie blinzelte in die Sonne. Eigentlich ein schöner Tag, dachte sie, wieso liege ich dann heulend auf der Straße? Nur weil der Boss und ein paar Durchgeknallte sich nicht so benahmen, wie sie es sich wünschte? So weit kam es noch. Theo Bosman hatte sie ja schon den Marsch geblasen. Den unbekannten Durchgeknallten, die ihre Wohnung verunstaltet hatten, gebührte das erst recht.

Jemand setzte sich neben sie auf den Bürgersteig und spendete Schatten. Es war Katja. »Ist das bequem?«, fragte sie.

»Geht so.«

»Muss ich über unsere Bestuhlung nachdenken, wenn du dich lieber halb auf die Straße legst?«

»Ich tat mir gerade eine Runde leid«, sagte Betty, »da braucht man einen staubigen, harten, möglichst ungemütlichen Untergrund. Das hilft.«

»Verstehe. Und bist du jetzt fertig, oder möchtest du noch ein Weilchen hier rumliegen? Vielleicht ziehst du dann die Füße von der Straße, nur für den Fall, dass dir noch an ihnen liegt.«

»Nimm mich mit«, bat Betty und ließ sich von Katja hochziehen.

»Was ist denn los? Ein Kerl etwa? Der Boss?«

Betty klopfte sich den Staub des Bürgersteiges von der Hose, ohne zu antworten.

»Da hast du dir aber auch einen ausgesucht. Der ist nicht einfach. Stur bis unter die Achseln. Sag nicht, ich hätte dich nicht vor ihm gewarnt.«

Katja hakte Betty unter und führte sie zurück ins Café. Dort setzte sie ihre Freundin an einen Tisch und holte ihr ein Stück Kuchen.

»Was hat er verbrochen?«, fragte sie. »Oder tut er nichts? Ist das das Problem? Ist er mal wieder zu stur oder zu schüchtern, zu unentschlossen oder alles zusammen?«

Betty brach sich ein Stück vom Kuchen ab. Sie verstand ja selbst nicht, was gerade mit ihr passierte, und das machte sie wütend. Theo mit seiner verschlossenen Art und seinen unsäglichen Alleingängen war eine Sache. Aber ein Fremder war in ihre Wohnung eingedrungen, ohne etwas zu stehlen. Offensichtlich wollte man sie einschüchtern. Dass das wirklich klappte und sie sich nun nicht mehr traute, zu Hause zu schlafen, ärgerte sie noch mehr.

Sie erwog, Katja und Raik für ein paar Nächte um Asyl zu bitten. Dann hätte sie ihnen jedoch die wahren Gründe dafür gestehen müssen, das wollte sie nicht. Die beiden hatten ihre eigenen Sorgen, konnten vom Café kaum leben. Sie wollte ihre Freunde nicht noch mehr belasten. Und so stellte sie die Frage lieber zurück, obwohl sie sicher war, man würde das Gästebett für sie herrichten. Wieder kämpfte sie gegen Tränen an.

Gäste kamen herein und verlangten nach Bedienung. Betty stand auf, strich ihr T-Shirt glatt und begann zu arbeiten.

***

Theo Bosman stellte den Jaguar in der Vinckestraße ab und betrat den Eckgrill. Alexandros' halbwüchsige Tochter stand vor den Fritteusen und grinste ihn verlegen an. Als Grundschulkind hatte er sie zwei oder drei Mal mit auf ein Polizeiboot genommen. Jetzt fremdelte das Mädchen ein bisschen. Wie ihr Vater wusste sie, was Theo für gewöhnlich aß, und machte sich gleich daran, dünne Pommes zu frittieren. Alexandros hielt nämlich Pommes in zwei Stärken bereit, und Theo war Fan der schlanken Kartoffelstäbchen, weil die so schön knackig und knusprig waren.

Er nahm den aktuellen Kicker von der Theke und setzte sich ans Fenster. Leider gab es über den MSV nichts Gutes zu berichten. Die Zebras hatten Verletzungssorgen. Dann kam die Hafenplatte: Currywurstscheiben, die in einer scharf-fruchtigen Sauce schwammen, und schön kross frittierte Pommes mit viel Mayo. Dazu Cola ohne Eis. Theo stand auf pur.

Gegen dreizehn Uhr schaute Betty auf ihr Handy. Der Akku war wieder voll. Theo hatte nicht noch einmal versucht, sie anzurufen, und auch sonst keine Nachricht gesandt, keinen einzigen Piep mehr von sich gegeben.

Jemand wollte zahlen, sie legte das Handy beiseite.

»Einen Espresso, bitte«, bestellte ein Gast.

»Ja, kommt!«, rief sie zurück.

Theo war in ihre Wohnung eingedrungen, vermutlich um ihr Notebook mitzunehmen. Ohne auch nur zu erwägen, sie in seine Entscheidungen einzubeziehen. Würde sie den Kerl je verstehen? Der war doch wirklich störrisch wie ein Esel. Aber was half es, man musste ihn bei den Hörnern packen. Hatten Esel Hörner? Egal. Sie wählte seine Nummer, er ging ran.

»Wo bist du?«

»In der Frustbude.«

»Was? Ohne mich? Das gibt's doch nicht. Rühr dich nicht von der Stelle!«

Sie lief in die Küche und gab Raik zu verstehen, dass sie Mittag machen musste, aber bald wiederkäme. Katja flüsterte sie ins Ohr, sie müsse zum Boss, dringend. Eine Reaktion wartete sie nicht ab, sondern kramte ihre Geldbörse aus der Aktentasche, steckte sie in ihre Hosentasche und rannte aus dem Café. Vor der Tür nahm sie die Flip-Flops von den Füßen und trug sie in den Händen, damit sie schneller laufen konnte.

Im Auto schmiss Betty ihre Schuhe auf den Beifahrersitz und warf den Motor an. So getrieben, wie sie morgens vom Hafen nach Hause gefahren war, so stürmisch brauste sie nun zu der Frittenbude, in der Theo es wagte, das fettige Gold ohne sie zu essen. Das zweite Unding an diesem Tag. Der Mann machte einen Fehler nach dem anderen. Sie drehte das Radio auf und bremste mit quietschenden Reifen vor der ersten roten Ampel. Auf dem Lenkrad trommelte sie den Takt der Musik. Die Ampel sprang auf Grün, sie legte einen Kavalierstart hin und erschrak darüber. So unbeherrscht hatte sie sich selbst im Straßenverkehr noch nicht erlebt. In der Vinckestraße parkte sie direkt neben Theos neuer Angeberkarre. Die Autotür knallte sie hinter sich zu. In der Frittenbude reckte sie zwei Finger Richtung Theke in die Luft. Alexandros, der seine Tochter abgelöst hatte, wusste Bescheid – doppelt Mayonnaise.

Mit einem hässlichen Geräusch zwischen Quietschen und Knarren zog sie einen Stuhl an Theos Tisch zurück. Theo verzog keine Miene. Er kaute. Sie schwieg. Klaute ihm Fritten, bis Alexandros Bettys Hafenplatte brachte. Die beiden würdigten den Chef des Hauses keines Blickes. Alexandros stellte den Teller ab, sagte: »Dann eben nicht«, und ging.

Sie tunkten Pommes in Mayoberge, schoben Wurststückchen über den Teller, kauten, schluckten und sagten noch immer nichts – bis Theo das Schweigen brach.

»Ich will dir doch nur helfen.«

»Schöne Hilfe. Hetzt mir Rick, diesen halbseidenen Unterweltkönig, auf den Hals, verpisst dich, noch bevor ich aufwache, brichst in meine Bude ein und klaust dann auch noch mein Notebook. Geht bei dir das Helfen auch sozialverträglich?«

Theo sah Ellas Range Rover vorfahren. Seine Gabel machte eine Pause auf halbem Weg zum Mund. Currysauce tropfte zurück auf den Teller. Er schaute zur Seite auf die Wand, wo ein verblassendes Mittelmeermotiv auf Fototapete und die Tabelle der Fußballbundesliga auf Pappkarton um Aufmerksamkeit konkurrierten. Er konzentrierte sich auf die Ecken der Papptabelle, die sich bräunlich verfärbt nach vorn wellten.

Betty pikste ein Stück Wurst auf die Gabel und drehte es in der Sauce. »Lenk bloß nicht ab. Wo ist mein Computer?«

Bei Theos Ex öffnete sich die Beifahrertür, ein Mittzwanziger mit verspiegelter Pilotenbrille und enger Anzughose stieg aus. Das weiße Oberhemd war an den Ärmeln hochgekrempelt und saß wie auf den Leib geschneidert. Er betrat den Laden, schaute sich um, ging zu Alexandros hinüber und sagte: »Die Bestellung für die Staatsanwaltschaft.«

Theo Bosman prustete. Gerade noch konnte er verhindern, dass Pommes und Wurst ihren Weg zurück auf den Teller, vielleicht sogar auf den von Betty fanden. Die zog hastig ihre Hafenplatte aus dem Schussfeld.

»Was ist denn mit dir los?«

»Gleich. Lass uns fertig essen.«

Zögernd nahm sie die nächste Fritte in Angriff und aß weiter. Nachdem der neue Assistent der Staatsanwältin die Frustbude verlassen hatte, überging Theo dieses Thema, berichtete stattdessen von seinem Besuch bei Leo. Mit Blick auf die Uhr war er sich sicher: »Es kann nicht mehr lange dauern. Leo ist gut und schnell. In ein, zwei Stunden wissen wir, wer dir die Mail geschickt hat. Ich fahre jetzt zu Ella in die Staatsanwaltschaft. Ich muss mit ihr über Gustes Zeit in Geldern sprechen. Meine Mutter hat da eine Geschichte erzählt, die für die Ermittlungen sicher wichtig ist.«

»Nämlich?«, wollte Betty wissen.

»Sei nicht sauer, ich möchte das zuerst Ella erzählen. Der Dienstweg, du weißt schon.«

Betty wischte sich den Mund ab, legte die Serviette auf ihren

Teller und stand auf. Beim Rausgehen reckte sie den Kopf in Alexandros' Richtung.

»Sehr lecker, mein Lieber. Zahlen will der Typ in der Ecke.« Sie deutete mit dem rechten Zeigefinger über ihre Schulter und verließ die Frustbude.

Alexandros blickte ihr nach und fragte seinen einzigen Gast: »Boss, warum trägt die eigentlich keine Schuhe? Wir sind hier doch nicht am Strand.«

Berichterstattung

Theo beendete seinen hochkalorischen Ausflug in die Welt des Frittenfetts und verließ die Frustbude mit einem schweren Magen. Wie Betty barfuß davongestampft war, würde er nicht so schnell vergessen. In ihrer Gegenwart fühlte er sich jünger als sonst. Manchmal allerdings auch älter.

Er brauchte einen kleinen Verdauungsspaziergang, lief ein paar Schritte um die Frustbude herum und stand unvermittelt hinter Ellas Range Rover, der im spärlichen Schatten eines mickrigen Bäumchens parkte. Sie und ihr Dienstbote saßen mit dem Rücken zu ihm im Auto und aßen. Im toten Winkel des Außenspiegels trat er an das geöffnete Seitenfenster. »Die dicken Pommes sind Mist, versuch doch wenigstens einmal die anderen.«

Ella Lanken-Bosman zuckte zusammen und kleckerte Sauce auf das weiße Leder ihres Sitzes. Der rote Tropfen landete direkt zwischen ihren Schenkeln. Theo lenkte mit seinem Zeigefinger ihren Blick an diese Stelle. Sie fluchte.

»Weiße Hosen stehen dir nicht«, trieb er es auf die Spitze.

»Wer ist der Kerl?«, mischte sich nun der junge Mann mit der Pilotenbrille ein.

»Buschmann, holen Sie mir mal ein stilles Wasser.«

Ella schaute den Angesprochenen nicht an, sondern fixierte Theo. Als Buschmann ohne Nachfrage das Auto verließ und außer Hörweite war, sagte sie leise: »Dafür habe ich dich geliebt und gehasst. Heute hasse ich dich nur noch dafür. Das solltest du wissen.«

»Gehen wir ein paar Schritte?« Theo öffnete ihre Tür.

Ella wischte mit einer Serviette den Saucenklecks vom Sitz und stieg aus. Ihrem Ex-Mann drückte sie die fast leere Pommesschale in die Hand. Während sie sich nun an ihrer Hose zu schaffen machte, entsorgte der das Schälchen in einer der Frustbuden-Mülltonnen, die an der Hauswand standen und aus denen es faulig roch, als er den Deckel öffnete. Schon bog Buschmann mit dem Wasser um die Ecke, Theo hielt ihm die geöffnete Hand entgegen und übernahm die Flasche. »Die Frau Staatsanwältin kommt später auf Sie zurück.«

Gern hätte er gesehen, wie Buschmann schaute, aber die verspiegelte Sonnenbrille verbarg dessen Augen.

Ella war schon ein paar Meter die Ruhrorter Straße entlanggegangen. Sie nahm die Flasche Wasser und trank einen kleinen Schluck. Bevor sie den Verschluss wieder ansetzte, zögerte sie einen Moment und hielt Theo das Wasser hin. »Heiß heute.«

Doch der winkte ab.

Sie überquerten die Nebenstraße. Auf dem Rhenus-Parkplatz blieb Ella stehen. Sie blickte auf das in der Sonne glitzernde Wasser des Vinckekanals. »Süß, der kleine Buschmann, nicht wahr?«

»Den hast du wirklich noch nicht nötig.«

Sie schauten auf den mächtigen Giebel des Tausendfensterhauses, auf das Grün der Alleebäume, die geschwungene Kaimauer.

»Ich würd gern mal wieder malen«, sagte Ella.

»Frag Bernard. Der würde sich freuen. Seit Ewigkeiten habe ich ihm versprochen, mit ihm zum Folkwang-Museum nach Essen zu fahren.«

»Du, da komme ich mit. Am Wochenende?«

Theo setzte sich auf das Geländer. »Gestern war ich bei Maite und Tom.«

»Wie geht's denen?«

»Eigentlich wie immer. Stell dir vor, Maite kannte die junge Guste und weiß, dass die einen Sohn hatte. So könnte das Graffito auf ihrem Kiosk doch auf sie gemünzt sein. Kannst du mal eine große Personenabfrage veranlassen?«

Ella schaute ihn fragend an.

»Der Junge wuchs bei Gustes Tante Erna Klein auf, erhielt vielleicht sogar deren Nachnamen. Laut Maite bekam Tante Erna keine eigenen Kinder mehr. Guste bekam ihn mit siebzehn, sie war jetzt neunundsechzig, also müsste er zweiundfünfzig sein. Sollten wir diesen Sohn finden, kommen wir bestimmt weiter. Und wenn du schon mal dabei bist, schicke doch bitte mal einen Andy Grabowski, wohnhaft in der Außenwohngruppe des Schifferkinderheims Nikolausburg, durch eure Datenbanken, um herauszufinden, ob der in letzter Zeit durch Drogen auffällig geworden ist. Er könnte auch eine Spur sein.«

Ella tippte alles in ihr Handy und verschickte Anweisungen. »Und was soll der mit der Sache zu tun haben?«, fragte sie.

»Betty Harmes, du weißt schon, diese engagierte Anwältin der Armen und Vergessenen, bewahrte den Jungen vor Jahren zwar vor dem Knast, nicht aber vor einer Heimunterbringung. Gestern hat sie ihn besucht, um sich in Sachen Guste umzuhören. Prompt erhielt sie eine Drohmail, und jemand sprühte ihr ein Graffito an die Wand ihres Wohnzimmers. Es wurden jedoch ganz normale Spraydosen benutzt, wie man sie im Handel findet, anders als am Kiosk.«

Ella nickte kurz und wandte sich ab, um zu gehen.

»Dein Handlanger ist etwa so alt wie unser Sohn«, rief er ihr nach.

Sie wackelte mit dem Po und schlenderte zu ihrem Auto zurück.

Theo sah ihr nach. Noch immer konnte er sich auf sie verlassen, und sie war noch immer eine schöne Frau. So wie Betty, dieser Wildfang mit viel zu großem Herzen. Er musste grinsen, konnte man ein zu großes Herz haben? Nein, ganz sicher nicht.

Während er ein Stück die Straße runterlief, sortierte er seine Gedanken. Sinja von Stetten und ihr Team hatten sich nach Ellas Einschätzung darauf verständigt, in der Drogenszene anzusetzen. Das Tatwerkzeug war mit Heroin verunreinigt gewesen. Von Mellie wusste er, dass der Stoff teurer geworden war. Harry hatte Männer, die man dort sonst nicht sah, auf der niederländischen »Anneke« beobachtet, als die aus Rumänien kam. Der Partikulier stritt jedoch ab, Fremde an Bord gehabt zu haben. Er konnte verstehen, dass Sinja von Stetten sich an der Stelle verbissen hatte. Einen Zusammenhang zwischen der Szene und Guste aber konnte er nicht herstellen.

Die Polizei musste den Sohn finden. Herrn Klein, vermutlich geboren 1964 in Geldern, einer Stadt mit gut dreiunddreißigtausend Einwohnern. Es konnte doch kein Hexenwerk sein, diesen Mann zu finden. Erna Klein, die mutmaßliche Ersatzmutter, war verstorben, das hatte Maite ihm erzählt. Blieb das Heim, in dem der Junge offenbar seine Jugend verbracht hatte. Vielleicht das St. Josef-Stift im Boeckelter Weg, in der Gelderner Nachbarschaft also.

»Ein elendes Durcheinander ist das«, murmelte er und fragte sich, was zum Ermittlungsansatz taugte, welcher Spur er als Nächstes folgen sollte.

Noch stand nicht fest, wo genau Guste umgebracht worden war. Die ersten Ergebnisse der Obduktion waren in dieser Hinsicht uneindeutig, legten jedoch nahe, dass man sie gefoltert hatte. An ihren Ellbogen waren weiße Lacksplitter gefunden worden, die von einem Auto stammen konnten. Man musste also nach einem weißen Fahrzeug suchen, das am Tatabend auf die Kohleninsel gefahren war. Aber die Kohleninsel war ein menschenleerer Ort um diese Zeit, ohne Überwachungskameras. Und die Polizei befragte bereits die Mitarbeiter aller umliegenden Firmen. Bisher ohne Ergebnis.

Offen blieb die Zeitspanne zwischen Gustes Feierabend um etwa neunzehn Uhr fünfzehn und Bernards Fund auf der Kohleninsel um etwa einundzwanzig Uhr fünfundvierzig.

Die letzten zweieinhalb Stunden ihres Lebens. Theo stellte sich vor, wie sie die Tür abschloss und dann von jemandem gepackt wurde. Nein, das wäre zu riskant gewesen. Auf dem Neumarkt hätten Passanten unterwegs sein oder Anwohner sich auf den Balkonen der umliegenden Häuser aufhalten können. Der oder die Täter mussten in den Kiosk eingedrungen sein. Aber dann hätte sie sicher Radau gemacht.

Oder jemand kam unter einem Vorwand in den Kiosk. Guste öffnete ihm, und die Tat begann mit einer Entführung. Dazu wäre ein Fahrzeug nötig gewesen. Der Täter beabsichtigte vielleicht nicht unbedingt, sein Opfer zu töten. Das hätte er im Kiosk erledigen können. Unter Umständen entwickelte sich die Situation erst, und Guste musste sterben, weil der Täter sein Ziel nicht erreichte. Aber welches Ziel hätte das sein können?

Theo lief zurück zu seinem Jaguar und fand eine Schmiererei auf dem Auto. »Scheiß Farbe« war mit Lippenstift auf das Fahrerfenster gemalt. In Druckbuchstaben. Typisch Ella. In jeder Hinsicht typisch. Sie musste das letzte Wort haben, und für einen

Effekt wie diesen war ihr der mindestens dreißig Euro teure Lippenstift nicht zu schade. Betty würde das dekadent finden. Gut, dass sie jetzt beschützt wurde, ohne dass sie es merkte.

Theo öffnete die Fahrertür und hielt kurz inne. Woher wusste Ella, dass der Jaguar ihm gehörte? Er stieg ein, sah die alte Halterung für seine Notizzettel und verstand, woran Ella sein Auto erkannt hatte. Den Zettelhalter mit orangefarbenen Streifen hatte sie ihm noch kurz vor der Scheidung geschenkt.

»Pfadfinder« las er dort. Er zog sein Handy aus der Tasche und bat Raluca per E-Mail, hundert Euro auf das Konto der Pfadfinder in Duisburg-Hamborn zu überweisen, Verwendungszweck »Trucker«. Dann notierte er: »Gustes Sohn«, »Fahrzeug auf Neumarkt?«, »Andy Grabowski«. Letzteren wollte er sich als Ersten vorknöpfen. Und zwar sofort.

Er fuhr in die Fürst-Bismarck-Straße. Vor der Nikolausburg hingen ein paar Jugendliche ab. Da Theo nicht wusste, ob einer von denen Andy war, trat er nahe an die Gruppe heran und rief laut Andys Namen. Den, der als Erster darauf reagierte, pickte er sich heraus und winkte mit Geldscheinen. Als Andy sich näherte, bedeutete er ihm, dass er etwas kaufen wolle, aber bitte abgeschieden.

Der Junge roch, als hätte er nicht nur sich, sondern auch sein graues T-Shirt sowie die zerschnittene schwarze Jeans schon länger nicht mehr gewaschen. Auf dem Weg quer über die Straße zeigte er Theo verstohlen ein kleines Päckchen Marihuana.

»Nicht hier, Junge, doch nicht hier.« Er zog ihn weiter weg von seiner Gruppe hinter ein Wohnhaus. »Kommst du auch an härtere Sachen ran? Ich habe Käufer, kannst ordentlich mitverdienen.«

Andy blickte ihn mit großen Augen an, schüttelte dann aber zaghaft, fast verlegen den Kopf.

»Und wie viel kannst du mir von diesem Zeug besorgen?«

»Im Moment habe ich nur das, aber wenn du mir ein bisschen Zeit gibst, beschaffe ich locker noch mal das Doppelte.«

Wie jung er noch ist, dachte Theo, und so schmächtig. Dieser Hänfling war kein Profidealer, so viel stand fest. »Lass dich nicht erwischen mit dem Zeug. Du weißt schon, dass die Kripo dich auf dem Kieker hat, oder?«

»Was? Warum denn? Bist du Bulle?«

»Nein, keine Angst. Aber man ist da bei einer Lady eingestiegen, um ihr ein Graffito an die Wand zu sprayen. Was davon gehört?«

»Nein. Damit habe ich null Komma nichts zu tun. Wie kommen die auf mich?«

»Man hört so dies und das. Am besten bleibst du nachts erst mal zu Hause. Sich mit den falschen Leuten anzulegen, kann böse ausgehen. Ich melde mich, wenn ich was von dir brauche.«

Besonders aggressiv oder gewaltbereit wirkte der Bursche nicht auf ihn. Nicht mutig genug, jemanden umzubringen. Aber auch nicht mutig genug, nachts in die Wohnung einer Frau einzudringen, um ihr Angst zu machen? Da war er nicht so sicher. Ricks Leute mussten ganze Arbeit leisten, wenn sich das nicht wiederholen sollte. Andy jedenfalls war gewarnt, sollte er oder einer seiner Kumpel bei Betty gewesen sein. Die würden sie in Ruhe lassen, und das verschaffte Theo Zeit.

Er stieg wieder ins Auto und war sich nicht sicher, ob er dem Jungen nicht doch besser eine Lektion erteilt hätte. Aber aus taktischer Sicht war es manchmal klüger, abzuwarten. Er würde Ella erst einmal ihre Recherchen über Andy Grabowski anstellen lassen.

Im Rückspiegel sah er, wie der Junge seinem Wagen hinterherschaute. Sein Handy klingelte. Hackerin Leo meldete sich mit schlechten Nachrichten. Die Mail an Betty wurde von einem Rechner in einem Essener Internetcafé geschickt. Das konnte jeder getan haben. Sie schickte ihm die Adresse.

Theo bog links ab. Essen also. Sollte sich tatsächlich Andy dahinter verbergen, hätte ihn sein Instinkt getäuscht. Was nicht oft vorkam.

Ein Viertel Pfund Internet

Theo Bosman fädelte sich auf die A 40 Richtung Essen ein. Die Lebensader des Reviers war nicht verstopft, die verkehrsreichste Autobahn Deutschlands ließ ihn zügig vorankommen. Auf Essener Stadtgebiet hingen in großen Lettern Erinnerungen an glorreiche Fußballzeiten an den Autobahnbrücken: 1954 wurde Deutschland Fußballweltmeister, und Helmut Rahn, der Bergarbeitersohn aus Essen, den alle nur »Boss« nannten, hatte das Siegtor geschossen. Den legendären Fernsehkommentar konnte hier jeder lesen, der von Osten kommend in die Stadt hineinfuhr. Erste Brücke: »Rahn müsste schießen«; zweite Brücke: »Rahn schießt«; dritte Brücke: »Tor, Tor, Tor«.

An der Ausfahrt Holsterhausen verließ Theo die Autobahn, bog rechts ab, fuhr am Klinikum, Polizeipräsidium und Landgericht vorbei, hinter dem die JVA und ein Friedhof lagen. Während seiner Polizeilaufbahn musste Theo Bosman hier seinerzeit oft als Zeuge aussagen. Bei seinen Spaziergängen um das Gebäude hatte er immer über den Pragmatismus der Planer gestaunt. Zwei oder drei Blocks reichten aus, um von der Geburt über menschliche Fehltritte und deren Folgen bis hin zur ewigen Ruhe das Leben abzubilden.

Theo war oft in Essen, besuchte Freunde, die idyllisch in der Nähe des Baldeneysees wohnten, und seine Schwiegertochter Lea kickte hier bei einem der renommiertesten deutschen Vereine der Fußballbundesliga. Zu Spielen verließ sie manchmal die »Alma« und reiste quer durch die Republik, um in der siebzigsten Minute eingewechselt zu werden. Bernard hatte die Begeisterung für Fußball nicht von seinem Vater geerbt. So war es oft Theo, der Lea zu Spielen und auch zum Training fuhr, um sie anzufeuern.

Er suchte nun nach Hausnummern, verglich sie mit der notierten Adresse des Internetcafés und parkte auf dem Rüttenscheider Platz im Schatten ausladender Baumkronen. Als er ausstieg, wurde ihm kurz schwindelig, wieder dieses leere Gefühl in der Brust, der wattige Druck im Kopf, er stolperte.

Theo stützte sich auf der Kofferraumklappe ab, atmete durch. Die Schwindelattacke ging langsam vorüber. Er wartete eine Straßenbahn ab, überquerte die Klarastraße und betrat das Internetcafé, aus dem man Betty die Drohmail geschrieben hatte.

Dem Raum sah man an, dass er einst eine Metzgerei beherbergt hatte. An der Stirnseite die Kühltheke, in der statt Wurst nun allerlei Computerzeugs lag. Die Rückwand, von oben bis unten in sterilem Fliesenweiß, präsentierte an groben Haken Schlachterwerkzeuge. Vor der Theke, sich bis zur Tür erstreckend, alte Schulbänke in Reih und Glied. Hier war entweder ein Irrer mit Dominanzproblem oder ein pfiffiger Designfreak am Werk, fand Theo.

Die rechte, nur halbhoch geflieste Wand zierte ein Graffito, das eine Maus und den Namenszug des Internetcafés zeigte – flesh 2.0.

Außer dem Summen einiger Lüfter war es still. Keine Kundschaft, kein Personal. Theo ging zur Theke und tippte auf die Klingel, die dort neben einem Display mit Flyern stand. Sie informierten über Kulturveranstaltungen. »Familientag im Museum Folkwang« las Theo, während er wartete, und dachte an sein Versprechen, dort mit Bernard hinzugehen. Und mit Ella?

Es rumpelte im Hinterzimmer, die Schiebetür rechts neben der Theke öffnete sich, und eine Frau jenseits der sechzig schaute ihn aus funkelnden Augen an. Sie trug einen weißen Kittel, und aus dem klassischen roten »f«, dem Markenzeichen der Fleischerinnung, hatte jemand den Schriftzug »flesh« entwickelt, der nun die Brusttasche des akkurat gebügelten Kittels zierte.

»Morgen«, begrüßte ihn die Frau, »Sie sehen aus wie einer, für den Internet noch Neuland ist. Ich empfehle Ihnen unsere Coffee-Flat. Die jungen Leute kommen jetzt noch nicht, und unseren Senioren bieten wir recht erfolgreich günstige Tagestarife. Sechs Euro bis achtzehn Uhr und so viel Filterkaffee, wie das Herz verträgt.«

Theo brauchte einen Moment, um sich zu fangen. Suchend schaute er sich um.

»Der beste Platz ist hier vorn links. Da blendet die Sonne nicht«, beriet ihn die Dame in Weiß.

Theo zückte sein Portemonnaie und legte drei Zwei-Euro-Münzen auf die Theke. »Nehme ich«, sagte er, »wo schalte ich das Internet denn an?«

Der Weißkittel lächelte wissend, kam herum um die Theke, geleitete Theo zu seiner Bank, griff nach der Maus und rauschte in Windeseile durch Nachrichtenseiten, Sportseiten, Google Earth, Ebay, Amazon und gab augenzwinkernd bekannt, dass man im Internet auch sonst alles finde, was man suche.

»Ich hole mal 'nen Pott Kaffee. Milch, Zucker?«

»Nur Milch«, antwortete Theo und fragte sich, mit welcher Strategie er hier weiterkäme. Einschüchtern konnte und wollte er die Netz-Omi nicht. Bestechung kam bestimmt auch nicht in Frage. Die Dame hielt mit Sicherheit so was wie Berufsehre hoch.

Er gab Geldern in die Suchmaschine ein. Nach drei weiteren Klicks auf der Webseite der Stadt landete er in der Bildergalerie und bestaunte, wie schon so oft im wirklichen Leben, die Kunstwerke, die im Rahmen des Straßenmalwettbewerbs entstanden waren. Der hatte in Geldern eine lange Tradition. Wie lange wollte er da nicht schon wieder hingegangen sein. Es war eine Ewigkeit her, dass er Bernard dort in der Kategorie Kinder angemeldet und der Junge aus dem Stand den ersten Preis gewonnen hatte. Seine künstlerische Begabung konnte er als Partikulier natürlich kaum ausleben.

Theo dachte an seine Schwiegertochter und an seine voreilige Zusage, sich um Bernards vermeintliche Eskapaden zu kümmern. Dem eigenen Sohn hinterherspionieren? Das ging nicht. Er saß in einer Zwickmühle.

»Na, junger Mann, schon wat gefunden?« Der Weißkittel stellte den Kaffee auf der Schulbank ab und schaute Theo über die Schulter.

»Ja. Die Lösung.«

»Wat denn fünne Lösung?«

»Sie sind doch ein echter Ruhrie, oder?«

»Aber so wat von.« Der Weißkittel grinste.

»Gut, dann ist die Lösung der direkte Weg.«

»Ja wat denn sonst? Schleichweg is für Luschen.«

Theo stand auf, reichte der Chefin des flesh 2.0 die Hand und stellte sich vor.

»Kannz Inge zu mir sagen. Wat hasse denn für Sorgen?« Sie setzte sich neben ihn in die Bank. Theo erzählte von der E-Mail an Betty, die nach neuester Erkenntnis von hier aus abgeschickt worden war.

»Die einzige Möglichkeit, den Absender zu finden, wäre, den Raum mit einer Videokamera zu überwachen. Sollte der Schreiber eine weitere Mail senden. Also, von hier aus schreiben. Wir hätten ihn im Bild und damit auch am Wickel.«

»Und diese Betty, ist die deine ...?«

Theo nickte bedeutungsschwanger.

»Aber meistens isset hier ja brechend voll«, wandte Inge ein, »wie willze da den Richtigen finden?«

»Wir könnten Glück haben. Manchmal sitzt hier ja auch nur ein einsamer Wolf, so wie ich.« Theo nahm einen Schluck Kaffee. »Hm, der ist gut.«

»Wat glaubse? Dat ich hier Plörre ausschenk?«

Theo schüttelte den Kopf. »Könnte auch sein, dass die Empfängerin den Schreiber erkennt. So hätten wir zwei Chancen.«

»Aber ich hab überhaupt keine Kamera.«

»Kein Problem, die installiere ich, und die schenke ich dir auch. Das hält die Einbrecher fern.«

»So 'ne Art Bestechung. Also gut, abgemacht.« Inge stand ächzend auf. »Ich muss mal nach hinten, der Steuerberater will die Buchhaltung. Du weiß ja jezz, wo ich zu finden bin. Bis die Tage.« Damit verschwand Inge wieder im Hinterzimmer.

Theo Bosman trank den Kaffee aus, brachte den Becher zur Theke, rief: »Tschüss, Inge«, erhielt ein »Jau« zur Antwort und verließ das flesh 2.0.

Betty hat Angst

Betty hatte jede Fritte in sich gespürt, als sie von der Frustbude zurück zur Arbeit gefahren war. Schwer und fettig. Ganz heiß war ihr geworden, und sie kurbelte vorsichtig das Fenster runter. Manchmal blieb es in der Tür hängen. Sie brauchte dringend ein neues Auto. Vielleicht sollte sie mal bei Rick nachfragen, der schien ja mit Luxuskarren nur so um sich zu werfen.

Der Fahrtwind strich ihr durch die Haare, und sie hing ihren Gedanken nach. Theo war heute mal wieder wortkarg gewesen, sicher war er sauer, dass sie seinem Beschützerplan entwischt war und sie ihn obendrein so hart beschimpft hatte. Aber er hatte kein Wort darüber verloren. Das gefiel ihr an ihm.

Im Kaldi war nicht mehr viel los, die Mittagszeit bereits vorüber, Raik räumte die Küche auf und drückte ihr die Wechselgeldbörse in die Hand. Einzelne Gäste tranken noch Kaffee, andere genossen ihren Nachtisch. Ein junger Mann mit Löwensenf-T-Shirt schaute ihr ständig auf den Hintern, gab dann aber kein Trinkgeld. Betty räumte Geschirr von den Tischen, wischte sie sauber und arbeitete fleißig bis zum Feierabend.

Als sie Raik nun die Geldbörse zurückgab, zögerte sie einen Moment und überlegte, ob sie nicht doch noch um ein Quartier für die Nacht bitten sollte, verkniff es sich aber. Vor der Tür fasste sie den Entschluss, zur Polizei zu gehen.

Sie lief das kurze Stück zur Wache Ecke Harmoniestraße. Eigentlich eine schöne Adresse für eine Polizeistation, fand sie. Ob sie für die Diensttuenden dort hielt, was sie versprach? Der Eingangsbereich wirkte jedenfalls wenig einladend.

Sie trat ein und fragte sich mit ihrem Anliegen durch. Ein freundlich aussehender Herr Drießen nahm sich ihrer schließlich an. Als er ihre Geschichte hörte, bot er an, sofort mit ihr zum Tatort zu fahren, um sich dort alles genau anzusehen. Betty stimmte gern zu. Der Polizist, ganz Freund und Helfer, gab ihr ein Gefühl von Sicherheit. Vielleicht würde er ihr sogar eine

Lösung für die Nacht anbieten können, denn eigentlich wollte sie vorerst nicht mehr in ihrer Wohnung schlafen.

Herr Drießen war ein Mittvierziger mit einem etwas zu engen Hemd für seinen runden Bauch. Er ächzte leise, als er sich in den Polizeiwagen auf dem kleinen Parkplatz vor der Tür setzte. Fünf Minuten später öffnete Betty die Haustür und traf auf die unvermeidliche Frau Dahlmann. Die schien ihre Wohnung längst um den Treppenabsatz im Hausflur erweitert zu haben, jedenfalls stand ihre Wohnungstür meist offen und sie auf dem Treppenabsatz herum.

»Hallo, Frau Dahlmann«, grüßte Betty, »darf ich Ihnen meinen neuen Freund, Herrn Drießen, vorstellen. Der hat zwar keine Hohlwangen, aber er ist doch auch ganz hübsch, was meinen Sie?«

Der alten Dame fehlten offenbar die Worte, sie schaute nur irritiert. Herr Drießen dagegen schien nicht hingehört zu haben, zumindest ließ er sich nichts anmerken. Er kramte einen Block hervor und stapfte hinter Betty schnaufend die Treppe bis zum Dachgeschoss hoch.

»Ist die Wohnungstür schon ausgewechselt, oder haben Sie die Tür reparieren lassen? Es sind keine Spuren von Gewalteinwirkung zu sehen. Aber bei dieser Art Schloss ist man auch ohne handwerkliches Geschick schnell drin. Das sollten Sie dringend gegen ein moderneres, sicheres austauschen. Tun Sie sich den Gefallen.«

Herr Drießen schaute sich im Flur um und entdeckte den Blumentopf, zwei Sekunden später zeigte er Betty ihren eigenen Schlüssel.

»Frau Harmes, wie viele Menschen wissen denn von diesem genialen Versteck?«

Betty überlegte, dachte an Theo, möglicherweise hatte sie Katja davon erzählt, Raluca vielleicht.

»Schon zu viele, wenn Sie mich fragen«, unterbrach Drießen ihre Gedanken. »Dann lassen Sie mich mal rein.«

Betty schloss auf, Herr Drießen sah sich um, fotografierte das Graffito, notierte, dass nichts gestohlen worden war, und machte Anstalten, sich in den Feierabend zu verabschieden.

»Wann kommt denn die Spurensicherung?«, fragte Betty. »Befragen Sie die Nachbarn?«

»Junge Frau«, entgegnete der neue Freund und Helfer, »ich glaube, Sie sehen zu viel fern.« Er werde sich melden, wenn es etwas Neues gebe, versprach er auf dem Weg nach draußen, als sein Handy klingelte.

»Ja, da bin ich gerade«, hörte sie ihn sagen. Dann fielen die Worte »Staatsanwaltschaft« und »Spusi« und dass sie bis ins Dachgeschoss kommen sollten.

Etwa fünf Minuten später erklommen drei weitere Herren die Treppen an einer verwirrten Frau Dahlmann vorbei zu Bettys Wohnung. Man wolle sich das Graffito nun doch näher ansehen, und für Betty war klar, dass nur der Boss dahinterstecken konnte. Der hatte es doch drauf, wenn es drauf ankam.

Selbst Frau Dahlmann wurde nun befragt, hatte aber nichts bemerkt. Und dass, obwohl sie zugegebenermaßen viel Zeit im Treppenhaus verbringe.

Als die ganze Mannschaft sich nach getaner Arbeit aus ihren weißen Overalls pellte und verabschiedete, schloss Betty die Wohnungstür sehr sorgfältig ab, setzte sich auf ihr Bett und rätselte, wie sie die Nacht in ihrer Casa Azul überstehen, geschweige denn in den Schlaf finden sollte. Zu Theo würde sie nicht mehr uneingeladen gehen. Der hätte ihr ruhig anbieten können, die Nacht bei ihr zu verbringen. Sie sank ein wenig in sich zusammen. Für ein Hotel fehlte das Geld.

Sie stand auf, holte einen Eimer aus der Küche, dazu Scheuermittel und einen Schwamm, versuchte, die Buchstaben abzuwaschen. Während das Kobaltblau rundherum bereits verwässerte, ließ die Strahlkraft des Graffitos aber keineswegs nach. Entnervt schmiss sie schließlich den Schwamm in den Eimer und verließ das Wohnzimmer. Sie würde es einfach nicht mehr betreten. Vor die Wohnungstür wuchtete sie den alten Sessel, den sie einst vor dem Tod durch Sperrmüll gerettet hatte, und beschloss, sich als Nächstes ein Türkettenschloss anbringen zu lassen. Selbst anzubringen. Das war billiger.

Im Schlafzimmer öffnete sie das Fenster. Unten sah sie diesen Café-Gast im Senf-Shirt auf der Straße entlangspazieren. Langsam wurde ihr der Typ unheimlich. Zur Sicherheit fotografierte sie ihn mit der Handykamera. Man konnte nicht wissen, wozu das noch gut sein mochte.

Sie würde sich beschäftigen, ablenken müssen, so viel stand fest. Ihren linken Flip-Flop wollte sie kleben, aber der Kleber war im Wohnzimmer. Mist. Sie nahm ein Bettlaken, kramte aus der Küchenschublade Hammer und Nägel, öffnete die Tür zum Wohnzimmer und nagelte das Bettlaken über das Graffito. Damit ging es ihr schon besser. Nun holte sie eine Wäscheklammer, beschmierte die lose Schuhsohle mit Kleber und klemmte diese dann mit der Wäscheklammer am Schuh fest. Das Ganze dauerte keine fünf Minuten.

Der Abend nahm kein Ende. Bei jedem Geräusch, das aus Richtung Hausflur kam, zuckte sie zusammen. Da stand die Dahlmann den lieben langen Tag im Hausflur rum und war doch zu nichts nutze. Wie schade. Lesen, dachte sie, das hat noch immer geholfen. Hatte sie nicht noch einen Krimi irgendwo liegen? Nein, Krimi war nicht gut. Etwas Klassisches, Goethe vielleicht. »Die Leiden des jungen Werther« fand sie im Regal. Zu schwülstig. Schillers »Don Carlos«, gleich daneben. Zu dramatisch. Ob der kleine Tischfernseher noch funktionierte? Den hatte sie eine halbe Ewigkeit nicht mehr im Gebrauch gehabt. Nein, der war verreckt.

Betty gab auf, lief in die Küche, holte das große Brotmesser, deponierte es unter ihrem Bett und legte sich hin. Jeans und T-Shirt behielt sie vorsichtshalber an. Sollten diese Vollpfosten noch einmal kommen, sollte irgendjemand ungebetenerweise heute Nacht in ihre Wohnung kommen, wollte sie auf keinen Fall nackt sein. Dass sie mit einem Brotmesser auf einen Menschen losgehen könnte, bezweifelte sie. Aber vielleicht konnte es als Abschreckung dienen.

Sie stand noch einmal auf, holte ihr Handy und verstaute es in ihrer Hosentasche, ebenso den Wohnungsschlüssel, das Mobilteil ihres Festnetztelefons legte sie auf ihr Nachtschränkchen. »Oh Gott, Betty, werd jetzt bloß nicht hysterisch«, redete sie sich gut zu.

Vielleicht hätte sie Frau Dahlmann bitten sollen, ihr tägliches

Stelldichein auf dem Treppenabsatz im Hochparterre auf die Nacht auszudehnen. So hätte man zumindest eine Täterbeschreibung bekommen. Sie dachte an Theo und ihre Nacht auf der »Calypso«. Die beherbergte ein bequemes Bett. Groß genug für zwei.

Als Betty die Augen aufschlug, lag sie noch immer bekleidet auf ihrem Bett. Es war sieben Uhr.

Müde strich sie sich mit den Händen über das Gesicht, auf der Stirn standen Schweißperlen. T-Shirt und Jeans klebten an ihr. Ihre Zimmertür hatte sie verriegelt, sogar das Fenster geschlossen. »Betty Harmes, bald drehst du völlig durch«, schimpfte sie laut mit sich, »und du hattest der Welt geschworen, niemals einzuknicken, niemals klein beizugeben. Jetzt bepisst du dich schon, weil irgendein Bekloppter in deiner Wohnung rumschmiert!«

Sie wunderte sich, dass sie unter diesen Umständen überhaupt hatte schlafen können. So schlimm konnte es dann ja noch nicht um sie stehen. Alles, was sie nun wollte, war eine erfrischende Dusche und einen richtig guten Kaffee.

Sie stand auf, rollte sich die feuchtgeschwitzten Sachen vom Leib und öffnete das Fenster. Für einen kurzen Moment genoss sie die frische Luft, die hereinströmte, bis sie merkte, wie warm die bereits war. Sie hätte das Fenster besser über Nacht offen gelassen. Wer sollte schon durch ein Dachfenster in ihre Wohnung eindringen? Zumal der Sprayer ja offenbar mit einem Schlüssel durch ihre Wohnungstür spaziert war, den sie nun nicht mehr draußen im Flur aufbewahren würde.

Sie schüttelte den Kopf über sich selbst und schaute die Straße entlang. Dort unten sah sie einen Mann an einer Laterne stehen und rauchen. Er trug ein gelbes T-Shirt. Es war der Gast aus dem Kaldi. Was suchte der denn da schon wieder? Oder noch immer? Nun schaute er hoch zu ihr. Betty duckte sich.

Vielleicht war das der Mann, der bei ihr in der Wohnung gewesen war? Nackt kauerte sie auf dem Boden. Zwar konnte sie garantiert niemand sehen, wenn sie nicht gerade aus der Dachluke schaute, trotzdem kroch sie auf allen vieren zum Nachttisch rüber, um ihr Handy zu greifen. Sie wählte Theos Nummer, erreichte aber nur seine Mailbox. »Theo, ruf mich zurück, ich werde verfolgt. Glaube ich. Bestimmt. Ganz bestimmt.«

»Ich brauche dich«, flüsterte sie leise, als sie schon aufgelegt hatte. Sie vermied es, aus dem Fenster zu schauen.

Während sie auf dem Boden kauerte und sich fragte, was sie nun tun sollte, klingelte es an ihrer Tür. Sie schrak zusammen, ihr Herz raste. Ganz vorsichtig erhob sie sich und wagte einen kurzen Blick durch ihr Fenster auf die Straße. Der Mann in gelbem T-Shirt stand noch immer an der Laterne. Der konnte es also nicht sein.

Jemand kam die Treppe hoch. Schon klopfte es an ihrer Tür.

»Betty, bist du da?«

Es war Theo. Erleichtert sprang Betty auf, schlang sich ihr Betttuch um, rannte zur Tür, riss sie auf und zog Theo in ihre Wohnung. »Gut, dass du hier bist«, keuchte sie.

Er grinste, schaute an ihr rauf und runter. »Bist du allein oder störe ich?«

»Was soll der Quatsch? Willst du mich verarschen? Hast du meine Nachricht nicht abgehört?«

Theo klopfte auf seine Brusttasche, dann auf seine Hosentaschen, kein Handy. »Liegt im Auto. Was gibt es denn da zu hören?«

Ihren verschreckten Gesichtsausdruck schien er nur schwer deuten zu können.

Betty drehte den Schlüssel im Schloss herum, nun waren sie eingeschlossen. »Gib mir drei Minuten«, bat sie und war mit einem Satz im Bad. Dort zog sie die Tür hinter sich zu, durch die sie Theo zurief: »Koch schon mal Kaffee, ich bin gleich wieder bei dir. Du weißt ja, wo der Filter steht.«

Sie drehte die Dusche auf, spritzte Shampoo in ihre Hand, verteilte es über die Haare und, weil es Zeit sparte, gleich über den ganzen Körper, wusch es schnell herunter und rubbelte sich im Eiltempo trocken.

Als sie in Jeans und T-Shirt mit tropfenden Haaren in ihrer kleinen Küche erschien, stand Theo an der Spüle und goss kochendes Wasser in einen alten Keramik-Kaffeefilter, den Betty von ihrer Oma geerbt hatte. Sie besaß keine Kaffeemaschine, sondern bewahrte tapfer nostalgisches Brauchtum. Sie nahm zwei Tassen, stellte Zucker und Milch auf den Tisch. Theos Anwesenheit beruhigte sie. Ein wenig bedauerte sie, dass er nicht unter anderen Umständen gekommen war.

»Ich glaube, jemand verfolgt mich«, erklärte sie, »ein junger Mann in gelbem T-Shirt. Schau doch mal raus, vielleicht steht er noch da.«

Theo ging zum Fenster, der junge Mann stand immer noch an der Laterne. Er winkte ihm zu und rief: »Machmut, alles klar?« Er drehte sich wieder zu Betty um. »Der ist harmlos, ein alter Bekannter sozusagen. Von dem hast du nichts zu befürchten.«

»Aber was treibt der hier? Gestern war er auch schon im Kaldi.«

Theo zuckte mit den Schultern. »Ich frage ihn, wenn er gleich noch auf der Straße steht.«

»Du hast dich ja rasiert.« Sie strich ihm durchs Gesicht.

Theo griff in seine Hosentasche und zog einen kleinen Rettungsring aus Schaumstoff heraus. Daran hing ein Schlüssel, den er vor Bettys Augen hin- und herschwenkte.

»Für die ›Calypso‹. Ich möchte nicht, dass ich dich noch einmal über Bord werfe, wenn du nachts aufs Boot kommst. Diesen Rettungsring bitte dranlassen, er verhindert, dass der Schlüssel untergeht, wenn er dir ins Wasser fällt. So gut tauchen kann ich nämlich nicht. Und wie wäre es, wenn du mal schwimmen lernst?«

Betty schaute still auf den Schlüssel. Schließlich griff sie danach. »Cool«, sagte sie nur und überlegte, ob sie ihren Besucher umarmen sollte. Es hätte weitreichende Folgen haben können.

Noch bevor sie sich entschieden hatte, stand Theo auf, ging wortlos zur Tür und verabschiedete sich. Sie hörte, wie er die Steintreppen hinunterrannte. Ihrem Impuls, ihm nachzulaufen, folgte sie nicht.

»Betty Harmes, du bist so eine dumme Nuss«, ärgerte sie sich. Auf dem Tisch stand seine Tasse Kaffee. Randvoll.

***

Theo Bosman warf die Haustür ins Schloss, nachdem er Frau Dahlmann noch einen schönen Tag im Flur gewünscht hatte, überquerte die Straße und stieg die Stufen zur Dammkrone hoch. Auf dem Rhein sah er Binnenschiffe zu Tal und zu Berg. Alles war präzise geregelt. Wer wann auf welcher Flussseite fuhr, wer wo mit welcher Ladung löschte, damit Waren auf die Schiene oder von der Straße auf die Schiffe kamen. Warum nur konnte er diese Klarheit und Präzision nicht auch in seinem Privatleben herstellen? Betty zog ihn an, und gleichzeitig lief er vor ihr davon. Das machte doch gar keinen Sinn.

Er streckte sich und ging auf dem Damm weiter zur Brücke, die das Eisenbahnbassin überspannte und Laar mit Ruhrort verband. Rechts der Rhein, links die verspielt wirkende Fassade des Binnenschifffahrtsmuseums mit Erkern und Balkonen. Dahinter der mächtige Klotz des Kraftwerks, dessen Schornstein höher in den stahlblauen Himmel ragte als die höchsten Fialen des Kölner Doms.

Einen Moment lang ließ er die Kathedralen der Industrie auf sich wirken. Der Betrieb des Kraftwerkes verursachte ein lautes Rumoren, Tag und Nacht. Wie ein Riegel aus Stahl und Stein versperrte es die Sicht auf das dahinterliegende Stahlwerk, das eine Fläche beanspruchte, die so groß war wie ganz Ruhrort.

Ein Rennradfahrer rauschte so dicht an ihm vorbei, dass er den Luftzug spürte. Ihm war nach Kaffee, nach so einem, wie er ihn bei Betty gerade hatte stehen lassen. Auf die Frage, warum er plötzlich das Weite gesucht hatte, wusste er keine Antwort. Es war wohl besser, sich dem Thema Internetcafé und dessen Überwachung zuzuwenden. Zumindest schien ihm dieses Problem leichter zu lösen.

Auf dem Weg zum Auto instruierte er Machmut, sich künftig weniger auffällig an Bettys Fersen zu heften und vielleicht mal das T-Shirt zu wechseln. Dann sang Springsteen aus seinem Smartphone. Ella gab durch, dass Erna Klein im fraglichen Jahr einen gewissen Carsten Klein als ihren Sohn in Geldern angemeldet hatte. Ein Carsten Klein mit demselben Geburtsdatum war zuletzt in Köln gemeldet, in dieser Wohnung wohnte er jedoch nicht mehr. Ab- beziehungsweise umgemeldet hatte er sich nie.

Interessanterweise hatte sich Klein in Duisburg zum Binnenschiffer ausbilden lassen, mehr konnte sie noch nicht sagen.

Theo nahm sich vor, noch am Nachmittag einen Besuch auf dem Schulschiff »Rhein« zu machen. Vielleicht war er einem Ausbilder dort noch aus seiner Zeit bei der Wasserschutzpolizei bekannt.

Die Luft im Jaguar war stickig, und Theo freute sich, das Verdeck nach hinten fahren lassen zu können. Er aktivierte die Bluetooth-Schnittstelle seines Smartphones und tippte auf Rick Boysens Konterfei. Es dauerte eine ganze Weile, bis der etwas außer Atem abnahm.

»Was treibst du, Rick? Sport?«

»Was willst du?«

»Ich brauche Überwachungstechnik. Vor allem eine Kamera und einen Rekorder. Drahtlos.«

»Wann?«

»Bin auf dem Weg zu deinem Boot.«

»Fahr langsam.«

Theo war, als hätte er eine Frauenstimme im Hintergrund leise flüstern hören, die verdächtig nach seiner Mülheimer Hafen-Nachbarin Dörte Gathmann klang. Dabei lag Ricks Boot im Düsseldorfer Yachthafen, gegenüber dem Messegelände, ein wenig hinter Bäumen und Sträuchern versteckt. Zentral zwischen Duisburg und Düsseldorf mit kurzen Wegen zum Flughafen und zur Autobahn sowie einem kleinen Fähranleger direkt vor der Haustür. Rick schätzte es sehr, alle Wege offen zu haben.

Nach zwanzig Minuten verließ Theo in Bovert die Autobahn, genoss den Fahrtwind und parkte schließlich auf dem idyllischen Gelände des Yachtclubs in Lörick. Dörtes Cadillac konnte er nicht entdecken. Offensichtlich hatte die sich schon aus dem Staub gemacht. An Bord der »Aphrodite« erwartete Rick Boysen ihn im Bademantel.

»Ich wäre gern Trauzeuge«, eröffnete Theo das Gespräch.

»Ja, und ich wäre gern gesund und reich.«

»Ich rate dir, mein lieber Freund, mach Dörte nicht unglücklich mit deinen ganzen Weibergeschichten.«

Rick lachte. »Ich könnte sie unglücklich machen, glaubst du? Theo, da kennst du deine Nachbarin aber schlecht. Die nimmt sich, was, wen und wann sie will. Sei unbesorgt. Ich hätte noch Kaffee.«

»Nein danke, deine Plörre ertrage ich nicht. Bin auch unter Zeitdruck.«

Rick stand auf, verschwand unter Deck und tauchte mit T-Shirt und Shorts bekleidet wieder auf.

»Oh, ganz in Weiß. Tennis?«, frotzelte Theo.

Rick schnitt eine Grimasse und trat auf den Steg. »Der Kram liegt im Lager.«

Die beiden Männer verließen den Hafen und gingen auf der anderen Straßenseite einige Schritte an einer Backsteinmauer entlang, bis Rick vor einem hohen Tor stehen blieb. Er schaute nach links und rechts, betätigte eine Fernbedienung, und die metallisch-grauen Flügel des Tors öffneten sich beinahe geräuschlos.

Sie betraten eine Koppel, die von einem Elektrozaun und einer dichten Hecke umgeben war. Trotz der Hitze war das Gras saftig grün. Das Gelände wurde von mächtigen Pappeln beschattet. Tiere sah Theo nicht. Rick strebte der Stirnseite der Koppel entgegen. Dort wuchsen annähernd vier Meter hohe Kirschlorbeerbüsche. Erst als Rick sie teilte, stießen sie auf eine niedrige Halle mit Flachdach. Eine neue, massive Stahltür wirkte in dem ansonsten baufälligen Gebäude wie ein Fremdkörper.

Als Rick die Tür öffnete und beide eintraten, sprangen an der Decke klickend und brummend die Neonröhren an. Ein weitläufiger Raum, durch hohe, gut gefüllte Regale in vier Gänge unterteilt. Theo konnte nicht erkennen, was Rick hier lagerte. Er sah nur neutrale Kartons.

Zielstrebig wandte sich Rick einem Fach im letzten linken Gang zu. Einer grauen Kiste entnahm er eine bunt bedruckte Pappschachtel mit chinesischen Schriftzeichen. Dann zog er aus dem Regal eine kleine Tischplatte hervor, auf der er Theo die zwei Kameras, Kabelverbindungen und einen Festplattenrekorder aus der Schachtel präsentierte. Theo konzentrierte sich nicht auf die Ausführungen seines Freundes, sondern schaute sich neugierig um.

»Theo, das ist alles ganz legal. Ich kaufe und verkaufe. Ich bin ein ehrbarer Kaufmann.«

Theo öffnete den Mund, um eine Frage zu stellen.

»Vergiss es. Ich sage nicht, was in den Kartons ist. Geschäftsgeheimnis. Und jetzt hör mir kurz zu, damit du das Zeug auch installieren kannst.«

Rick erklärte den Einsatz der Kameras, die Theo von seinem Smartphone aus würde steuern können. Sie boten Zoomobjektive, Infrarotlicht für gute Sicht bei Nacht, einen Motor zum vertikalen und horizontalen Schwenken, ein hochempfindliches Mikrofon sowie einen Bewegungsmelder.

»Dir wird nichts und niemand entgehen. Besseres Material haben die Geheimdienste auch nicht«, schmunzelte Rick und verschloss die Kartons wieder. »Dir liegt was an Betty, oder?«

»Ich tue ihr einen Gefallen«, wich Theo aus. »Gut wäre, du könntest Machmut ersetzen. Er ist Betty schon aufgefallen. Hast du mal sein T-Shirt gesehen?«

Rick nickte. »Ich zieh ihn ab. Wisst ihr inzwischen eigentlich was Neues im Zusammenhang mit Gustes Tod?«

»Ja, wir wissen, dass das Graffito an ihrem Kiosk einen realen Hintergrund haben kann. Sie hatte einen Sohn, und wir wissen, wie er heißt. Er ist allerdings nicht in Deutschland gemeldet.«

Die beiden Männer gingen zum Ausgang. Zum Abschied umarmte er Rick, weil er froh war, Betty beschützt zu wissen.

»Sollen wir jetzt aufs Zimmer gehen?« Typisch Rick.

Das Licht der Sonne, die auch heute wieder von einem wolkenlosen Himmel schien, blendete Theo, er fingerte nach seiner Sonnenbrille. Im Flughafentunnel, den er zehn Minuten später erreichte, setzte er sie wieder ab.

Theo schaltete das Autoradio ein und hörte das Tagesgespräch auf WDR 5: Liebe im Alter. Es dauerte eine Weile, bis er merkte, wie sehr er sich angesprochen fühlte. Schnell wechselte er den Sender.

Der Kreis wird enger

Am Kiosk am Rüttenscheider Platz in Essen kaufte Theo Bosman Pfefferminzbonbons. Der Geschmack im Mund war faulig, seine Zunge fühlte sich pelzig an. Ob er krank wurde, ob er mal zum Arzt gehen sollte, auch wegen der Herzprobleme? Zu den Bonbons orderte er noch den Kicker und vertrieb die trüben Gedanken mit Spekulationen über den nächsten Spieltag. Den Kicker warf er auf den Beifahrersitz. Aus dem Kofferraum holte er die Kartons und wechselte die Straßenseite.

Im flesh 2.0 war er auch heute der einzige Kunde. Inge saß an einem der Computer und betrachtete versonnen ein Paar hochhackige rote Schuhe. Als sie Theo hereinkommen sah, blickte sie auf.

»Ich habe mal getanzt. Bundesliga.« Dann vertiefte sie sich wieder in das Angebot des Schuhhändlers.

Er stellte sich neben sie. »Ein tolles Rot. Ich lass den Kram mal hier liegen und hole noch ein bisschen Werkzeug aus dem Auto.«

Inge brummte, Theo wertete das als Zustimmung und schob die Kartons auf die ehemalige Fleischtheke.

Sie drehte den Kopf zu ihm. »Hömma, nich übel nehmen. Aber du stink's aussem Mund. Trink ma wat.«

Er bestellte ein großes Wasser, bevor er den Werkzeugkoffer und einen kleinen Eimer mit Schrauben und Dübeln aus dem Kofferraum holte. Zurück im Internetcafé fragte er Inge nach einer Trittleiter, holte diese auf Anweisung aus ihrem muffigen Keller. Dann zeichnete er an der Stirnseite des Raums, über der Theke, und an der Straßenseite, diagonal gegenüber, die Bohrlöcher für die Kameras an und freute sich, dass er keine Stromleitungen verlegen musste. Das Ladenlokal war vor vielen Jahren mit Steckdosen im Überfluss ausgestattet worden.

Die Kameras waren schnell montiert. Mit einem Handstaubsauger, den Inge ihm stumm reichte, saugte er den Bohrstaub auf und ging nach hinten in die ehemalige Wurstküche, um den Festplattenrekorder zu installieren. Hier schien Inge nichts verändert zu haben. Ein Kutter, in dem einst Wurst gemacht worden war, Arbeitsflächen aus Edelstahl und wie vorn hinter der Theke weiße Fliesen an den Wänden, leberwurstbraune Fliesen auf dem Boden.

Direkt über dem Kutter hing ein Meisterbrief: »Herr Rudolf Bovensiepen, geboren am 15. Oktober 1940 in Essen, hat die Meisterprüfung im Fleischerhandwerk bestanden« las Theo. Der Rahmen glänzte golden. Sicher Inges und Rudolfs ganzer Stolz.

Theo öffnete den Internetbrowser auf seinem Smartphone, nahm ein paar Einstellungen vor, und schon erschien das Bild der über der Fleischtheke montierten Kamera. Es zeigte die Auslage. Theo zoomte an eine gelb-orangefarbene Verpackung heran, eine Microsoft Office Edition 2003. Taufrisch war Inges Angebot nicht gerade.

Dann schwenkte er die Kamera nach oben. Inge tauchte auf, verschwand aber gleich wieder als Scherenschnitt im hellen Gegenlicht. Die Optik tat sich schwer mit dieser Lichtsituation. Er korrigierte Helligkeit und Kontrast und sah nun jedes ihrer blond gefärbten Haare. Mit einem Klick wechselte er zur Kamera, die den Raum von der Straßenseite zeigte, und jetzt sah Theo, dass Inge auf einer Seite surfte, die versprach, einsame Herzen zueinander zu bringen. Er schaltete die App aus, verstaute den Rekorder in einem Schrank und ging wieder nach vorn.

Big sister is watching you. An die Theke klebte er den Hinweis »Dieser Bereich wird videoüberwacht«. Dass das ausreichte, um juristisch auf der sicheren Seite zu sein, bezweifelte Theo. Aber wo kein Kläger, da kein Richter. Außerdem heiligte hier der Zweck die Mittel. Eine weitere Binse fiel ihm nicht ein. Er würde die Daten nicht missbrauchen, und Inge würde es sicher auch nicht tun, redete er sich mühsam das schlechte Gewissen aus.

»Ich bin fertig und hau ab.«

Sie winkte ihn zu sich und deutete auf den Monitor. »Wie findse denn den hier?«

Theo betrachtete den jung gebliebenen Pensionär, der »finanziell unabhängig war und gern reiste«. »Der wohnt im Westerwald«, gab er zu bedenken.

»Kann ja umziehen.«

»Stimmt auch wieder.«

Theo strich ihr kurz über den Rücken und ließ sie bei der Suche nach einem Ersatz für ihren Rudolf allein. Ihn quälte ein schlechtes Gewissen. Hätte er ihr nicht sagen müssen, wie gefährlich der Gesuchte unter Umständen war? Und ja, er hätte verdammt noch mal darauf warten sollen, dass die Polizei das alles in die Wege leitete. Aber er kannte ja die Dienstwege und wie lang sie sein konnten. Dabei galt es, keine Zeit zu verlieren. Sollte Bettys E-Mail-Bedroher und Sprayer auch Gustes Mörder sein, war Gefahr im Verzug. Auch für Inge.

Es war an der Zeit, Ella von der Internetcafé-Adresse zu unterrichten. Was sie daraus machte, musste sie selbst wissen. Dass er es bereits videoüberwachte, deutete er nur an.

Vor der Tür geriet er in eine Wolke aus Zigarettenrauch. Schlagartig wurde ihm übel. Er ging noch ein paar Schritte, bevor er sich wieder zu atmen traute. Am Kiosk gegenüber steckte eine Frau den Kopf durch das Schiebefenster, und er dachte an Guste. Vielleicht würde er gleich auf dem Schulschiff etwas über ihren heimlichen Sohn erfahren.

Theo trat ans Hafenbecken und blickte vor der Kulisse des alten Hebeturms auf die »Rhein« – mit einer Länge von vielleicht siebzig Metern das größte Schiff im Hafen. Er umrundete das Hafenbecken, und über einen langen Steg erreichte er schließlich das Schiff, das den angehenden Binnenschiffern ein Zuhause auf Zeit bot. Hier war auch sein Sohn ausgebildet worden, der sich damals, ohne Ella oder ihm etwas zu sagen, unerwartet angemeldet hatte. Die Kabine hatte er mit einem italienischstämmigen Mitschüler geteilt. Der Kontakt bestand noch immer.

Robert Bruns, ein kantiger Seemann, war schon damals Schulleiter gewesen. Er erinnerte sich an Theo und seinen Sohn. In Ruhe hörte er sich an, was Theo über den Fall zu berichten hatte. Ihm war nicht anzumerken, ob er Carsten Klein kannte oder ob er gewillt war, in den Unterlagen nachzuschauen. Schließlich entschuldigte er sich und ging mit dem Telefon auf den Gang.

Theo beugte sich vor, sodass er auf das Display der Telefonstation schauen konnte. Die Telefonnummer war ihm vertraut. Unter ihr hatte man ihn selbst viele Jahre bei der Wasserschutzpolizei erreichen können. Er schmunzelte und lehnte sich entspannt zurück.

»Danke, dass Sie sich geduldet haben«, sagte der Schulschiffkapitän, nachdem er wieder hinter seinem Schreibtisch Platz genommen hatte. »Ich schau mal in den Unterlagen nach. Persönlich kann ich mich nicht an Carsten Klein erinnern.«

Nach ein paar Klicks fand er die Akte des ehemaligen Schülers, las und runzelte die Stirn.

»Ein Musterschüler war er nicht. Durchschnittliche Noten und immer wieder Konflikte mit den Lehrern und den Mitschülern. Dass ich mich nicht erinnern kann. Seltsam. Hat aber bestanden.«

»Konflikte?«, fragte Theo.

»Beleidigungen, kleine Rempeleien, einmal wurde er des Diebstahls beschuldigt. Aber es konnte nichts nachgewiesen werden.«

»Wissen Sie, bei wem er nach der Ausbildung angeheuert hat?«

»Nein, nach dem Schulabschluss erfahren wir in der Regel nichts mehr von unseren Absolventen.«

»Verraten Sie mir, mit wem er auf der Kabine war?«

Der Schulleiter zögerte, gab sich dann aber wohl einen Ruck. Theo pfiff durch die Zähne, als er den Namen hörte.

»Sie kennen Kent Stevens?«, wollte Bruns wissen.

»Nein, nur den Namen. Er ist heute Partikulier der ›Anneke‹. Auf der wiederum sind verdächtige Anzugträger gesichtet worden, nachdem sie aus Rumänien zurück war. Ich danke Ihnen. Das sind wichtige Informationen.«

Die Männer verabschiedeten sich. Theo ging zurück an Land und rief Ella an, um ihr seine neuen Erkenntnisse mitzuteilen. Dass es eine Verbindung zwischen Klein und Stevens gab, konnte Zufall sein, bot aber vielleicht eine Möglichkeit, an Carsten Klein heranzukommen.

Auf Theos Mail ging Ella nicht ein, kannte sie wahrscheinlich noch gar nicht, denn sie kam gerade erst aus einem Meeting-Marathon. Als Theo sich von ihr verabschieden wollte, unterbrach sie ihn.

»Moment, ich wollte fragen, ob wir denn jetzt am Wochenende mit Bernard und Lea ins Museum gehen. Hättest du Lust? Folkwang? Wie lange hast du es Bernard schon versprochen? Morgen ist Familiensamstag.«

Ja, das wusste er. Eigentlich hatte er gerade wenig Zeit für so was, auf der anderen Seite tat es Bernard sicher gut, in den Schoß der Familie gezogen zu werden, für den Fall, dass er tatsächlich vom Pfad der Tugend abgekommen war. Und so stimmte er zu, sich morgen um halb elf von ihr abholen zu lassen. Mit Bernard hatte sie offenbar schon gesprochen. Tja, diese Frau überließ nichts dem Zufall.

Wie früher?

Noch bevor sein Wecker klingelte, wachte Theo am nächsten Morgen auf. Im Halbschlaf hatte er immer wieder Gustes Gesicht gesehen und ihre blau angelaufene Haut hinter der Hülle einer beschlagenen Plastiktüte. Er stand auf, duschte, kochte Kaffee, lief mit der Tasse zum Vinckekanal und schaute auf das Wasser. Was, wenn der Spruch am Kiosk eine Drohung gewesen war, Teil einer Inszenierung? »Eltern haften für ihre Kinder« – eine Botschaft an Carsten Klein?

Theo schlenderte den Uferweg entlang. Das Löschboot der Hafenfeuerwehr kam ihm entgegen. An Deck ein junger Mann, der ihm zuwinkte. Es war Harry Blumsters Sohn. Wer einmal Hafenwasser gesoffen hatte, kam nicht mehr los davon.

Heute sollte es also ins Museum gehen. Er dachte an Betty, der er von diesem Plan lieber erst gar nicht erzählt hatte. Die hatte ja nun auch genug andere Sorgen. Er fuhr sich mit der Hand übers Kinn. Eine Rasur wäre keine schlechte Maßnahme. Nach dem letzten Schluck Kaffee bog er in die Schimanski-Gasse ein, in der er vor ein paar Tagen umgekippt war. Guste war da schon tot gewesen. Er ging heim.

Zu Hause schaltete er das Radio ein. Der Wetterbericht stand an. Trotz des launigen Geplänkels zwischen Moderator und Meteorologin – als unbedarfter Hörer konnte man fürchten, die beiden fielen noch während der Livesendung übereinander her – entging ihm nicht, dass man heute einen neuen Allzeittemperaturrekord erwarten könne.

Theo kramte eine sehr dünne, seine Mutter würde sagen, »fludderige« Hose in Seniorenbeige sowie ein hellblaues Leinenhemd mit kurzen Ärmeln aus dem Schrank. Dazu Slipper ohne Socken. Ein Hundert- und zwei Fünfzig-Euro-Scheine in die rechte Hosentasche. Das Smartphone in die linke. Leichtes Gepäck. Um zehn Uhr fünfundzwanzig stand er vor der Haustür bereit. Ella war immer pünktlich.

Zu schnell, viel zu schnell, bog der Range Rover nur eine

Minute später in die Rheinbrückenstraße ein und bremste abrupt vor Theo, sodass der Straßenstaub an den Rädern kleine Wölkchen bildete. Er stieg nach hinten zu Bernard. Ella und Lea unterhielten sich vorn rege.

Ella fuhr trotz Automatik ruckartig an, noch bevor er sich angeschnallt hatte. Innerlich zählte er bis fünf. Dann rief er ins Geschnatter der beiden Frauen ein lautes »Guten Morgen zusammen«, sodass Ella beinahe gegen den Bordstein fuhr. Aber die Damen auf den Vordersitzen setzten ihr Gespräch gleich wieder fort. Sie überquerten den Hafenkanal, und Bernard schaute nach links auf die Kohleninsel. Theo folgte seinem Blick.

»Bernard, sagen dir die Namen Carsten Klein und Kent Stevens was?«

»Carsten Klein sagt mir nichts. Aber Stevens, ja klar, Kiffer Kent nennen wir den. Wie der überlebt, ist mir ein Rätsel. Der hat echt keinen Plan, aber irgendwie kämpft er sich durch. Immer gute Laune. Liegt vielleicht am Gras. Ihm gehört die ›Anneke‹, warum fragst du?«

»Ach, nur so aus Interesse. Er lag hier im Hafenkanal, als Guste ermordet wurde. Die Polizei hat ihn schon befragt. Er hat nichts gesehen.«

Theo beugte sich vor. »Ella, habt ihr mittlerweile Hinweise auf den Aufenthaltsort von Carsten Klein?«

»Theo«, sie lächelte ihn an, »ich bin hier privat unterwegs. Da vorn kommt deine Brücke.«

Er imitierte die legendären Worte des legendären Reporters Herbert Zimmermann. So wie er es immer tat, wenn er auf der A 40 nach Essen fuhr. Und Lea fiel gleich mit Inbrunst ein. »Aus dem Hintergrund müsste Rahn schießen, Rahn schießt. Tor, Tor, Tor, Tor. Tor für Deutschland.«

An der Museumskasse kaufte er Karten für alle. Bernard wusste offenbar, wohin er wollte, und entschwand mit Lea. Ella und er blieben unentschlossen stehen.

Sie schlenderten in die Ausstellung. Theo fröstelte, ihm kam die Klimatisierung doch recht kalt vor. In diesem Augenblick legte sie ihm ihren Schal um den Hals. So selbstverständlich, als habe sie nie aufgehört, ihn zu umsorgen.

Sie hakte sich bei ihm unter, sie schauten hierhin und dorthin. Dann standen sie vor Vincent van Goghs »Rhonebarken«, zwei offene Boote an der Hafenmauer, nebeneinanderliegend.

»Heute ist es das Licht«, sagte Ella.

»Bei mir ist es der Angler.«

Sie standen eine Weile, kannten jeden Pinselstrich und entdeckten über die Jahre doch immer neue Facetten.

»Ihr werdet alt.« Bernard schreckte beide auf. »Immer landet ihr hier. Geht doch mal rum.«

Er zückte sein Smartphone und zog Lea an seine Seite. »Selfie mit Vincent. Lächeln.«

Ella griff nach Theos Hand. Er bekam eine Gänsehaut.

Was weiß Mellie?

Gegen fünfzehn Uhr, nach einem gemeinsamen Mittagessen, fuhr Ella den Boss vor seiner Wohnung vor. Mit einem stillen, langen Blick verabschiedeten sie sich voneinander.

Dem davonfahrenden Wagen, in dem seine Familie saß, seine Immer-noch-Familie, schaute Theo nicht ohne Wehmut nach.

Er beschloss, kurz nach Mellie zu schauen, und lief zum Hochbunker, wo er schon von Weitem vier Personen im engen Halbkreis um einen Mann stehen sah, der auf dem Boden kniete. Der Mann beugte sich über jemanden, der am Boden lag, und presste mit verschränkten Händen rhythmisch den schmalen Oberkörper zusammen.

Theo schob sich zwischen den Männern hindurch und schaute in das blutverschmierte Gesicht der Person am Boden. Eine große Platzwunde auf der linken Wange und ein noch größeres Hämatom, das Jochbein, Auge und Augenbraue zu einer einzigen Masse aus Blut und geschundenem Fleisch verunstaltete, und doch sah Theo sofort, wer dort vor ihm lag und um das Leben kämpfte. Es war Mellie.

Er schaute zu den anderen Männern. »Hat schon jemand die 112 …?« Alle nickten.

»Ich kann nich mehr«, keuchte der Mann über ihr.

Theo übernahm seine Position, und um in den richtigen Rhythmus zu kommen, sang er still »Staying alive«. Einige Minuten später traf der Rettungswagen ein. Theo stand auf, trat einen Schritt zurück, weg von Mellies scheinbar leblosem Körper.

Eine Ärztin beugte sich über Mellie, kontrollierte Atmung und Puls, öffnete ihre Augenlider, das linke war vom Blut verklebt, leuchtete mit einer Taschenlampe in beide Augen. Ein Zugang wurde gelegt, der Inhalt von Ampullen auf Spritzen gezogen, Mellies blutverschmiertes graues T-Shirt aufgeschnitten. Kurz sah er ihre Nacktheit, sah, wie jung sie war, wie verletzlich.

Theo stand atemlos da, schloss kurz die Augen, spürte sein

Herz gegen den Brustkorb hämmern. Eine Wohnung hätte er ihr besorgen sollen, eine Arbeitsstelle organisieren. Schon lange.

Zwei Sanitäter traten an Mellie heran, gaben Kommandos. Sachlich. Man hob sie auf eine Trage, das war leicht, denn Mellie war leicht.

Theo folgte dem kleinen Zug aus Notärztin und Sanitätern mit in den Rettungswagen, gab sich als Verwandter aus. Jemand warf die Schiebetür hinter ihm krachend ins Schloss, man fuhr an, Theo suchte nach einem Griff, nach Halt sowieso. Mellie atmete, das war das Wichtigste. Kurz darauf fuhr der Rettungswagen eine Rampe hoch. Türen öffneten sich. Menschen in blauer Kleidung – die Notaufnahme. »Schockraum« las Theo, noch mehr Menschen in Blau, die Notärztin, nacheinander verschwanden sie dort.

Die Tür schloss sich, Theo stand auf dem Gang. Gegenüber der doppelflügeligen Tür waren vier Sitzschalen in verblichenem Blau an die Wand geschraubt. Er setzte sich, dachte an sein letztes Gespräch mit Mellie. An das Eis, ihr Lachen, den zerstochenen Arm. Auf der Toilette trank er hastig so viel Wasser aus dem Hahn, bis er spürte, wie sich sein Magen dehnte.

Er kam hoch, schaute in den Spiegel und erschrak. Sein Haar klebte in Strähnen am Kopf, am rechten Wangenknochen sah er Blutspuren, seine Augen waren glasig. Er wusch sich das Gesicht, fuhr mit den Händen durch sein Haar, ordnete es, so gut es ging, und setzte sich auf dem Gang wieder in eine der blauen Sitzschalen.

Von rechts näherten sich zwei uniformierte Polizisten. Der ältere von beiden stellte sich vor, Hartmut Schultz, jetzt fiel es Theo wieder ein, sie hatten mal einen Lehrgang zusammen absolviert.

»Du scheinst das Unglück anzuziehen«, eröffnete der Hauptmeister das Gespräch.

»Wieso?«

»Na, die Tote auf der Kohleninsel.«

»Hat sich das also rumgesprochen.«

»Gibt es einen Zusammenhang?«, fragte der Hauptmeister.

»Guste Krawitz und Mellie kannten einander.« Er berichtete

vom Kiosk und Mellies Gewohnheit, dort die Vormittage zu vertrödeln.

Jetzt mischte sich der junge Kollege ein. »Mellie hat also viel Zeit im und am Kiosk auf dem Neumarkt verbracht. Kann es sein, dass sie eine Beobachtung gemacht hat? Vielleicht am Todestag? Eine Beobachtung, die jemand anderen belasten könnte?«

»Als ich ihr vor ein paar Tagen erzählte, dass Guste Krawitz tot ist, war sie schockiert. Glaubhaft. Wo sie zur fraglichen Zeit wirklich war, weiß ich aber nicht.«

Als der junge Polizist gerade zu einer Frage ansetzte, stand unvermittelt Sinja von Stetten vor den Männern.

»Danke, Kollegen, ich kümmere mich hier jetzt. Sie …« Sinja von Stetten kniff die Augen zusammen und bemühte sich, das Namensschild des jungen Kollegen zu entziffern. »… Obermeister Scroziew, schicken mir einen kleinen Bericht. Sie haben ja schon fleißig mitgeschrieben. Schönen Tag, die Herren. Herr Bosman, wir gehen ein paar Schritte?«

Obermeister Scroziew schaute über Theo hinweg Hauptmeister Schultz an. Der zuckte die Schultern, klopfte Theo auf den Oberschenkel, stand ächzend auf und sagte: »Na dann.«

Theo folgte Sinja von Stetten widerspruchslos. Es war ihm egal. Sie ging voraus in die Krankenhauskantine, lotste ihn zu einem Tisch und holte an der Theke Apfelkuchen und Kaffee für beide.

»Ich bin gar kein Arschloch, müssen Sie wissen. Aber ich richte mein Verhalten nach dem wahrscheinlich größten Nutzen. Arschloch lohnt sich nicht immer und überall. Guten Appetit.«

Aus ihren Absichten machte Sinja von Stetten kein Geheimnis. Sie schloss wie Obermeister Scroziew nicht aus, dass Mellie über Kenntnisse zum Fall Guste Krawitz verfügen könnte, die sie weiterbrächten, und sie forderte Theo auf, alles zu sagen, was er wusste. Und so berichtete Theo haarklein.

»Sie rufen mich an, sowie sie die Augen aufschlägt und Ihnen was erzählt.« Damit verließ sie den Tisch, ließ ihr Tablett stehen und Theo sitzen.

Die Uhr vor der Kantine zeigte siebzehn Uhr dreißig. Erschöpft nahm er wieder gegenüber dem Schockraum Platz, als sich dessen Tür öffnete. Drei Personen traten auf den Gang.

Theo stellte sich ihnen in den Weg, log über seine Beziehung zu Mellie und bat um Auskunft. Seine Hoffnung auf umfassende Information zerstörte der Oberarzt, ein schmaler Mann in seinem Alter, mit der dürren Feststellung: »Sie ist stabil. Geben Sie der Schwester eine Handynummer.«

»Wann kann ich zu ihr?«

»Handy.«

Wieder öffnete sich die Tür des Schockraums. Mit Kopfverband, Tropf und einem technischen Gerät am Fußende wurde Mellie von einem Pfleger an ihm vorbeigeschoben. Theo war sofort am Bett, eine Schwester drängte ihn ab.

»Sind Sie ein Angehöriger?«

Theo bejahte.

»Wir bringen sie auf die Intensivstation. Dort können Sie jederzeit anrufen. Sollte sich ihr Zustand verändern, rufen wir Sie an. Haben wir Ihre Handynummer?«

Theo gab sie ihr.

Eine Fahrstuhltür öffnete sich, Mellie wurde hineingeschoben, die Tür schloss sich, Theo stand allein auf dem Krankenhausflur.

Er verließ die Klinik, setzte sich auf eine beschattete Bank und atmete durch. Ihm war nach Duschen und Alleinsein, als sich mit Springsteens Stimme ein Anruf meldete. Die Intensivstation. Mellie war unerwartet aufgewacht.

Er folgte den Schildern zur Intensivstation, klingelte, wurde eingelassen, mit einem grünen Kittel ausgestattet, den er über die verschwitzten Sachen zog. Hier herrschten Ruhe und relative Privatheit. Trotz all der Technik schafften es die Mitarbeiterinnen, eine fast familiäre Atmosphäre zu erzeugen.

Ein älterer Pfleger stellte Blickkontakt her und führte ihn zu Mellies Bett. Ein Auge war halb geöffnet. Das andere verbunden. Sie atmete selbstständig. Blaue Fäden steckten in ihrer Haut, die, von Desinfektionsmitteln gefärbt, gelb-orange schimmerte.

Theo beugte sich über sie. »Mellie, ich bin's, Theo. Du bist in der Unfallklinik. Nur Top-Leute hier. Die machen dich gesund. Mach dir keine Sorgen.«

Der Pfleger zog ihn sanft an der linken Schulter zurück und signalisierte durch leichtes Kopfschütteln, dass es genug war.

Mellie öffnete den Mund. »Käneti«, glaubte Theo zu verstehen.

Er schaute sie fragend an. »Kennedy?«

Dann gab eines der Geräte Piepgeräusche von sich, der Pfleger schob ihn aus dem Abteil.

»Dreiundzwanzig Euro siebzig«, sagte der Taxifahrer, als er vor den Bootshallen des Mülheimer Hafens hielt. Theo Bosman reichte fünfundzwanzig Euro nach vorn und stieg aus. Wortlos. Ihm war nicht nach »Schönen Abend noch«.

Schlurfend bog er um den Schuppen, während ihm alles Unerledigte durch den Kopf ging: Dringend mit Rick über Betty sprechen und über die Kosten seines Sicherheitsservice. Nach der Kamera im Internetcafé sehen. Und an Carsten Klein musste er rankommen. Mit Bernard wollte er in einem passenden Moment über die Lackschuhe in seinem Schrank sprechen, und er musste sich um Betty kümmern.

Schwindel übermannte ihn, dann spürte er, wie sich sein Herzmuskel zusammenzog. Es zwang ihn in die Knie, mit der rechten Faust schlug er sich auf den Brustkorb. Sekunden verstrichen, die ihm wie Stunden erschienen. Dann fand sein Herz wieder in den Sinusrhythmus. Wäre er doch nur gegen diese Todesangst gefeit, die ihn bei jeder der Attacken überkam.

Er atmete tief durch, rappelte sich auf und ging an Bord der »Calypso«. Ein leichter, kühlender Lufthauch vom Wasser.

Erschöpft setzte er sich in die Plicht, stieß sich am Handy, das er in der linken Gesäßtasche trug, und zog es mit einiger Mühe – es klebte mit der Schutzhülle am feuchten Stoff der verschwitzten Jeans – heraus. Im Salon blinkte etwas auf dem Tisch, ein Smartphone, daneben lag ein Schlüssel an einem Rettungsring aus Schaumstoff. Er wählte Bettys Nummer. Es dauerte einen Augenblick, dann hörte er es klingeln. Betty war an Bord.

Vorsichtig öffnete er die Tür zur Bugkabine. Leise schnarchend und mit einer halb vollen Flasche Bessen-Genever neben sich lag sie auf der Matratze. Sie waren also in Sicherheit, Mellie und Betty. Soweit er das beurteilen konnte.

Rückwärts und so leise wie möglich zog er sich zurück, stellte sich unter die Dusche, trank aus dem Duschkopf, trocknete sich mit matten Bewegungen ab und sank auf die Koje der Gästekabine. Er landete auf dem Bauch. So lag er eigentlich nicht gern. Aber zum Umdrehen fehlte ihm die Kraft.

***

»Kennedy« spukte es ihm am nächsten Morgen durch den Kopf. Für seinen Körper hatte er noch kein Gefühl in diesem kurzen Moment zwischen Traum und Wirklichkeit. Was hatte Mellie ihm sagen wollen?

Theo drehte sich um, auf die linke Seite, fuhr zusammen, stieß einen Schrei aus und war schlagartig hellwach. Keine Handbreit entfernt sah er in die weit geöffneten Augen seines Schlafbesuchs.

»Bist du irre? Ich hätte einen Herzinfarkt kriegen können.«

»Tolle Begrüßung.« Betty wich zurück.

»Ja, bitte?«

»Kaffee?«

»Ja.«

Wie gern hätte er sie jetzt an sich gezogen und geküsst, sich vergessen, alles um ihn herum vergessen. De facto konnte er jedoch auch Ellas Hand in seiner nicht vergessen. Und so ließ er Betty stattdessen aus der Hocke aufstehen und Kaffee kochen gehen. Er ging ins Bad, wusch sich kalt das Gesicht, versuchte, wach zu werden, zu klarem Verstand zu kommen.

Langsam breitete sich Kaffeeduft im ganzen Schiff aus, am Küchentisch saß Betty mit einer blauen Tasse in der einen Hand, mit der anderen hielt sie sich den Kopf. Er setzte sich zu ihr. Einen Moment sahen sie sich still an.

»Ich habe Angst vor dieser unbekannten Gefahr. Vor meinen eigenen Phantasien. Und es ist echt nicht leicht, das zuzugeben, denn ich bin angetreten, diese Welt zu verteidigen, nicht, vor ihr Angst zu haben. Verstehst du das? Kannst du herausfinden, wer in meiner Wohnung war, mir geschrieben hat, mir an den Kragen will? Kann das überhaupt jemand?«

Nur allzu gern hätte er an dieser Stelle gesagt, dass er und die Polizei alles im Griff hatten, schon um sie zu beruhigen. Das wäre jedoch gelogen gewesen. Von Mellie zu berichten, kam jetzt auch nicht in Frage, obwohl er ihr damit nach der Sache mit Guste das zweite Mal etwas verschweigen würde. Betty war angezählt, er wollte sie schützen. Er griff sich eine der blauen Bord-Tassen und goss sich vom Kaffee ein.

»Du bist zumindest nicht in unmittelbarer Gefahr. Rick hat einige seiner Leute instruiert, dich unauffällig zu beschützen. Der Herr im senfgelben T-Shirt war zugegebenermaßen nicht ganz so unauffällig, aber er hat seinen Job gemacht.«

Sie blieb ruhig. Damit hatte er nicht gerechnet.

»Ich warte darauf, dass sich der Typ wieder per E-Mail an dich wendet. Dann haben wir eine gute Chance, ihn zu erwischen, wenn er wieder einen Rechner im selben Internetcafé benutzt. Das lasse ich videoüberwachen. Zunächst müssen wir uns gedulden.«

Es vergingen einige Minuten. Beide hielten sich an ihren Kaffeetassen fest. Dann blickte Theo sie an und nickte, in der Hoffnung, auch von ihr eine Bestätigung zu ernten. Schließlich tat sie ihm den Gefallen und nickte.

»Zusammen schaffen wir das«, bekräftigte er.

Betty ließ den Blick über das Wasser schweifen, sah zwei Enten beim Landeanflug zu und nickte ihm zuliebe noch mal. Dann berichtete Theo doch von Mellie.

»Wir werden ihr helfen«, sagte Betty traurig und entschlossen. »Wenn sie rauskommt, kümmern wir uns um einen Entzug, eine Wohnung und einen Job. Ich würde sie auch adoptieren.«

Sie schwiegen. Für Bettys Verhältnisse sogar lange.

»Was fällt dir bei Kennedy ein?«, fragte er in die Stille.

»Kennedy? Wie John F.?«

»So ähnlich.«

»Oder eher wie: ›Ich kenne die‹, also mit verschlucktem ›ich‹?«

Theo Bosman fühlte den Groschen fallen. Mellie kannte vielleicht den oder die Täter. Er griff mit beiden Händen nach Bettys Kopf, zog sie zu sich heran und küsste sie schmatzend auf die Stirn. »Du bist so klug, schöne Frau. Mellie hat so was gemurmelt, als sie kurz zu Bewusstsein kam. ›Kenne die‹, kann das bedeuten. Ich muss zu ihr.«

Im Aufstehen fiel ihm ein, dass er sein Auto nicht hier hatte, sondern vom Krankenhaus mit dem Taxi gekommen war. Betty würde ihn bringen müssen.

Nur mit einem Kaffee im Bauch stiegen sie in Bettys olivgrünen Golf. Beinahe synchron kurbelten sie die Fenster runter.

»Wenn das hier vorbei ist, kaufe ich mir eine Klimaanlage«, kündigte Theo an.

»Für den Jaguar? Der hat doch – alles«, warf Betty ein.

»Für meine Wohnung.«

»Theo, sag mal! Das lässt du schön bleiben. Umweltsauerei, elende.«

Theo reagierte nicht. Jetzt bloß keinen Streit.

Betty ließ beim Fahren ihre rechte Hand auf dem Schaltknüppel ruhen. In der Fahrschule hatte Theo gelernt, dass das dem Getriebe schaden könne. Ob diese Geschichte des Fahrlehrers stimmte, wusste er bis heute nicht, aber er dachte immer daran, wenn er dieses Verhalten beobachtete, und es störte ihn. Er schaute eine Weile aus dem Fenster und ertappte sich dabei, wie er sich nach Ruhe sehnte, innen wie außen. Vielleicht bot der Buddhismus eine Lösung. Mit dem hätte er sich gern mal beschäftigt. Aber Buddha würde warten müssen, wie so vieles, was ihn interessierte.

Betty parkte vor der Klinik, und er bat sie, mit hineinzukommen. Vielleicht würde sie Mellie ein Gefühl von Wärme und Geborgenheit geben. Das konnte Betty wirklich gut.

Wieder kurbelten beide gleichzeitig.

An der Tür zur Intensivstation gab es Probleme, man wollte sie nicht reinlassen. Dann tauchte von hinten der Pfleger auf, der Theo gestern zu Mellies Bett begleitet hatte, und schob beide mit durch die Tür.

Theo näherte sich Mellies Bett mit einem mulmigen Gefühl, während Betty einen entschlossenen Eindruck machte. Als sie sich aber zu Mellie hinunterbeugte, liefen ihr Tränen über das Gesicht, die sie sich mit dem Handrücken wegwischte. Mellie öffnete die Augen.

»Gott sei Dank«, flüsterte Theo und wechselte auf die andere

Bettseite. Mellies Augen waren zwar angeschwollen, ihr Blick aber war erstaunlich wach und klar.

»Holst du mich zum Eisessen?« Durch die Schläge und den Tubus, den man erst in der Nacht wieder entfernt hatte, klang ihre Stimme krächzend.

Theo setzte sich aufs Bett, schaute dann kurz zum Pfleger, der entspannt nickte. »Mellie, kanntest du die Leute, die dich verprügelt haben?«

Mellie nickte. »Habe ich an Gustes Kiosk gesehen, zweimal. Auch am Todestag. Das habe ich gesagt. Ich kenn euch, hab ich gesagt. Vom Kiosk am Neumarkt. Schon schlugen sie.«

»Wie viele?«

»Zwei.«

»Warum hast du sie getroffen?«

Mellie blickte an Theo vorbei. »Ich hab eine Telefonnummer, die ich anrufe, wenn ich Gift kaufen will. Der Typ am Telefon sagt mir dann, wo und wann, und gibt mir eine neue Nummer.«

»Hat die Polizei gestern dein Handy mitgenommen?«

»Keine Ahnung.«

»Hat sie«, bestätigte der Pfleger Theos Vermutung.

»Kannst du die Männer beschreiben, Mellie?«

»Der eine war so groß wie ich. Kurze schwarze Haare, auf dem T-Shirt stand ›I love Constanța‹. Gib mir Stift und Blatt.«

Der Pfleger griff in seine Brusttasche, reichte Mellie seinen Stift und fand auch noch einen Block. Mellie verzog das Gesicht, als sie die Hände bewegte.

»Die Zugänge?«, fragte Theo und hielt ihr den Block hin.

Mit zittrigen Strichen skizzierte sie das T-Shirt.

»Du bist ja eine richtige Künstlerin«, staunte Betty.

»Kunst-Leistungskurs. Damals.«

Er schaute auf die Skizze, riss das obere Blatt ab und reichte den Rest wieder dem Pfleger. »Was heißt das hier unten?«

»Romania. Das Herz hinter dem ›I‹ war blau-gelb-rot ausgefüllt.«

Die Farben der rumänischen Flagge, dachte Theo. Ihm fielen die Anzugträger auf der »Anneke« ein, die ja frisch aus Constanța gekommen war, und er fragte nach dem zweiten Mann.

»Schwitzender Fettsack, größer als ich. Weißes Hemd, schwarze Hose. Wie ein Kellner. Der hat mich getreten.«

Ein Monitor piepte. Sofort schob der Pfleger sie zur Seite, schickte sie dann raus. Hastig verabschiedeten sie sich und verließen die Klinik. Theo fotografierte Mellies Zeichnung und sandte sie samt Beschreibung an Ella.

Betty hielt Theo am Arm und deutete auf die Cafeteria. »Wollen wir frühstücken?«

»Da habe ich gestern mit einer anderen gesessen. Verbrannte Erde.«

»Wie, mit wem?«

»Mit einer Frau.«

»Ärztin?«

»Polizistin.«

Sie kniff ihm in die Rippen und fauchte wie eine Raubkatze. Er mochte, wenn sie ihn so anfasste, vielleicht sogar Eifersucht zeigte. Fürs Frühstück schlug er das Kaldi vor.

»Nö. Ich möchte auch mal mit dir allein sein. Lass uns zu dir fahren und vorher Brötchen holen.«

»Bei mir ist heute Ruhetag.«

»Blödmann.«

Wie recht Betty hatte, aber er musste dringend noch mal bei Harry Blumster nachhaken. Vielleicht hatte die Wasserschutzpolizei neue Informationen zu den Rumänen im Hafen.

Betty wunderte sich. »Warum bist du dir so sicher, dass es Rumänen sind? Nur, weil der Mann dieses Constanța-T-Shirt trug. Ich habe auch ein T-Shirt, auf dem ›I love NY‹ steht, und trotzdem komme ich nicht von dort, war noch nicht mal zu Besuch.«

»Da gebe ich dir recht, aber es könnte eine Spur sein. Drogen kommen über Constanța nach Mitteleuropa. Das ist eine Schmuggelroute, die auch an Binnenwasserstraßen entlangführt. Das Verbrechen ist überall zu Hause.«

Betty schlug vor, ihn zu einem ihrer bevorzugten Frühstücksorte zu fahren, er solle sich überraschen lassen. Nichts war ihm lieber als das.

Sie fuhren los, und er wählte seine alte Telefonnummer bei der Wasserschutzpolizei. Das fühlte sich noch immer komisch an. Die Erinnerung an die gute alte Zeit? Am anderen Ende meldete sich Harry Blumster und klang nach Stress. Sofort strich Theo wieder das »gute« aus der alten Zeit. Denn es war weiß Gott nicht alles gut an ihr gewesen.

»Ich wollte fragen, ob Birgit und du vielleicht nächste Woche auf die ›Calypso‹ zum Bierchen kommen wollt. Betty und ich, wir würden uns freuen.«

Man einigte sich auf Mittwoch.

»Was ich noch fragen wollte: Gibt es in Ruhrort irgendwelche Geschichten, in die Rumänen verwickelt sind? Ich frage, weil Mellie möglicherweise von Rumänen zusammengeschlagen wurde.«

Harry Blumster schwieg einen Augenblick. »Auf dem Wasser nicht«, antwortete er dann. »Aber mir ist auf dem Weg zum Dienst aufgefallen, dass gegenüber von Klöckner schon ein paarmal zwei oder drei Sprinter mit rumänischen Kennzeichen hintereinander parkten. Schrottsammler, dachte ich.«

»Danke dir. Wir sehen uns Mittwoch.« Theo steckte das Handy in seine Hosentasche, während Betty ihn von der Seite ansah.

»Betty und ich?«, wiederholte sie, fuhr dabei ungewollt einen kleinen Schlenker.

»Ja, etwa nicht?«, gab er zurück.

Eine Viertelstunde später saßen sie mit Coffee to go im Pappbecher und frischen Croissants auf einer Bank in Wanheim, direkt am Rhein.

»Ich liebe diesen Ort. Habe hier schon entschieden, Jura zu studieren«, sagte Betty.

»Kannst dir ja ein T-Shirt machen lassen.«

»Gefällt dir meins etwa nicht?« Sie zeigte auf ihr weißes Top mit der Aufschrift »All we need is less« in roten Lettern. Dann auf ihre selbst geklebten Flip-Flops. »Mein Beitrag zum Umweltschutz. Wir sollten üben, länger mit dem auszukommen, was wir haben. Ein paar frische Flip-Flops könnte ich allerdings schon gebrauchen. Wenn sich der Kleber wieder löst, falle ich über mich selbst.« Sie lachte mit vollem Mund.

Sie tranken Kaffee, schauten den Schiffen nach, genossen die Ruhe.

Betty dachte an den kommenden Mittwoch. Wollte Theo sie seinen Freunden vorstellen? Als was? Er hatte sie nicht mal gefragt, ob sie Zeit hatte. Und ob sie seine Freunde kennenlernen wollte. Wollte sie? Sie war sich nicht sicher, nichts zwischen ihnen schien ihr sicher.

Wie viele Gelegenheiten hatte sie ihm nun schon geboten, sie wenigstens zu küssen, wenn nicht mehr? Und was machte der Kerl daraus? Nichts. Rein gar nichts. Wenn er wenigstens nicht diese wunderbaren schokoladenbraunen Augen hätte. Tja, wenn die nicht wären, dann wäre alles halb so schlimm.

Sie erschrak. »Theo, schon zehn. Ich muss ins Kaldi. Jetzt. Ich komme zu spät.«

»Du wirst nachsitzen müssen.«

Sie packten Pappbecher und die Bäckerei-Tüte, rannten sich gegenseitig anfeuernd zum Auto, und Theo spürte, wie sich das Leben für einen Moment wieder leicht anfühlte.

Auf der Fahrt zurück nach Ruhrort erzählte Theo vom Museumsbesuch, schwärmte von den Bildern, dem guten Essen danach. Eigentlich wollte er Betty bitten, mit ihm noch einmal dorthin zu fahren, weil er sich an allem gar nicht hatte satt sehen können. Aber Bettys Stimmung kühlte merklich ab bei diesem Thema, und so hielt er erst mal den Mund und verabschiedete sich mit einem Kuss auf die Wange von ihr, als sie vor seiner Wohnung hielt. In Sachen Frauen musste er wirklich noch klüger werden, fand er.

Noch auf der Straße rief er Rick an. »Betty fährt jetzt zum Kaldi. Sag mal, wie kommen wir da mit den Kosten für deine Dienste zusammen? Nenn doch mal 'ne Hausnummer.«

»Hör auf mit dem Quatsch. Für dich gibt's keine Hausnummern. Das weißt du doch.«

Opa Willi hat ein Smartphone

Als Theo am nächsten Morgen mit seiner leeren Kaffeetasse vom Vinckekanal zum Haus in der Rheinbrückenstraße zurücklief, zeigte ein Blick hinauf zu seinem Bürofenster, dass Raluca schon da war. Er musste mal einen neuen Vertrag mit ihr machen. Sie arbeitete sicher mehr Stunden als vereinbart. Das konnte so nicht weitergehen. Als er oben an der Wohnungstür ankam, bekam er kaum noch Luft.

»Boss, Sie sind nicht in Form. Zu wenig Bewegung und zu wenig gesundes Essen.« Sie machte eine Kunstpause, ohne vom Monitor aufzuschauen. »Vielleicht auch zu wenig Schlaf?«

»Wenn ich eine Gouvernante benötige, sage ich Bescheid.«

»Eine Gouvernante. Soso. Sie überschätzen sich, Boss. In Ihren Kreisen beschäftigt man keine Gouvernanten. Der Bericht für Herrn Kruse liegt auf dem Küchentisch.« Damit tippte sie weiter.

Theo verzog sich in die Küche. Er nahm sich eine Flasche Wasser und las den Bericht. Raluca hatte sich in den letzten beiden Jahren die branchenüblichen Redewendungen angeeignet. Eigentlich unbezahlbar.

»Raluca«, rief er wenig später. Keine Antwort. »Raluuuca.«

»Boss, wenn Sie was von mir wollen, kommen Sie bitte ins Büro. Ich bin beschäftigt.«

Er ging zu ihr rüber und legte den Bericht neben ihr auf den Schreibtisch. »Gar nicht übel.«

Raluca brauchte keine Sekunde für ihre Antwort: »Tja, und kochen kann ich auch noch.«

Theo ging runter in den Hof. An Mellies Krankenbett war ihm ein Gedanke gekommen, den er auch schon eher hätte haben können. Da muss das Kind erst in den Brunnen fallen, dachte er, als er das vordere Tor der Dreifachgarage öffnete, die er seinerzeit mit der Wohnung gekauft hatte. Links der alte Drehschalter aus Bakelit, den er auch in tiefster Nacht finden würde. Klack. Es wurde hell. Wie lange war er hier nicht mehr drin gewesen?

Hinten rechts an der Stirnseite, schon fast außerhalb des Lichtscheins der Deckenlampe, lagerten die Überreste einer Vergangenheit, die er lange verdrängt hatte. Unter Decken, Staub und Spinnweben der Marshall-Verstärker, die Schießbude, an der er die Trommelstöcke bedient hatte, und rechts daneben – Jürgens Keyboard. Theo machte ein paar Schritte, Sand knirschte unter seinen Schuhsohlen. Es roch muffig und irgendwie nach Kneipe. An der Wand das signierte Poster von Bruce Springsteen. Reste von Kerzenwachs neben der Klaviatur des Keyboards. Ein Aufkleber vom Hurricane Festival.

Jürgen war ihr Keyboarder gewesen und der Kollege, mit dem Theo Bosman Dienst geschoben hatte. Vor sieben Jahren war er umgekippt. Von jetzt auf gleich. Schlaganfall. Sie hatten die Band nicht aufgelöst. Sie waren einfach nicht mehr zur Probe gekommen. Sven und Thomas sah er dann und wann zufällig. Über Jürgen sprachen sie nicht. Es war an der Zeit, einen Strich darunter zu ziehen.

Sechs mal neun Meter. So groß war die Bude hier. Es gab einen Wasseranschluss und Strom. Hier könnte Mellie zunächst mal wohnen und sein Bad benutzen. Theo ging zu seinem Schlagzeug, nahm eine der Decken hoch, griff nach den Trommelstöcken und verließ die Garage. Jetzt brauchte das Mädchen nur noch einen Job.

Das dachte auch Betty, die im Kaldi den Wasserballwart des ASCD angrub. Der Amateur-Schwimm-Club, einst der vielleicht größte Schwimmverein Deutschlands, war in Duisburg bis heute eine große Nummer. Vor allem wegen der sehr erfolgreichen Wasserballer. Betty wusste von Theo um Mellies sportliche Meriten über hundert und zweihundert Meter Freistil, und sie hatte gehört, dass man am Barbarasee einen Schwimmtrainer suchte. Mellie war kompetent, sie war ohne Angst, und sie besaß eine Lizenz. Als Betty anbot, bei juristischen Fragen für den Verein ansprechbar zu sein, war das Eis gebrochen. Mellie würde sich vorstellen können.

Betty ging in die Küche zu Raik, der bereits den Mittagstisch vorbereitete, und drückte ihm einen Schmatzer auf die Wange.

In diesem Augenblick kam Katja aus dem Kühlraum. »Muss ich mir Sorgen machen?«, fragte sie.

Betty drehte sich zu ihrer Freundin um und platzierte einen zweiten Schmatzer. »Ich habe einen Job für Mellie. Höchstwahrscheinlich.«

Aus einem der Schränke kramte sie eine gläserne Blumenvase hervor, füllte sie mit Wasser und lief mit ihr in den Schankraum. Dort stellte sie sie auf einen der freien Tische und ließ ihren Schlüsselbund hineinplumpsen. Schnell sank der ins Wasser, bis der kleine Rettungsring aus Schaumstoff, an dem er hing, ihn bremste. Mit dem Finger stupste sie ihn ein paarmal unter Wasser. Aber mit den Schlüsseln für Haus- und Wohnungstür sowie dem für die »Calypso« kam er immer wieder hoch. Weltvergessen schaute sie auf die Blumenvase.

»Mein erster Rettungsring«, murmelte sie leise.

Raluca hatte gekocht. Den Namen des Gerichtes konnte Theo nicht aussprechen, aber es war köstlich. Das lag sehr wahrscheinlich an dem Klacks saurer Sahne auf der Suppe. Theo liebte saure Sahne. Nach dem Essen war er in rührseliger Stimmung. Er rief Ella an.

»Staatsanwaltschaft Duisburg, Büro der Staatsanwältin Dr. Lanken-Bosman. Mein Name ist Buschmann. Guten Tag.«

Theo räusperte sich. »Guten Tag, Herr Buschmann. Wenn Sie sich am Telefon immer so episch äußern, kommen Sie doch nie zu was. Da ist der Tag ja um, bevor Sie auch nur ›Anklage erheben‹ gedacht haben. Bosman hier. Geben Sie mir mal Ihre Chefin.«

Es klackte, die Sprechmuschel wurde zugehalten, Getuschel.

»Theo, du hast vollkommen recht. Die Chefin hier bin ich. Und ich habe zu tun.«

»Gibt es etwas Neues im Fall Guste?«

»Nicht dass ich wüsste.«

Man verabschiedete sich knapp.

Kurz danach sang Springsteen aus seiner Hosentasche. Ella rief ihn an.

»Danke für den Tag im Museum. Der war schön. Sollten wir wiederholen.« Sie legte auf.

Theo schickte eine SMS hinterher. »Was Neues wegen Carsten Klein?«

Die Antwort kam prompt. »Nein.«

Irgendwie steckten sie alle fest in ihren Ermittlungen. Vielleicht sollte er einfach mal ein bisschen rumschnüffeln. Man konnte nie wissen. Er ging ins Büro, rief: »Revedea!«, und ging zur Tür.

»Betonung auf der ersten Silbe«, rief Raluca ihm nach. Es klang nach einem Lob.

Er spazierte durch Ruhrort, hoch zum Eisenbahnhafen, von der Brücke neugierig nach neuen Motorbooten Ausschau haltend, auf der Laarer Seite ging er am Bassin entlang, wieder zurück durch die Harmoniestraße, und dann stand er vor Gustes Haustür. Ob Sinja von Stetten wohl einen guten Job gemacht, sorgfältig nach Hinweisen geschaut hatte? Eigentlich konnte er davon ausgehen. Er würde mal bei Ella nachhorchen, ob sie etwas Interessantes aus der Wohnung mitgenommen hatten.

Die Haustür war nur angelehnt. Er trat in den angenehm kühlen Hausflur. Drei Stufen zum Treppenabsatz, dann stand er vor Gustes Wohnungstür. Versiegelt. Er machte kehrt. Beim Briefkasten stutzte er. Durch das Sichtfenster konnte er erkennen, dass der Postbote einen handschriftlich adressierten Brief bei Guste eingeworfen hatte. Als er gerade sein Taschenmesser zücken wollte, öffnete sich oben im Treppenhaus eine Wohnungstür, und Schritte auf der Treppe waren zu hören. Er brach die Aktion ab und trat hinaus auf die Straße. Käme er eben am Abend noch mal wieder.

Von Gustes Wohnung bis zum Kiosk waren es keine hundert Meter. Theo umrundete den flachen Bau und betrachtete zum wiederholten Mal das Graffito. »Eltern haften für ihre Kinder.« Welchen Sinn sollte diese Botschaft machen, wenn sie sich nicht an Carsten Klein richtete? Gustes Sohn war der Schlüssel. Ihn mussten sie finden.

»Na, Theo, dat is traurig mit der Guste, wa!« Opa Willi kam über den Neumarkt geschlurft. Wie immer mit Schiffermütze und auf Pantoffeln. Theo nickte stumm. Jetzt standen sie nebeneinander und betrachteten den Kiosk. »Ohne Guste is scheiße. Ohne Kiosk is auch scheiße«, befand Opa Willi. Theo nickte wieder.

Jetzt zog Opa Willi ein Smartphone aus seiner Weste, die er über einem weißen Feinrippunterhemd trug. »Hier, hat mir mein Enkelsohn geschenkt. Der hat jezz 'ne Stelle in son Telefonladen. Da kannze sogar Filme mit machen. Hab ich auch schon. Vonne Brücke nach Homberg und hier vom Neumarkt. Willze ma gucken?«

Theo war nicht nach Ruckelbildern und Reißschwenks. Aber Opa Willi schlug man nichts ab.

Willi drückte auf das Display, dass der Fingernagel weiß wurde.

»Willi, erst entsperren.«

Willi entsperrte, wischte, und dann präsentierte er stolz seine Filmchen. Die Ruhr, der Vinckekanal, die Schiffe. »Kumma, deine alten Kumpane vonne Bullerei.«

Ein Boot der Wasserschutzpolizei war zu sehen. »Warte, jezz noch hier der Neumarkt. Genau, wo wir stehen. Da kannze alles erkennen. Sacht mein Enkelsohn. Ich seh dat ja nur mit Brille. Aber brauch ich nich. Hier kenn ich ja alles.«

Theo schaute auf das Display. Die Aufnahme stammte von Gustes letztem Tag. Das Display zeigte achtzehn Uhr dreiundfünfzig, und ein weißer Sprinter mit rumänischem Kennzeichen hielt direkt vor dem Kiosk. Dann brach die Aufnahme ab.

»Willi, hast du noch mehr gefilmt?«

»Is klasse, ne? Ja, auffen Geburtstag von Jochen seine Olle.«

»Nein, Willi, ich meine an diesem Tag. Hier auf dem Neumarkt.«

Willi kratzte sich am rechten Ohr. »Ja, dat kann sein, aber dat hab ich gelöscht. Aus Versehen.«

»Willi, kannst du mir dein Telefon mal für zwei oder drei Stunden überlassen? Vielleicht kann man die gelöschten Aufnahmen wieder sichtbar machen, vielleicht hast du ja was aufgenommen, was der Polizei hilft. Wegen Guste.«

»Nimm mit, dat Dingen. Aber nache Tagesthemen geh ich inne Kiste. Kannze ja im Briefschlitz stecken.«

»Willi, du bist der Beste.«

Theo steckte Opa Willis Smartphone weg und rief Leo, die ungekrönte Hackerqueen, an. Fünf Minuten später war er auf dem Weg zu ihr.

So umweltunfreundlich der Betrieb des Achtzylinders war, so sehr genoss Theo Bosman den seidigen Lauf, die rasante Beschleunigung, den dezenten, aber kraftvollen Klang. Der Jaguar schnurrte, dass es eine Freude war.

Auf der Mülheimer Straße erwischte er die grüne Welle. Beinahe schnurgeradeaus konnte er dahingleiten. So dürfte es öfter sein, dachte Theo. Er rief seinen Sohn an. Dieses Fremdgeh-Thema stand ja auch noch auf der Pflichtenliste. Bernard meldete sich schlecht gelaunt, schien gestresst. Trotzdem wagte Theo einen Anlauf.

»Was hältst du davon, wenn wir mal wieder einen Kaffee zusammen trinken? Wie in alten Zeiten, habe dich schon viel zu lange nicht mehr in Ruhe gesprochen.«

»Bin gerade in Köln. Wenn du hierherkommen magst, gern. Bei der Gelegenheit könntest du mir einen Riesengefallen tun und die ›Alma‹ von Köln nach Duisburg fahren.«

Theo schluckte.

»Papa, bist du noch da?«

»Ich hab die ›Alma‹ seit Jahren nicht mehr bewegt.«

»Das wäre echt super. Ich brauche dringend ein bisschen Zeit für mich.«

Sollte er diese Zeit für eine Gespielin brauchen, würde er seinem Sohn eine runterhauen. Brauchte der Junge aber Zeit, um nach dem Fund der Leiche wieder zu sich zu kommen, wollte er für ihn da sein. Auf jeden Fall bot es die Chance, mit ihm ins Gespräch zu kommen. Außerdem konnte es sein, dass die »Anneke« noch in Köln lag.

»Da bräuchte ich ja auch einen zweiten Mann.«

»Lea kriegt eine große Lieferung Karnevalsartikel, die sie im Lager verpacken und auspreisen muss. Die kann nicht. Kannst du nicht Opa fragen oder Betty?«

Theo spürte, dass er jetzt nicht länger zögern durfte. Bernard fiel es sowieso schwer, irgendjemanden um Hilfe zu bitten.

»Okay, wo liegt ihr?«
»In Deutz.«
»Ich komme.«
Fünfundneunzig Kilometer den Rhein runter waren es ungefähr von Köln nach Duisburg. Gute vier Stunden würde er brauchen.
Im letzten Moment sah er einen Discounter, bremste und nahm prompt den Bordstein mit. Eine Frau, die gerade eine Einkaufstasche im Fußraum ihres Motorrollers verstaute, bemerkte seine Ungeschicklichkeit und grinste. »Das habe ich nur für Sie gemacht«, rief er ihr zu.
»Schon klar. Und im echten Leben sind Sie Starfighter-Pilot.« Sie startete den Zweitakter, kniff ihm ein Auge und fuhr los. Theo wurde nicht gern beobachtet, wenn er Fehler machte. Gut, dass das hier nicht sein Viertel war.
Im Laden fand er schnell, was er suchte, Stapelchips für Leo. Dann beeilte er sich, ins grüne Duissern zu kommen.

Leo erwartete ihn schon, nahm in der Villa Opa Willis Smartphone und die Stapelchips ohne jeden Kommentar entgegen. Er wusste, dass er ihr was schuldete, und druckste an der Tür stehend herum.
»War noch was?«
»Wie kann ich, ich meine, womit könnte ich …?«
»Theo, mach dich locker. Ich brauche nichts. Ein bisschen Zeit vielleicht. Die brauche ich, um das kleine Spielzeug hier zu knacken, hab noch anderes zu erledigen.«
Damit drehte sie ab, lief zurück ins Haus, ließ die Tür offen und Theo davor stehen. Er fragte sich, ob Leo schon immer so … anders gewesen war oder ob das menschenscheue Leben sie verändert hatte. Sie hätte ihm ja einen Kaffee anbieten können.
Er verdrängte den Gedanken und überlegte, ob er seinen Vater oder Betty als Matrosen anheuern sollte. Betty würde sich vielleicht freuen, war womöglich noch nie auf einem Binnenschiff gefahren. Vor allem aber war sie an Bord in Sicherheit.
Er wählte ihre Nummer. Besetzt. Bestimmt hatte sie gerade

viel im Café zu tun. Auf dem Weg zurück nach Ruhrort versuchte er es noch zweimal, jedoch ohne Erfolg.

Auf dem Neumarkt angekommen, sah er Opa Willi aus dem Supermarkt kommen.

»Dat wird heute nix mehr, und über Nacht muss ich weg. Kannze bis morgen Abend aushalten?«

»Ich kannet ja nich ma mehr von hier bis nach Hause hin aushalten.« Willi lachte. »Bloß kein Stress, Theo. Mich ruft sowieso keine Sau an.« Gebeugt, aber noch immer mit sich selbst feixend, schlurfte er mit einem Beutel Kartoffeln am Arm über den Marktplatz.

Theo betrat das Café Kaldi. Stimmengewirr, fröhliches Gelächter, kein freier Stuhl. Katja zapfte hinter der Theke. Er ging gleich durch, umarmte Katja. »Betty nicht da?«

Katja verdrehte die Augen. »Doch, die Retterin der Menschheit, die gute Seele von Ruhrort, die Mutter Teresa von Rhein, Ruhr und Emscher telefoniert. In der Küche. Seit Stunden. Und ich kann ihre Arbeit mitmachen.«

Theo schob sich hinter Katja vorbei in die Küche, und tatsächlich, Betty telefonierte, während Raik die nächsten Bestellungen abarbeitete. Er trat von hinten an Betty heran, knotete die Schürze auf, band sie sich um und ging nach vorn in den Gastraum, den gerade weitere Menschen auf der Suche nach einem kühlenden Getränk, einem leckeren Essen oder einem anregenden Gespräch betraten.

Nach über zwei Stunden war der Ansturm bewältigt, auch Betty hatte sich inzwischen wieder ihren Aufgaben als Kellnerin zugewendet. Nur noch drei Stammgäste saßen an einem der Fenstertische. Katja zapfte vier Pils und kam mit dem Tablett in die Küche.

»Freunde«, hob Betty mit einem Glas in der Hand an. »Ich danke euch, dass ihr heute so geduldig mit mir seid. Aber ihr werdet stolz auf mich sein. An dieser Stelle müsst ihr euch einen Tusch vorstellen.« Sie imitierte etwas Ähnliches. »Ich habe Mellie einen Job besorgt! Mit dem Jobcenter, der Krankenkasse, der Rentenversicherung, dem Finanzamt, der IHK, dem Sportbund

und dem ASCD ist alles besprochen und geklärt. Sobald sie aus dem Krankenhaus raus ist, kann sie als Schwimmtrainerin der Wasserballer anfangen. Eine volle Stelle.«

Gejohle. Gläserklimpern. Schulterklopfen.

»Und wisst ihr, wo Mellie demnächst wohnen wird?«, fragte Theo in die Runde.

Allgemeines Schulterzucken.

»In meiner Garage. Ich baue die Bude aus. Und Miete zahlen kann sie ja demnächst auch.«

»Da sagst du was, Theo. Warum sollte sie also dann in deine Bruchbude ziehen?«, fragte Raik.

»Bruchbude? Da wird sich die Ruhrorter Prominenz die Finger nach lecken, wenn ich mit diesem Premiumobjekt fertig bin. Dazu erste Lage. Und den wohl nettesten Nachbarn, den man kriegen kann.«

»Ihr vertragt keinen Alkohol«, mischte Katja sich jetzt ein. »Und Feierabend ist hier auch noch nicht. Nur eins noch. Vielleicht fragt ihr Mellie mal, bevor ihr sie in Güte ertränkt.« Damit ging sie wieder zurück zur Theke.

Theo näherte sich Betty. »Katja hat recht. Wir sollten mit Mellie sprechen. Aber ich bin trotzdem stolz auf dich.« Er drehte ein Trockentuch in den Händen.

Betty schaute ihn an. »Und? Raus damit.«

»Womit?«

»Du willst doch was.«

»Wie kommst du darauf?«

»Kenne dich.«

»So ein Quatsch. Aber angenommen, ich würde dich bitten, mit mir über Nacht nach Köln zu fahren, was würdest du sagen?«

»Hör auf, mein Personal anzubaggern«, meldete sich Raik.

»Bernard hat mich gebeten, das Schiff hierher nach Duisburg zu holen. Was sagst du? Ich brauche einen zweiten Mann, oder besser gesagt, eine zweite Frau.«

»Soso, eine zweite Frau. Wann wären wir zurück? Ich habe morgen Dienst.«

»Die Fahrt dauert gute vier Stunden. Das wird kein Problem sein.«

Eine Nacht mit Theo auf der »Alma« klang spannend, allerdings würden sie arbeiten müssen. Aber wie viel? Sie sagte zu, würde es drauf ankommen lassen. Besser als in ihrer eigenen Wohnung mit dem noch immer verhängten Graffito war es allemal. Sie verabredeten sich für neunzehn Uhr.

»Abgemacht.« Betty drehte sich um und machte sich weiter an der Spüle zu schaffen.

Etwas mehr Begeisterung hatte Theo erwartet. Aber vielleicht kam das ja noch.

Er verabschiedete sich, musste noch ein paar Sachen zusammensuchen. Klamotten, Zahnbürste, sein Patent.

Leinen los

Ausnahmsweise war Raluca pünktlich in den Feierabend gegangen, und so hatte Theo Bosman seine Wohnung für sich. Er duschte lauwarm und beließ es anschließend bei Boxershorts als Hauskleidung. Er rief seine alte Schulfreundin Leo an, um sich nach den Fortschritten beim Restaurieren gelöschter Handy-Daten zu erkundigen.

Leo klang genervt, wies auf zwei für Theo unverständliche Umstände hin, die ihr die Arbeit erschwerten, und beendete ihre kurze Ansprache: »Bevor du weiter über meine Scheißlaune nachdenkst. Ich habe morgen einen Zahnarzttermin und möchte jetzt nicht weiter darüber sprechen.«

Leo legte ohne weitere Erklärung auf. Theo wählte die Nummer der Staatsanwaltschaft. Zu seiner Erleichterung blieb ihm Herr Buschmann erspart. Stattdessen wartete Ella mit Neuigkeiten auf. Carsten Klein hatte vor drei Jahren Insolvenz angemeldet, eine neue Meldeadresse fand man nach wie vor nicht.

»Es liegt doch nahe, dass seine finanziellen Schwierigkeiten in einem Zusammenhang mit dem Mord an Guste Krawitz stehen«, glaubte Ella.

»Schuldeneintreiber?«

»Warum nicht? Vielleicht hat er gespielt.«

»Ich habe auch Neuigkeiten, Ella. Um achtzehn Uhr dreiundfünfzig fuhr am Tattag ein weißer Sprinter mit rumänischem Kennzeichen vor Gustes Kiosk vor, und vielleicht kann ich morgen sagen, was danach geschah. Ein Rentner hat das zufällig mit seinem Handy aufgenommen. Es könnte sich noch mehr Material auf dem Handy finden. Bevor du mir jetzt vorwirfst, ich hielte Beweismittel zurück – nenn mir einen Mitarbeiter der KTU, der schneller und besser wäre als Leo.«

Ella zögerte. »Manchmal glaube ich, du hättest vielleicht besser dieses Millionärstöchterchen geheiratet.«

»Ella, was soll dieser Schwachsinn? Ich habe dich geheiratet. Es war schön. Dann war es nicht mehr schön. Leo hat damit gar nichts zu tun. Während unserer Ehe habe ich nicht einen Gedanken an andere Frauen verschwendet. Nicht einen. Ich ruf dich an, sobald ich das Smartphone zurückhabe.«

Theo ärgerte sich. So war es eigentlich all die Jahre zwischen ihnen gewesen. Lief es gerade mal friedlich, bekam einer von ihnen etwas in den falschen Hals, und sie stritten wie die Kesselflicker. Überflüssig. Aber offensichtlich unvermeidlich.

Er ging ins Schlafzimmer, zog eine Schublade der alten Holzkommode auf, öffnete die mit rotem Kunstleder bezogene Kassette, die ihm seine Oma zur Konfirmation geschenkt hatte, wühlte sich durch Zeugnisse und Schwimmabzeichen, fand zu seiner Freude sein Patent und ärgerte sich, dass er sein geliebtes Fernglas auf der »Calypso« aufbewahrte.

Jetzt noch nach Mülheim zu fahren schien ihm zu zeitaufwendig. Stattdessen packte er Handtuch, Zahnbürste und Zahnpasta, das Ladekabel fürs Smartphone zusammen, legte alles auf das Tischchen an der Wohnungstür, stellte die Eieruhr in der Küche auf dreißig Minuten und legte sich auf sein Bett.

Mit Kopfschmerzen wachte er auf, als die Eieruhr ein müdes »Ring« von sich gab. Das Erbstück, mit dem er in der Küche seiner Oma gern gespielt hatte, war nicht mehr in Form. Theo setzte sich auf, griff nach der Wasserflasche und trank in langen Zügen. Seine Stirn war schweißnass. In wirren Träumen hatte er Betty mit einer Tüte über dem Kopf gesehen. Künftig würde er auf Nickerchen verzichten.

Zwei Schmerztabletten, ein Espresso, dann machte er sich auf den Weg. Betty erwartete ihn bereits vor ihrer Haustür. Sie trug ein blau-weiß geringeltes T-Shirt zu ihrer Bluejeans und ein Marine-Schiffchen.

»Wo hast du das denn her?«, fragte er.

»Ich hatte mal einen Freund, der war U-Boot-Fahrer. Als ich ihn in Eckernförde besuchte, hat er mir das Schiffchen geschenkt.«

»U-Boot-Fahrer. Die Maulwürfe der Seefahrt. Da sieht man ja nichts. Furchtbar. Heute darfst du mal auf einem richtigen Schiff fahren.«

Betty stieg ein, ihre kleine schwarze Reisetasche legte sie auf den Rücksitz. »Und wenn ich ins Wasser falle?«

»Dann rufe ich deinen U-Boot-Fahrer.«

Theo schloss das Verdeck und entschied sich auf der Autobahn Richtung Düsseldorf für die linke Spur. Er erzählte, dass er als Kind oft auf der »Alma« gefahren sei. Mit seinen Großeltern. Da war es noch romantisch, jedenfalls in seiner Erinnerung. Heute sei das Geschäft hart. Kaum noch Liegezeiten, weniger Partikuliere, mehr große Reedereien.

»Theo, du rast aber ganz schön«, bemerkte Betty.

»Ich bin ein bisschen nervös, will mir auf der ›Alma‹ noch dies und das ansehen, bevor wir ablegen. Da werde ich dich übrigens brauchen, zum Losmachen.«

Dann schaltete Betty den CD-Player an. Natürlich Springsteen.

Den Deutzer Hafen erreichten sie gegen zwanzig Uhr. Hier in Köln fanden sie es noch stickiger als in Duisburg. Kaum verließen sie das klimatisierte Auto, fühlte sich die Haut schon wieder feucht an. Theo ging als Erster an Bord. »Lea, Bernard«, rief er.

Aber es war Blacky, der Labrador, der ihm schwanzwedelnd entgegenkam und sich ein paar Streicheleinheiten abholte. Theo stieg zum Ruderhaus hoch. Kein Empfangskomitee. »Sie werden unten sein. Ist ja Abendbrotzeit.«

Und tatsächlich saß Lea am Tisch. Vor sich ein Käseröggelchen, dazu eine Flasche Kölsch.

»Lea, mein Schwiegermädchen.« Er drückte ihr einen Kuss auf die Wange.

»Hallo, mein Zweit-Daddy.«

Theo sah sich um. »Wo ist Bernard?«

Lea zog den Mund schief. »Er musste noch mal weg. Was besorgen. Danach will er mich in meinem Lager treffen, wo wir heute übernachten. Ich habe noch irre viel zu tun. Aber er murmelte was von einem Kaffee gegen neun, den er mit dir trinken wollte. Dann kommt er bestimmt wieder an Bord.«

Sie schaute zu Betty, dann zu Theo, der den Kopf schüttelte. Über mögliche Eskapaden seines Sohnes wollte er jetzt nicht sprechen. Es blieb also noch eine Stunde Zeit, bevor mit seinem Sohn zu rechnen war und sie abfahren konnten. Er besprach mit Betty, dass ihr dies noch Zeit für einen Bummel durch Köln gab, und sie machte sich von Bord.

»Sollen wir mal oben die Frachtpapiere und so …?« Lea stand auf und nahm die Flasche Kölsch in die Hand.

Theo nickte.

Auf der Brücke erklärte Lea ihrem Schwiegervater den Auftrag, sie prüften Füllstände, gingen die Liste der Dinge durch, die man vor einer Fahrt im Auge haben musste. Routine, die sich auch bei Theo schnell wieder einstellte, als er auf die Papiere schaute, Instrumente ablas, Knöpfe drückte. Für ihn war es wie nach Hause kommen. Und alles um ihn herum fühlte sich nach Familie an. Vertraut.

Nur Lea wirkte angespannt im Abendlicht, das warm ins Schiff flutete. Theo schloss die Tür, lehnte sich an die Instrumententafel und schaute sie aufmunternd an.

Es dauerte keine zwei Sekunden, bis sich Leas Augen mit Tränen füllten. »Das geht jetzt seit Monaten so. Ich weiß einfach nicht, wo er hingeht. Diese Heimlichtuerei macht mich völlig fertig. So war er doch früher nicht. Und jetzt bittet er dich um Hilfe und verschwindet einfach. Im Lager ist er jedenfalls nicht.«

Eine tiefe Zornesfalte erschien auf ihrer Stirn. »Wenn sich das nicht bald klärt, drehe ich durch.«

Theo dachte an eine Zigarette, griff dann aber nach Leas Kölsch. Die zog ihren Arm zurück. »Dad, doch nicht jetzt. Du musst gleich fahren.«

»Du weißt, dass ich mich eigentlich nicht in eure Eheangelegenheiten mischen möchte. Aber was meinst du, warum ich hier bin? Schließlich habe ich dir versprochen, dass ich mich kümmere. Habe ich aber noch nicht. Das hat mit Guste zu tun. Auch damit, dass ich Bernard nicht nachspionieren will. Vor allem aber damit, dass ich ihm uneingeschränkt vertraue. Er würde dich niemals betrügen. Was er da treibt, keine Ahnung. Dass er dich im Dunkeln lässt: absolut unmöglich. Ich hoffe, dass er das bei dir wiedergutmachen kann. Aber er tut jetzt gerade nichts, was dich an eurer Liebe zweifeln lassen könnte. Davon bin ich zutiefst überzeugt.«

»Meinst du?« Lea stellte sich neben ihn. »Es wird sich hoffentlich alles aufklären, und dann denke ich mir eine Strafe für Bernard aus. Eine schlimme.«

»Setz ihn nackt auf der Domplatte aus«, schlug er vor.

Lea schürzte die Lippen und erweckte den Eindruck, als gefiele ihr die Vorstellung. Dann verabschiedete auch sie sich, denn sie wollte, dass Theo allein mit Bernard sprechen konnte, sobald der kam. Der aber ließ auf sich warten.

Kurz vor neun riss Theo der Geduldsfaden, und er rief ihn an. Wo er denn bliebe, wollte er wissen, wohl etwas zu barsch, denn Bernard reagierte bockig. Was er denn verdammt noch mal so lange zu tun habe. Bernard legte einfach auf. Theo spürte sein Herz, spürte, wie es stolperte. Schnell ging er an Deck, hoffte, dass er sich dort erholen würde. Aber ihm wurde schwarz vor Augen.

Als er wieder zu Bewusstsein kam, blickte er auf einen Totenkopf. Es beugte sich ein schlecht rasierter, übel riechender Mann über ihn, der ihm Ohrfeigen verpasste und murmelte: »Komm schon. Wach auf.«

Theo wollte zurückschlagen, aber ihm fehlte die Kraft dazu. Als er schließlich die Augen ganz öffnete, ließ der Mann mit einem »Ah« von ihm ab.

»Geht es wieder?«, fragte er.

»Was soll wieder gehen?« Theo richtete sich auf, der Totenkopf befand sich auf einem schwarz-weiß-gestreiften Muscle-Shirt, das dringend einer Wäsche bedurfte. Langsam verstand er, was passiert war.

Der Totenkopf-Mann reichte ihm eine angebrochene Flasche Wasser und stellte sich als Kent Stevens vor. Er hatte vom Nachbarschiff, der »Anneke«, aus gesehen, wie Theo umgefallen war, und sei schnell zu Hilfe gekommen.

»Bist du Matrose hier? Den Chef habe ich heute Nachmittag erst gesprochen.«

»Das ist mein Sohn, ich vertrete ihn. Die ›Alma‹ hat mein Vater seinerzeit in Auftrag gegeben.«

»Dritte Generation. Respekt.«

Eine Weile saßen sie nebeneinander, ohne etwas zu sagen. Schließlich bot Theo seinem Helfer ein Bier an, dass der gern annahm und sich selbst aus dem Kühlschrank der »Alma« holen ging. Als er zurückkam, schwankte er leicht.

»Na, dir geht's ja schon wieder besser, mein Freund.«

»Danke, ja. Und wie geht es dir?«

Stevens lachte rau. »Wie soll's unsereins schon gehen? Die Frachten lohnen sich nicht, ich habe ein Scheißmagengeschwür. Und jetzt auch noch diese Rumänen.« Er wischte sich fahrig über den weiß-grauen Bart und legte sich auf die Luke. Aus seiner zerschlissenen Jeans zog er eine große Geldbörse und aus der ein Foto, das er Theo hinhielt. Es zeigte eine Familie mit zwei Töchtern im Teenageralter.

Theo schwieg zunächst, nickte bedächtig. »Mit den Rumänen haben andere ja auch Stress. Carsten Klein hat so was erzählt«, wagte er dann einen Vorstoß.

»Carsten? Carsten und die Rumänen. Der soll sich mal ganz schön bedeckt halten.«

»Wo ist der eigentlich? Ich hab noch Werkzeug von ihm an Bord. Das muss ich ihm ja mal zurückgeben.«

»Vakantie.«

»Urlaub? Soso. Kann ich mir nicht leisten.«

Wieder lachte Stevens. »Da brauchst du neue Freunde. Reiche Freunde. Für die fährst du kleine Tütchen spazieren.«

Theo versuchte, mehr aus Kent Stevens herauszubekommen, aber der ließ sich auf nichts mehr ein, sondern verabschiedete sich sehr schnell. Er reichte Theo die Wasserflasche und ermahnte ihn, bei der Hitze ausreichend zu trinken, sonst schmiere der Kreislauf wieder ab.

»Danke noch mal«, rief er Kent Stevens nach. Der winkte nur zum Abschied.

Die Uhr im Ruderhaus zeigte einundzwanzig Uhr vierunddreißig. Theo stellte fest, dass er allein war und erschöpft. Hinter dem Ruderhaus hatten Lea und Bernard ein Sonnensegel gespannt und zwei Liegen aufgestellt. Dass Bernard ihn hatte sitzen lassen, stimmte Theo nachdenklich. Er schickte Betty eine

Nachricht, dass es in einer halben Stunde losgehen konnte, stellte den Wecker in seinem Handy und legte sich hin.

***

Der Kult um den Dom hatte Betty schon immer genervt. Diese kölsche Redseligkeit. Aus allem mussten sie ein Riesentheater machen. In Bettys Adern floss westfälisches Blut. Sie war nüchterner, als Juristin sowieso. Obwohl: Der Dom war schon imposant. Sie schaute hoch und verlor beim Gehen fast das Gleichgewicht.

Und die Ereignisse der letzten Woche. Gustes Tod, die Schmiererei in ihrer Wohnung, diese Mail. Vom Gefühlschaos wegen Theo mal ganz abgesehen. Betty lächelte. Sie nahm sich vor, mit ihren Urteilen demnächst ein bisschen vorsichtiger zu sein. Gut, dass sie sich gegen eine Karriere als Richterin entschieden hatte.

Auf der Domplatte saßen Straßenmusiker und sangen tatsächlich »Mer losse d'r Dom en Kölle, denn do jehööt hä hin«. Mehr Klischee ging nicht. Schön war's trotzdem, und einige Passanten sangen mit. Vielleicht sehnten sich die Menschen mehr nach heiler Welt, als man glaubte.

Nicht weit vom Dom, direkt an der Eigelsteintorburg, in der Lübecker Straße, hatte Lea ein ganzes Tiefgeschoss gemietet, das sie als Lager nutzte. Dort wollte Betty hinschlendern. Es war ihr ein Rätsel, wie Lea eine eigene, expandierende Firma leiten konnte, während sie beinahe ständig an Bord der »Alma« war und obendrein noch auf hohem Niveau Fußball spielte. Sie selbst bekam ja nicht einmal einen Kellnerjob und ihre Tätigkeit als Anwältin gut unter einen Hut.

Nachdem sie den Kölner Hauptbahnhof unterquert hatte, bog sie auf den Eigelstein ab. Dann sah sie Bernard. Er lief auf der anderen Straßenseite etwa zwanzig Meter vor ihr und trug eine schwarze Sporttasche. Betty rief, aber der Straßenlärm war lauter. Bei dem Verkehr konnte sie nicht so bald die Straße überqueren, und dann verschwand er in der dunklen Bahnunterführung.

Miss Betty Marple beschleunigte ihren Schritt. Hinter der

Unterführung entdeckte sie Bernard wieder. Er war jetzt auf Höhe einer Kirche, aus der in kleinen Grüppchen Menschen auf die Straße traten. Kurz verlor sie ihn erneut aus dem Blick, fand ihn dann wieder, als er durch eine Glastür den Empfang einer Tanzschule betrat. Sie wartete einen Augenblick, überquerte dann die Straße und sah Bernard durch eine große Fensterfront, in der zwei Türen offen standen. Sie hörte Tangoklänge.

Eine Frau in knappem Kleid machte sich an der Musikanlage zu schaffen. Als sie Bernard sah, ging sie mit erhobenen Armen auf ihn zu, die beiden umarmten sich, unterhielten sich dann angeregt, Bernard gestikulierte. Dann drehte sich die Frau von ihm weg, ging hinüber zur Musikanlage und regelte die Lautstärke hoch. In der Mitte des Raumes machte Bernard Tangoschritte. Ob Lea davon wusste?

Betty wollte lieber mal Theo anrufen, sah seine Nachricht. Sie würde zur »Alma« zurückgehen.

Auf dem Weg zum Deutzer Hafen grübelte sie, warum Bernard ohne seine Frau zum Tanzen ging. Lea war so sportlich, sicher hätte auch sie Spaß daran gehabt. Bestimmt wollte er sie damit überraschen, da war sie sich sicher. »So sicher man bei Männern sein kann«, murmelte sie.

Auf der Deutzer Brücke stoppte sie etwa auf der Mitte, stützte sich mit beiden Unterarmen auf dem Geländer ab und schaute dem Wasser nach, das eine lange Reise hinter sich hatte und sich in ein paar Tagen mit dem Wasser der Nordsee mischen würde. Die Sonne scheint, das Wasser verdunstet. Ein ewiger Kreislauf. Dagegen nahm sich selbst die Dauerbaustelle des Kölner Doms wie ein Zwinkern der Geschichte aus.

Betty machte die Arme lang. Die Menschen nahmen sich zu wichtig. Aber Theo war ihr wichtig. Sehr sogar. Sie atmete tief durch. Sie konnte sich nicht erinnern, wann sie zuletzt eine so klare Erkenntnis gewonnen hatte. Oft waren ihre Fälle vielschichtig, grau, nie gab es nur schwarz und weiß. Auch Straftaten hatten eine Vorgeschichte, und je länger sie sich mit den Abgründen beschäftigte, in denen Menschen Dinge taten, die sie oft bereuten, desto seltener wurden die Augenblicke, in denen sie selbst ein eindeutiges Gefühl empfand. Sie reckte die Arme in die Luft und lächelte. Sie war verliebt. Sie würde ihm das sagen. Klipp und klar.

***

Im Deutzer Hafen wurde Theo von seinem Smartphone geweckt. Es war aber nicht der Weckton, Springsteen sang. Theo war noch schlaftrunken, hatte wieder von Betty geträumt, deren Kopf unter einer Plastiktüte steckte und die ihn dennoch anlachte.

Es war Bernard, der ihn anrief. Er entschuldigte sich. Ob an Bord alles in Ordnung sei, wollte er wissen.

Theo versicherte, dass alles bereit zum Ablegen war.

»Bernard. Was zwischen Lea und dir läuft, geht mich nichts an. Aber sei anständig zu ihr.«

Bernard sagte erst einmal nichts. Nur das Geräusch vorbeifahrender Autos war zu hören. »Papa, du solltest mich besser kennen. Wir sprechen uns in Ruhrort. Jetzt komme ich endlich dazu, einen Jaguar zu fahren. Danke für eure Hilfe. Bis dann.«

Er beendete das Gespräch, und Theo spürte tief im Herzen, dass er einen wirklich dummen Fehler gemacht hatte. Er wählte sofort Bernards Nummer. Besetzt. Er sprach auf die Mailbox, versuchte, sich zu erklären. In diesem Moment kam Betty über den Steg auf die »Alma«. Theo wusste nicht, ob sie Teile des Gesprächs gehört hatte.

Er quälte sich von der Liege hoch. Sein Rücken schmerzte. Unsicher lächelte er Betty an. »Schön, dass du wieder da bist. Ich geh mal eben duschen. Bin verschwitzt.« Damit verschwand er unter Deck.

Betty wunderte sich. Theo wirkte abwesend, distanziert, als habe sie ihn ertappt. Wobei? Mit wem hatte er telefoniert? Sie ging auf die Brücke, setzte sich auf den Drehstuhl, betrachtete die Schalter, Knöpfe und Anzeigen, schaute nach vorn zum Bug, drehte sich um und blickte Richtung Heck. Wie lang mochte das Schiff sein? Lang jedenfalls. Betty konnte sich nicht vorstellen, wie Theo heil aus dem Hafenbecken raus und auf den Rhein kommen wollte.

Ob sie noch vor dem Auslaufen mit ihm über ihre Verliebtheit sprechen sollte? Würde er sich überrumpelt fühlen?

An der Decke war ein Radio eingebaut, Betty schaltete es ein. Eine Reportage aus dem Osten der Ukraine. Ein Bericht über Angst und Schrecken, die ständigen Begleiter sehr vieler Menschen. Dann ein Gespräch über die Situation der Roma in Rumänien. Es wurde nicht besser. Wo blieb Theo nur?

Blut lief über Theos Gesicht. Von der linken Wange tropfte es in die Duschtasse. »Ich lern das nicht mehr«, schimpfte er laut, machte einen Schritt aus der Dusche, legte den Rasierer an die Seite des Waschbeckens und suchte im Spiegelschrank nach einem Pflaster. Vergeblich. Er behalf sich mit Toilettenpapier, das auf Blut und Feuchtigkeit vom Duschen ganz gut haftete. Er fühlte sich erfrischt.

Bernard würde er bei nächster Gelegenheit allein zu sprechen versuchen. Da musste er zügig reinen Tisch machen. Sein Sohn konnte Missstimmungen in sich hineinfressen und wochenlang mit sich herumtragen.

Insgesamt war Theo mit dem Verlauf des Tages zufrieden. Das Gespräch mit Kent Stevens hatte deutlich gemacht, dass er und auch die Polizei im Umfeld der rumänischen Community recherchieren mussten. Die Drogenspuren im Plastikbeutel, der Sprinter mit rumänischem Kennzeichen, die Typen, die Mellie verprügelt hatten. Da passte immer mehr zusammen. Wenn er doch nur an Carsten Klein herankäme.

Theo zog eine kurze schwarze Sporthose an, ein graues T-Shirt und Turnschuhe. Auf dem Schiff war es wichtig, sicheren Halt zu haben.

Im Ruderhaus saß Betty auf seinem Stuhl. Er ging hinter ihr vorbei und sagte: »Mein lieber Schwan. Hast du getrunken? Das ist mal eine Fahne.«

Betty verdrehte die Augen. »Theo, dein Charme ist wirklich überwältigend.« Dann schaute sie ihn an. »Wie siehst du denn aus? Schlägerei gehabt?« Sie musste lachen.

Theo griff sich an die Wange. »Ach, man sollte Nassrasieren verbieten. Das ist wirklich gefährlich.«

»Uns Frauen musst du das nicht sagen. Seitdem wir uns von der Achsel bis zum Knöchel haarfrei halten müssen, fließt viel Blut in deutschen Duschtassen.«

Der Gesprächsmodus gefiel Betty nicht. Irgendwas zwischen genervt und albern. Da käme das Geständnis ihrer Gefühle wahrscheinlich nicht so gut.

»Okay, Matrose. Regel Nummer eins. Was der Kapitän sagt, ist Gesetz. Regel Nummer zwei. Ausnahmen von Regel eins gibt es nicht. Ich erkläre dir jetzt, was du gleich beim Ablegen zu tun hast.« Damit verließ Theo das Ruderhaus und winkte Betty zu sich an Deck.

Er ging vor, sprach zum Bug hin, nicht zu Betty. Von dem, was er sagte, verstand sie nur Bruchstücke. Sie blieb stehen. Wartete. Er schritt voraus, spürte nicht, dass sie ihm nicht folgte. Erst als er vollständig außer Hörweite war, drehte er sich um. Zwanzig Meter lagen zwischen den beiden. Er senkte den Kopf, schaute kurz aufs Wasser – und kam zurück.

»Tut mir leid.« Er nahm ihre Hand, zog sie sanft an sich vorbei, legte ihr dann beide Hände auf die Schultern.

»Polonäse, mein Kapitän?«

»Nein, ich beschütze dich. Nicht dass du wieder baden gehst. Also, diesen Schiffstyp bezeichnet man als Großes Rheinschiff. Die ›Alma‹ ist fünfundneunzig Meter lang, elf Meter vierzig breit und hat ein Laderaumvolumen von zweitausendfünfhundert Kubikmetern.«

Als sie nach einem Rundgang über Deck, einem Abstecher in den Maschinenraum und einer beunruhigenden Einführung in Notfallmaßnahmen wieder auf Höhe des Ruderhauses ankamen, gab Theo die Kommandos zum Losmachen. Betty trug ein Walkie-Talkie, das sie am Gürtel ihrer Jeans festgeklemmt hatte, und tat, was die krächzende Stimme aus dem kleinen Lautsprecher ihr auftrug. Helm, Schwimmweste, Leas klobige Sicherheitsschuhe, die schweren Taue, die neuen Wörter — Betty lief der Schweiß in Strömen, als Theo sie endlich ins Ruderhaus zurückrief.

Dort legte sie alles wieder ab und setzte sich in den Sessel, in dem schon Theo Bosmans Mutter viele Stunden gesessen hatte. »So habe ich nachts noch nie geschwitzt«, sagte sie.

»Schade«, erwiderte Theo Bosman. »Das solltest du ändern.«

Betty spürte, wie ein Kribbeln durch ihren Körper fuhr. »Chauvinist.« Für die Antwort brauchte sie einen Moment zu lange.

Theo schmunzelte. Er hatte die »Alma« aus dem Deutzer Hafen ins Fahrwasser gesteuert. »Das ist wie Fahrradfahren«, sagte er.

»Was?«

»Das hier«, antwortete er, breitete die Arme aus und streichelte die Instrumente. »Das verlernt man nie. Flussabwärts ist mir immer, als verlöre ich was.«

Backbord verschwand die Silhouette des Kölner Doms im Gewirr von Fassaden, Brückenbögen und Masten. Autoscheinwerfer beleuchteten Leitplanken, andere Autos, Menschen. Betty fühlte sich von den Eindrücken des Tages übermannt. Tief im Schiff tuckerte der Diesel. Sie atmete durch. »Ich mach uns mal einen Kaffee. Sonst schlafe ich noch ein.«

Der Kaffee wurde schwarz wie die Nacht, und Betty konnte ihn nur mit Zucker und viel Milch runterbringen. Theo schien es nicht zu stören, dass das Gebräu ein Gebräu war. Die Jahre bei der Wasserschutzpolizei mit Schiffs- und Bürokaffee hatten ihn abgehärtet.

»Ich bin anpassungsfähig, was das anlangt, und ich weiß ja, dass ich zu Hause wieder richtigen Kaffee kriege.«

Betty zog die Beine in den Sessel. »Wie ist das eigentlich, wenn man als Binnenschiffer überhaupt kein Zuhause hat?«

»Ich hatte immer das Gefühl, auf dem Schiff eine Heimat zu haben. Meine Eltern waren um mich herum. Eine sehr glückliche Zeit. Auch wenn sie immer Geldsorgen hatten. Das gehörte zu diesem Leben.«

Er korrigierte den Kurs. Eben erst hatten sie die Hafeneinfahrt in Köln-Niehl passiert, gegenüber auf das Großklärwerk Stammheim geschaut, da tauchten auf der Steuerbordseite schon die Kais des Chemieparks auf.

»Das kriegst du an Land ja gar nicht mit«, staunte Betty, »eine

Hafenanlage nach der anderen. Alles hell erleuchtet. Überall brummt es. Nie Ruhe, nie Schlaf. Immer weiter. Ob uns das am Ende glücklich macht?«

Theo gab ein unwilliges Brummen von sich. »Kapitalismus. Kennst du eine Alternative, die funktioniert? Ich wäre dabei.«

Der Diesel tuckerte. Das Wasser rauschte am Rumpf. Monoton, diese Geräuschkulisse. Auf der »Alma« fühlte Betty sich tatsächlich geborgen. Vor rauen Blicken wunderbar beschützt. Sie stemmte sich aus dem Sessel hoch, trat hinter Theo und stützte ihre verschränkten Arme auf seinen Schultern ab. So blickten sie eine Weile, einander ganz nahe, auf das Wasser, das mal tiefschwarz und dann vom hellen Schein der Brückenlaternen glitzernd den Weg wies.

»Ich wünschte, Guste könnte uns zuschauen«, sagte Betty.

»Ich wünschte, ich könnte ihrem Sohn endlich in die Augen schauen«, entgegnete Theo.

Vakantie, hatte Kent Stevens vermutet, das klang nach Holland. Aber jeder Urlaub ging einmal zu Ende, und dann müsste auch Carsten Klein wieder auf den Rhein – Geld verdienen. Anständig oder nicht. Er würde ihn finden. In Ruhrort, das nahm Theo Bosman sich vor, würde er sich Gustes Wohnung sehr sorgfältig ansehen. Er konnte sich nicht vorstellen, dass es dort keinen Hinweis auf ihren Sohn geben sollte.

Betty setzte sich wieder in den Sessel, ihren Vorsätzen, sich Theo zu eröffnen, und dem rabenschwarzen Kaffee zum Trotz schlief sie nach einigen Minuten ein.

An Backbord kam jetzt der kleine Hafen in Sicht, in dem Ricks Boot lag. Theo fragte sich, ob Dörte bei ihm war. Menschen sollten nicht so lange allein leben, fand er. Rick nicht, Dörte nicht und Betty und er auch nicht. In anderthalb Stunden wären sie in Duisburg. Theo nahm sich noch mehr von Bettys Kaffeegebräu.

Letzte Bilder

Betty wurde von Springsteen geweckt. Sie schaute auf die Uhr, nachdem Theo das Gespräch beendet hatte. »Kurz vor vier. Wer ruft denn um diese Zeit an?«

Theo erklärte. Es war Leo, die angerufen hatte, weil sie das Video auf Willis Speicherkarte in nächtlicher Kleinarbeit gefunden und wiederhergestellt hatte.

»Warum hast du mir nicht davon erzählt? Du bist kein Polizist mehr, du hast keine Schweigepflicht.«

»Es gefällt mir nicht, dass du mit solchen Sachen zu tun hast.«

Theo erwartete, dass Betty wie Betty reagieren würde, und zog vorsorglich den Kopf ein. Die aber rappelte sich aus dem Sessel hoch, reckte sich, machte zwei Schritte auf ihn zu und strich ihm über den Kopf. »Dich verstehe einer«, sagte sie. »Ich mach uns frischen Kaffee.«

Rheinorange kam in Sicht, die Stahlskulptur bei Rheinkilometer siebenhundertachtzig. Theo konzentrierte sich auf die Einfahrt in den Vinckekanal. Ein anspruchsvolles Manöver, weil die Einfahrt in einer Rechtskurve lag. Dann, das Ziel voraus und Betty samt Kaffee an seiner Seite, stießen sie mit Kaffeebechern an.

»Unsere erste Reise«, sagte Betty.

Theo reagierte nicht, reichte ihr stattdessen Helm und Sprechfunkgerät.

Betty nahm alles stumm an und tat, was eine Matrosin tun muss, folgte seinen Kommandos. Sie war übernächtigt, der Nacken schmerzte, aber sie fühlte sich, als sei sie am richtigen Platz. Das Manöver gelang.

»Du fährst zu Leo?«, fragte sie ihn.

Er nickte. »Du ins Kaldi?«

Betty schaute auf ihre Armbanduhr. »Will vorher noch 'ne Runde schlafen, dann duschen. Kommst du mittags?«

»Vielleicht.«

Sie umarmten einander. Mehr nicht. Kein Kuss, keine heißen

Schwüre. Ein bisschen rochen sie nach Schiffsdiesel. »Mmh«, machte Betty und ging an Land.

Theo klärte Formalitäten, füllte Papiere aus, sandte Bernard eine Nachricht, schloss das Ruderhaus ab, strich über die Tür, wie er es zum Abschied schon als Kind getan hatte, und verließ die »Alma«. Widerwillig, wie er spürte.

Kaum an Land, überfiel ihn Unruhe. Er dachte an Willis Smartphone, an Gustes Wohnung, an Carsten Klein. Kent Stevens, wenn er doch mehr aus dem hätte rausholen können. Der wusste womöglich, wo man Carsten Klein erwischen könnte. Eine Aufgabe für Sinja von Stetten.

Dann machte er Tempo, begann zu laufen. Am Hübi vorbei, weiter am Vinckekanal entlang. Am Spielplatz bog er ab und schloss mit einem Gefühl der Zufriedenheit seine Haustür auf. Er war allein. Auf dem Küchentresen lag ein handgeschriebener Zettel von Raluca, den er ignorierte. In der Wohnung war es stickig. Er zog sich das schweißfeuchte T-Shirt über den Kopf und warf es aufs Bett, die Unterhose landete im Wäschekorb. Er würde bald aufräumen müssen.

Weniger als tausend Meter entfernt tapste Betty durch den kühlen Hausflur, der um diese Zeit von Frau Dahlmann unbewacht blieb. Angestaute Hitze begrüßte sie in ihrer Wohnung. Schnell riss sie alle Fenster auf und dachte an Theo. Womöglich erwiderte der ihre Gefühle nicht. Das schien ihr sogar wahrscheinlich nach dieser Fahrt, auf der nichts passiert war. Traurig schlief sie ein.

Nur wenige Stunden später entschied sie sich für ein weißes Top, eine kurze Jeans und die unvermeidlichen Flip-Flops. Am liebsten wäre sie nackt gegangen. Allein der Gedanke an die Kaldi-Schürze trieb ihr die Hitze unter die Kopfhaut.

Noch heißer wurde Betty jedoch, als Katja und Raik sie gleich nach ihrer Ankunft beiseitenahmen und ohne Umschweife fragten, ob sie ihre Trauzeugin sein wolle. Es gab ein Herzen, Kichern und Knutschen, was die ersten Gäste beinahe wieder aus dem Kaldi vertrieben hätte. Die drei Freunde fingen sich noch gerade rechtzeitig, und das Tagesgeschäft lief an.

Auf den Wegen zwischen Tischen und Küche fragte Betty sich den ganzen Vormittag über, ob sie das überhaupt könnte – vorbehaltlos Ja zu einem Menschen sagen. Hirn und Herz lagen im Widerstreit, aber ihr Gefühl für Theo konnte sie nicht leugnen. Warum sie ihm gegenüber damit nicht ehrlich um die Ecke kommen konnte, verstand sie selbst nicht. Aber er könnte ja auch mal einen Schritt auf sie zumachen.

***

Kurz nach acht stand Theo auf, er wollte dringend zu Leo. Ein Blick aus dem Fenster verriet ihm, dass Bernard schon da gewesen war, um seinen Jaguar zu bringen. Nicht einmal geklingelt hatte er. Schnell zog Theo sich an, holte den Autoschlüssel aus dem Briefkasten und machte sich auf den Weg.

In Leos schattigem Garten schauten sie sich gemeinsam das Video an, das Opa Willi an Gustes Todestag gemacht hatte. Leo spielte die Bilder auf einem Notebook mit spezieller Software ab. Sie ließ Passagen langsamer laufen, vergrößerte manche Szenen, speicherte Screenshots. Das Ergebnis ihrer Bemühungen war eindrucksvoll, erschütternd, und es hinterließ bei Theo eine Mischung aus Hass und Tatendrang.

Er griff nach der Wasserflasche. Leer. »Wenn ich dieses feige Pack in die Finger kriege!« Er warf die Flasche über Leo hinweg. Eine Katze brachte sich in Sicherheit. »Wäre Willi nur zwei oder drei Meter weiter nach vorn gegangen, könnten wir das Scheißnummernschild sehen.«

Der weiße Transporter hatte eine geteilte Tür, deren rechter Flügel zu Willi hin geöffnet war und das Nationalitätskennzeichen Rumäniens zeigte. Das Autokennzeichen befand sich wohl auf dem anderen Türflügel. »Dieses feige Pack«, brüllte Theo erneut.

Auf den ersten Bildern sah man Willis Pantoffeln und hörte ihn sagen: »Boah glaubse, mit so Wurstfinger wie meine kannze hier gar nix ausrichten.« Dann gab es einen wilden Schwenk über den Neumarkt, geparkte Autos, im Eingang zum Supermarkt standen zwei junge Frauen, eine mit einem Säugling auf dem

Arm. Sinja von Stetten würde sie hoffentlich ausfindig machen und befragen.

Dann hatte Willi wohl die Zoomfunktion entdeckt. Offensichtlich versuchte er, das Schlafzimmerfenster der wasserstoffblonden Nachbarin ins Bild zu bekommen. Die Dame wohnte aus Willis Perspektive links hinter Gustes Kiosk. Er ließ jedoch von seinem Vorhaben ab, als ihn jemand ansprach. »Hömma, Willi …«, sagte eine Männerstimme, »du warst doch im Betriebsrat.« Es entspann sich ein Gespräch über Kündigungen aus besonderem Grund, und Willi vergaß, sein neues Spielzeug abzuschalten.

Erstaunlich ruhig und konstant zeigte das Bild nun den Kiosk. Ein weißer Transporter bog auf den Neumarkt ein. Leo fror das Bild ein. Die Frontscheibe spiegelte, man konnte erkennen, dass zwei Männer im Wagen saßen. Mehr nicht. Leo startete das Video wieder.

Jetzt stieg der Beifahrer aus, den Fahrer konnte man nicht sehen. Ein Mann, etwa ein Meter achtzig, schätzte Theo, auffallend dünn, südländischer Typ und – er trug einen Anzug. Wie Harry Blumster es gesagt hatte. Bei diesem Wetter. Erfahrungsgemäß trugen viele Kriminelle eine Jacke, um ihre Waffe zu verbergen.

Der Mann ging zügig zum Fahrzeugheck, öffnete die rechte Tür, verschwand im Laderaum, kam aber nach wenigen Sekunden wieder raus. Ob er etwas auslud, sah man nicht. Leo hatte einen Timecode eingespiegelt. Sie ließ das Video jetzt schneller laufen. Es vergingen zwei Minuten und vierunddreißig Sekunden, in denen ein blauer Golf 3, zwei Fahrradfahrer und ein Taxi durchs Bild huschten. Dann schaltete Leo wieder auf Normalgeschwindigkeit.

Am Heck tauchte der schmale Mann auf, neben ihm, er stützte sie, Guste. Ein anderer Mann, kaum größer als sie, korpulent, auch ein dunkler Typ, hielt den linken Arm der alten Frau mit der einen Hand, mit der anderen griff er ihr unter die Achsel. Sie wurde zum Fahrzeug geführt wie ein verletzter Fußballspieler vom Spielfeld, obwohl sie unversehrt wirkte.

Leo stoppte das Video wieder und zoomte Guste heran. Ihre Haltung wirkte gebeugt. Das Gesicht war nicht deutlich zu erkennen, aber Leo und Theo fanden beide, dass es Angst ausstrahlte. Eine Pistole oder eine andere Waffe war nicht zu sehen.

Der kleine Mann kam nach kurzer Zeit wieder aus dem Laderaum heraus und schloss die linke Flügeltür. Exakt in diesem Augenblick schob sich ein Kühl-Lkw ins Bild. Es wackelte. Opa Willi war wohl einen Schritt zurückgetreten. Das Brummen des Kühlaggregats war laut zu hören.

»Mehr passiert nicht«, sagte Leo. »Das Video läuft noch etwa zwölf Minuten. Zunächst zeigt es die Seite des Lkws, dann Häuserfassaden. Dieser Willi hat das Handy während des Gesprächs wohl mit verschränkten Armen fast horizontal gehalten. Dann wackelt das Bild durch die natürlichen Bewegungen des rechten Armes, während er nach Hause läuft. Vor seiner Haustür erhält er schließlich einen Anruf, bemerkt, dass die Videofunktion noch aktiv ist, und schaltet sie ab.«

Theo nahm Leos Flasche und trank. »Wäre der Kühltransporter doch bloß ein paar Sekunden später gekommen.«

Sie drückte auf die Vorderkante des Notebooks. Eine Speicherkarte sprang aus dem Schacht, die sie Theo reichte, zusammen mit Opa Willis Handy. »Was hast du jetzt vor?«, fragte sie.

»Ich fahre zur Staatsanwaltschaft. Danke dir. Du hast was gut.« Er berührte kurz ihre Schulter und ging.

»Sei einfach mein Freund«, murmelte Leo leise, während Theo um die Hausecke bog.

Als er die ersten Meter gefahren war, die Klimaanlage angenehm kühle Luft ins Wageninnere blies, er wie so oft dem »Boss« zuhörte, wie der »Streets of Philadelphia« sang, da spürte er, wie Müdigkeit nach ihm griff. Sein Herzschlag verlangsamte sich, die Atmung wurde flach, die Hände kalt.

Wie es Mellie wohl ging, fragte er sich und wäre beinahe an der Staatsanwaltschaft vorbeigefahren. Er fand einen Parkplatz im Halteverbot, gab sich einen Ruck und stieg aus. Die Hitze umfing ihn, und er dachte an eine Pause, eine schöne, lange, kühle Pause.

Die Treppe kam ihm länger und steiler vor als noch in der letzten Woche. Er klopfte, betrat das Büro seiner Ex-Frau und erntete einen abschätzenden Blick von Sinja von Stetten, die an Ellas Schreibtisch gelehnt stand.

»Danke für den Tipp mit Kent Stevens. Wir sind dran.« Dann wandte sie sich wieder dem Schreibtisch zu. »Wir telefonieren dann später«, sagte sie zur Staatsanwältin, ging eine Spur zu dicht an ihm vorbei und verließ den Raum.

»Du siehst richtig mies aus«, bemerkte Ella.

»Ich habe in der Nacht die ›Alma‹ aus Köln geholt.«

»Warum?«

»Bernard bat mich darum. Er hatte zu tun.«

»Geh ins Bett.«

Theo Bosman reichte ihr die Speicherkarte. »Letzte Bilder von Guste.«

Ella veranlasste sofort, dass nach den Männern und dem Wagen gesucht wurde. Beim Transporter hatte sie keine große Hoffnung, aber die beiden Männer konnten aktenkundig sein.

Theo berichtete von seinem Gespräch mit Kent Stevens und dessen Hinweis auf illegale Geschäfte, die angeblich nicht nur Carsten Klein mit »den Rumänen« machte. Stevens war ein armer Hund, fand Theo.

»Hoffentlich kriegt von Stetten was aus Stevens raus. Ihr könntet ihn auch beobachten. Bestimmt hat er wieder Kontakt zu den Anzugträgern.«

Ella runzelte die Stirn. »Wie stellst du dir das vor? Ein Binnenschiff beobachten? Soll ich dem ein Schnellboot hinterherschicken?«

»Es lässt sich herausfinden, wann er welchen Hafen anläuft.« Theo zog es zu Ellas Kaffeemaschine.

»Datenschutz«, warf Ella ein.

»Gefahr im Verzug«, gab Theo zu bedenken.

»Das ist konstruiert. Befragen können wir ihn. Von Stetten macht das schon.«

Theo schüttelte den Kopf. »Was hat die eigentlich in Gustes Wohnung gefunden? Keinerlei Hinweise auf Carsten Klein? Ich kann mir das ja nur schwer vorstellen.«

»Theo, komm, du kannst nicht mit von Stetten. Aber glaub

mir, sie macht das gut. Wir haben nichts. Und lass die Finger von der Kaffeemaschine. Leg dich lieber 'ne Stunde hin.«

Theo Bosman wusste – seine Ex-Frau hatte recht. Er winkte ihr zu, trat hinaus auf den Flur, roch den Geruch von Akten, war froh, dem entronnen zu sein, trat befreit auf die Straße und lenkte seinen automobilen Traum Richtung Mülheim. Er hatte keinen Strafzettel bekommen. Theo nahm sich vor, heute die guten Dinge in den Fokus zu nehmen.

Als er den Blinker rechts setzte, um auf die Mülheimer Straße abzubiegen, wechselte der CD-Wechsler die CD, und Edvard Griegs Musik durchdrang und erfüllte ihn. Den Gedanken an ein Nickerchen verdrängte er und bog die übernächste Straße gleich wieder rechts ab. Eine Viertelstunde später stand Theo an Mellies Bett.

»Goldener Lidschatten zu grünen Blutergüssen und rot unterlaufenen Augen. Gewagt.«

»Nee, Theo, gekonnt. Zwei Pfleger und ein Assistenzarzt baggern mich an. So falsch kann ich schminkmäßig ja wohl nicht liegen.

»Wie geht's dir?«

»Ich hab mich zuletzt beim Schwimmtraining vor fünf oder sechs Jahren so lebendig gefühlt. Der Doc – der ist übrigens richtig hot –, der hat jedenfalls gesagt, es wäre knapp gewesen. Krass, oder? Egal. Jetzt hab ich Bock auf was Neues.«

Theo Bosman konnte kaum glauben, was er hörte. »Und jetzt gerade bist du ganz ohne Chemie? Keine Schmerzmittel, keine Upper, keine Downer. Nichts?«

»Nada, niente, nothing.«

»Wann lassen die dich laufen?«

»Nächste Woche.«

»Uups, bis dahin habe ich meine Garage aber nicht renoviert.«

»Garage?«

»Kannst in meiner Garage wohnen, wenn du willst.«

»Wie jetzt?«

»Hast du's mit den Ohren?«

Mellie schluckte. »Boss, du musst nichts renovieren. Ich schlafe sonst auch auf der Straße.«

»Na ja, die steht leer. Kein Ding.«

»Kein Ding, soso. Lass mich die Bude renovieren. Ich bin geschickt. Und sobald ich Arbeit habe, zahle ich Miete.«

Sie reichten sich die Hand.

»Deal«, sagte Mellie.

»Was das Thema Arbeit angeht. Betty hat da Neuigkeiten. Ruf sie mal an.«

Auf dem Weg nach draußen stieß er auf den Oberarzt, stellte sich vor, erkundigte sich nach Mellies Gesundheitszustand. Dann fragte er: »Bleibt das so? Bleibt sie so positiv, so euphorisch?«

Der Oberarzt, der tatsächlich wie ein Model aussah, steckte die Hände in die Taschen seines Kittels. »Das ist schwer vorherzusagen. Sie ist auf Entzug. Methadon.«

»Mir hat sie gesagt, sie hätte keine Medikamente genommen.«

»Herr Bosman, bitte verstehen Sie das nicht falsch. Sie ist ein Junkie.«

»Sie kann bei mir wohnen. Wir haben einen Job für sie. Kann sie einen ambulanten Entzug machen?«

»Ja, wir bereiten das vor. Toll, dass Sie sich da so reinhängen. Aber erwarten Sie keine Wunder.«

Die Männer verabschiedeten sich. Theo ging den Gang entlang und erinnerte sich an seinen Vorsatz, das Positive zu sehen. In einer Nische stand ein Kaktus, ein blühender Kaktus. Er zog sein Smartphone aus der Tasche und fotografierte die Pflanze. Das Foto schickte er Betty.

Unterwegs zur »Calypso« überfiel ihn der Hunger, wütete geradezu in seinem Magen, der Gedanke an Fastfood jeder Art ließ seinen Speichel fließen. Die erste Möglichkeit zu essen entdeckte er in der Universitäts-Pizzeria. Er fand einen Parkplatz fast unmittelbar vor der Tür, bestellte eine große Tonno und ein alkoholfreies Weizenbier. Beides kam binnen weniger Minuten. Er setzte sich an einen Tisch vor der Tür. Die Temperatur in der kleinen Pizzeria war jenseits seiner Toleranzgrenze.

Der Verkehr toste vierspurig an ihm vorüber, und Theo schlang die Pizza hinunter, als habe er tagelang nichts mehr gegessen. Beim letzten Bissen fiel ihm ein, dass er sich vage mit

Betty verabredet hatte. Er machte ein Selfie, schrieb dazu: »Sorry, ich drohte zu verhungern und jetzt muss ich schlafen. Fahre auf die Calypso.« Dann tippte er eine zweite Nachricht, um Betty über Mellie auf dem Laufenden zu halten.

Dass es an Bord seiner Yacht warm sein würde, hatte Theo erwartet. Aber diese Hitze, die ihm entgegenschlug, als er die Schiebetür öffnete, war der in der Pizzeria dicht auf den Fersen. Er holte sich eine Isomatte, ein Kopfkissen und Ohrstöpsel. So ausgerüstet schlurfte er rüber zur Hafendusche, in der es vergleichsweise kühl war, legte sich in die hinterste Ecke und schlief beinahe umgehend ein.

***

Betty hockte in der mit lauwarmem Wasser gefüllten Badewanne. Raik hatte gesagt, sie sei heute nicht präsentabel. Ein fürsorglicher Chef, fand Betty und war dankbar nach Hause gegangen. Ihr steckte die Nacht in den Knochen. Und nicht nur da.

Auf dem Badewannenrand lag der Schlüsselanhänger, den Theo ihr gegeben hatte. Ob sie ihn auf der »Calypso« überraschen sollte? Vielleicht bekäme sie ihn ja wieder munter. Betty beschloss, vorher ein paar Telefonate zu führen, an einem Schriftsatz zu arbeiten, und Mellie wollte sie wegen des Jobs anrufen. Lust auf einen Besuch im Krankenhaus verspürte sie nicht. Krankenhäuser machten ihr Angst.

Jetzt tauchte sie ganz ins Wasser. Lauwarm war ein Tipp von Katja. Nur ein paar Grad unter Körpertemperatur. Schon nach kurzer Zeit fühlte sie sich erfrischt. In ein Handtuch gehüllt setzte sich Betty an ihren Schreibtisch und nahm sich den Schriftsatz vor.

Sie arbeitete konzentriert, und eine knappe Stunde später war sie mit dem Ergebnis zufrieden. Jetzt die Telefonate, dachte sie und griff zum Hörer, als sie den Signalton für eingehende E-Mails hörte. Sie klickte auf die Nachricht, und ihr stockte der Atem. Ganz steif saß sie auf dem Stuhl, während sie las:

»Schlampe, wenn du das liest, ist das Messer bereits geschärft. Ich will dir ja nichts abreißen, nur chirurgisch sauber abtrennen.

Das wird ein Spaß. Du kannst schon mal eine Plastikplane bereithalten, damit wir nicht alles einsauen. Bald schicke ich eine Liste mit den Körperteilen, die ich entfernen werde. Du kannst dann die Reihenfolge bestimmen, Schlampe.«

Angst war ein lähmendes Gefühl. Betty wusste das. Sie wusste auch, dass sie diese Starre jetzt überwinden musste. Wie oft hatte sie das mit Frauen besprochen, die tatenlos auf ihre prügelnden Ehemänner warteten, auf die Wohnungstür starrten, nicht wegliefen, nicht schrien. Gerade noch rechtzeitig bemerkte sie, dass ihre Blase sich zu entleeren drohte, und sie rettete sich ins Bad.

Im Spiegel sah sie ihre Augen. Weit aufgerissen. Das Gesicht in Panik. Sie erschrak über sich selbst. »Ich lasse mich nicht von dir beherrschen. Du Psychopath. Du bist ein Krimineller. Ich werde dich finden und anzeigen. Du wirst angeklagt und verurteilt. So läuft das hier. Die Spielregeln machst nicht du.«

Sie ging zurück zum Rechner, leitete die E-Mail an Theo weiter, zog sich an und verließ ihre Wohnung. Ihr Herz raste. Im Auto fühlte sie sich sicher, verriegelte aber dennoch die Türen von innen. *»My car is my castle«*, rief sie und fuhr schnell auf die A 40 auf.

Am Mülheimer Hafen parkte sie ihre Rostlaube hinter Dörtes Amischlitten, umrundete den Hafenschuppen und ging an Bord. Die Tür auf der »Calypso« war nicht abgeschlossen. Sie strich durch ihr Haar und ging runter zu den Kajüten, aber Theo war nicht da. Sie stieg wieder an Deck, schaute sich um. Keine Spur von ihm.

»Betty, alles im Döschen?«, rief Dörte übers Wasser. Sie stand am Heck ihres Dampfers.

»Ich suche Theo.«

Dörte setzte sich sofort in Bewegung. Ein gefundenes Fressen für unsere Sozialkrake, dachte Betty.

Schon stand Dörte am Kai. »Komm, das Bürschchen holen wir uns«, sagte sie verschwörerisch.

Dörte ging voran. »Wir gehen systematisch vor. Falls Theo hier ist, muss er ja irgendwie hergekommen sein. Option eins, er kam mit dem Jaguar.« Sie steuerte zielstrebig die Lagerhalle auf dem Nachbargelände an. »Ist mit dem Inhaber abgesprochen. Bei

Hitze oder Schnee können wir unsere Autos hier in der Halle abstellen.«

Und tatsächlich. Zwischen Fluchten aus Gitterkörben stand Theos Cabrio. Dörte reckte triumphierend den Daumen. »Er ist nicht an Bord. Wir fragen uns: Ist er überhaupt auf der ›Calypso‹ angekommen?«

»Seine Sonnenbrille liegt auf dem Tisch im Salon«, bemerkte Betty.

»Aha. Ist er freiwillig von Bord gegangen, oder wurde er gezwungen?«

Die Frauen nahmen die Hintertür des Holzschuppens, in dem die Sanitärräume lagen. Rechter Hand Damentoiletten, dann Damenduschen, gegenüber angelaufene Spiegel, ein rostiger Föhnautomat, schließlich die Herrentoiletten, und als sie deren ehemals weiß lackierte Tür passiert hatten, hörten sie aus voller Männerkehle: »Wir sind Zebras weiß-blau, unser Club, der MSV …«

Betty drückte die Tür zur Herrendusche auf – und da stand er im Adamskostüm, nur mit Schaum im Haar.

»Und wir stehen für euch immer hier«, setzte Dörte das Vereinslied des Meidericher Sportvereins textfest fort.

Theo zuckte zusammen, drehte sich um, sah Dörte und Betty und presste reflexartig beide Hände auf seine äußeren Geschlechtsmerkmale.

»Nein«, kreischte Dörte. »Wie niedlich. Er schämt sich. Dass ich so was Süßes noch mal erleben darf.«

Betty saß mit Dörte auf deren Deck, als Theo wenig später zu ihnen stieß.

»Meinetwegen hättest du dich nicht anziehen müssen«, frotzelte Dörte.

Theo deutete auf die Bierflaschen. »Hattet ihr schon mehr davon?« Er setzte sich auf die Bank am Heck des Luxusdampfers. »Keine Musik?«

»Vielleicht später«, sagte Betty. »Ich muss dir …« Sie blickte zu Dörte und zögerte einen Moment. »Ich muss euch was erzählen. Du hast deine Mails noch nicht angesehen, Theo?«

»Nee, die letzten vierundzwanzig Stunden haben mich ziemlich auf Trab gehalten.«

Betty nahm ihr Smartphone und zeigte den beiden die Mail, die ihr der Unbekannte geschickt hatte.

Theo schaute auf die Uhr, bat Betty, vorerst bei Dörte zu bleiben, und machte sich auf den Weg ins Internetcafé, um dort die Aufnahmen der Kameras zu sichten.

Ich hab dich

Im Jaguar schaltete Theo Bosman das Smartphone stumm, startete den Achtzylinder und rollte aus der Halle ins Licht. Das Verdeck blieb geschlossen. Die Klimaanlage stellte er auf achtzehn Grad ein. Kaffee, er brauchte jetzt noch Kaffee, dann wäre er bereit, den Mann zu finden, der Betty viel zu nahe gekommen war. Er würde das unterbinden. Dauerhaft.

Theo fuhr über die Raffelbergbrücke und sah unten in der Schleuse eines der Hausboote, die mit Muskelkraft angetrieben wurden und auf den Namen Escargot hörten. Bei Touristen, die in den letzten Jahren das Ruhrgebiet entdeckt hatten, waren die Dinger sehr beliebt. Idylle auf der Ruhr, Verkehrsinfarkt auf der A 40, und alles nur wenige hundert Meter voneinander entfernt. Ihn als geborenen Niederrheiner beeindruckte das bis heute.

Schräg gegenüber des Styrumer S-Bahnhofs hielt Theo an einer Bäckerei und genehmigte sich einen starken Kaffee. Wenig später fuhr er angesichts des dichten Verkehrs auf der A 40 in Dümpten auf und an der Hausackerbrücke in Essen wieder ab. Gut sieben staufreie Kilometer, da musste man dankbar sein.

Er kurvte durch Essen, stellte den Jaguar auf dem Rüttenscheider Markt ab, rannte über die Straße. Den Bürgersteig erreichte er mit einem langen letzten Schritt, bevor ein weißer Transporter hupend hinter ihm vorbeiraste. Wäre er gestolpert, hätte der ihn glatt über den Haufen gefahren. Theo konnte trotz der langen Jahre im Polizeidienst nicht verstehen, wie aus empathischen Babys vollkommen rücksichtslose Erwachsene wurden.

Vor dem Garagentor ein paar Häuser weiter stand rauchend der Mann, der ihm bei seinem letzten Besuch entgegengekommen war, und grüßte, als sei er ein alter Bekannter. Theo grüßte zurück. Ein bisschen Freundlichkeit. Es konnte so einfach sein.

Im flesh 2.0 keine Gäste, Inge hinter der Theke über die Tageszeitung gebeugt. Als sie Theo sah, hellte sich ihr Gesicht auf. »Ich dachte schonn, du käms nich mehr.«

»Inge, wie kannst du das von mir glauben? Ich bin eine treue Seele.« Er reichte ihr die Hand.

»Kaffee?«

»Nee danke, hatte ich gerade erst.«

»Aber nich meinen.«

»Da hast du natürlich recht. Wie konnte ich so ignorant sein!«

Inge holte Kaffee, Theo schob sein Notebook auf den Tresen, fuhr es hoch und stellte eine drahtlose Verbindung mit der Festplatte her, auf der die Kameras die Geschehnisse der letzten Tage im flesh 2.0 aufgezeichnet hatten.

Inge kam mit zwei Bechern Kaffee und einer Fleischwurst von hinten. »Metzgeressen«, grinste sie.

Theo schüttelte sich.

»Du kannz dat Bürschken am Schlafittchen kriegen?«

»Er hat meiner Freundin wieder eine schlimme Nachricht geschrieben. Ich schau mir jetzt die Aufzeichnungen für den in Frage kommenden Zeitraum an. Dann sehen wir weiter.«

Theo startete das Video der zum Eingang hin ausgerichteten Kamera zehn Minuten, bevor die E-Mail abgeschickt worden war. Er ging davon aus, dass der Typ nur hergekommen war, um die Mail unerkannt absenden zu können.

Auf dem Video sah man an einem der Rechner direkt am Fenster zwei Jungs sitzen, vielleicht sechzehn, die kicherten. Vorn am Tresen, direkt an der Wand, ein Mann mittleren Alters mit dichtem, fast schwarzem Haar, feinen Gesichtszügen mit asiatischem Einschlag. Er rührte sich nicht, schaute konzentriert auf den Monitor. Seine rechte Hand lag neben der Maus. Theo dachte, er würde vielleicht einen Film anschauen, aber er trug keine Kopfhörer, ein Stummfilm erschien ihm unwahrscheinlich.

Gute fünf Minuten ging das so. Wie zur Salzsäule erstarrt, saß der Mann vor dem Monitor, ohne den Blick ein einziges Mal abzuwenden. Dann griff er nach dem Headset, sprach schnell und leise, öffnete eine am Boden abgestellte Aktentasche und entnahm ihr Dokumente. Langsam präsentierte er seinem Kommunikationspartner eine Urkunde nach der anderen. Für Theo sahen die DIN-A4-großen Seiten wie Zeugnisse aus.

Wieder öffnete sich im Video die Tür zum Internetcafé, ein

etwa vierzigjähriger Mann betrat den Raum. Er war von gedrungener Gestalt, kaum rasiert und schlecht gekleidet. Ohne sich umzuschauen, ging er direkt zum Tresen, sprach kurz mit Inge und setzte sich dann an den der Tür am nächsten gelegenen Computer. Die beiden Kameras nahm er nicht zur Kenntnis. Theo stoppte die Aufzeichnung, speicherte einen Screenshot und schaltete auf die andere, zeitsynchrone Aufzeichnung der zweiten Kamera, die den Raum vom Eingang aus zeigte.

Jetzt konnte Theo dem Stiernacken über die Schulter schauen. Der öffnete einen Browser, tippte zügig eine Adresse ein. Es öffnete sich das Programm eines großen Anbieters kostenloser E-Mail-Accounts. Der Mann zog einen von Hand beschriebenen Zettel aus der Brusttasche seines rot karierten Hemdes und tippte den Text ab.

Was er schrieb, konnte Theo nicht sehen. Der Oberkörper des Mannes verdeckte den Monitor teilweise, der zudem noch das von draußen einfallende Licht reflektierte. Er griff nach der Maus, klickte vermutlich auf Senden. Theo schaute auf den mitlaufenden Timecode. Betty hatte die Drohmail keine Minute später empfangen. Der Mann schloss das E-Mail-Fenster, stand auf und verließ das flesh 2.0 grußlos nur etwa vier Minuten, nachdem er es betreten hatte.

Theo fuhr sein Notebook herunter, klemmte es unter den Arm und ging nach hinten zu Inge, die sich verzogen hatte. In der alten Wurstküche saß die Chefin an einem abgewetzten Tisch mit Resopalplatte und lackierte sich die Fingernägel.

»Hoffentlich nicht der Westerwälder«, sagte Theo.

»Nä, dat glaubse nich. Friedhelm, den kenn ich ausse Volksschule. Den hab ich auffen Parkfriedhof getroffen. Da liecht seine Gisela und mein Rudi fast wie Nachbarn gar nich weit aussenander. Heute Abend gehen wir ins GOP. Varieté. Ich bin ja ma gespannt. Friedhelm hat mich eingeladen. Billich ist dat ja nich.« Sie konzentrierte sich wieder auf ihre Hände. Der Nagellack, violett. Passt zum Violettstich in den Haaren, dachte Theo.

»Inge, ich komm die Tage noch mal vorbei und berichte. Und heute Abend: Lass es krachen.«

Inge errötete. Oder war das Rouge? Theo klopfte auf den Tisch und ging.

Auf dem Parkplatz herrschte Hochbetrieb. Menschen in Warnwesten trafen Vorbereitungen, luden Absperrgitter von orangefarbenen Pritschenwagen. Die Kanzlerin, ein Konzert, Kirmes, eine Bombenentschärfung? Man konnte es nicht wissen. Der Chef der Warnwestenmänner kam jetzt auf ihn zu. »Sie müssen da weg.«

»Warum?«, wagte Theo zu fragen.

»Komm, sieh zu«, erntete er als Antwort. Dem Bewohner des Ruhrgebiets sagte man allgemein nach, er sei direkt, freundlich, umgänglich, hilfsbereit. Sicher wusste der Oberwarnwestenträger das nicht. Da konnte man nichts machen.

Theo fuhr in eine Seitenstraße, stieg aus, stellte sich in den Schatten einer Platane und rief Betty an. Es dauerte.

Sie meldete sich mit schläfriger Stimme. »Wo bist du?«

»Betty, du braucht doch keinen Schönheitsschlaf.«

Sie gähnte.

»Ich denke, dass ich gefunden habe, wonach wir suchten. Ich schick dir jetzt ein Bild, du schaust es an und rufst mich dann zurück. Bis nachher.«

Er beendete das Gespräch, weckte das Notebook und sendete den Screenshot. Die kompletten Aufzeichnungen hatte er auf einem USB-Stick gespeichert, war sich aber ziemlich sicher, dass dieses eine Foto reichen würde, um den Urheber der Drohmails zu identifizieren. Er sollte Recht behalten.

Springsteen kündigte Betty an.

»Das ist Norbert Strunz. Ich habe seine Frau vertreten, die er zur Prostitution gezwungen hat, der er die Papiere abgenommen hat, die er regelmäßig verprügelt und der er schließlich ein Ohr abgeschnitten hat. Er sitzt seit knapp zwei Jahren in der JVA in Essen.« Sie klang wütend.

»Betty, alles ist okay. Reg dich nicht auf. Jetzt haben wir ihn. Ich kümmere mich darum. Er wird dich nicht mehr belästigen.«

Er hörte sie schwer atmen. »Danke«, sagte sie nur.

»Bleib an Bord. Ich bin gegen Abend zurück. Dann fahren wir

nach Ruhrort, und Raluca kocht was Leckeres. Na, wie klingt das?«

»Gut.«

»Okay, dann bis gleich.«

Theo suchte in seinen Kontakten nach Gerd Brehmer. Sie waren zusammen auf der Polizeischule gewesen. Brehmer hatte abgebrochen, sich für den Strafvollzug entschieden, dann studiert und war nun seit vielen Jahren als Sozialarbeiter in wechselnden Knästen unterwegs. Seine Tochter kickte mit Lea Bosman in derselben Mannschaft. Kontakte. Sie waren Gold wert.

Eine halbe Stunde später saß Theo in Brehmers Büro mit Blick auf den Innenhof der Essener JVA.

»Strunz ist für mich ein Buch mit sieben Siegeln. Ein Chamäleon. Gut in die Schreinerei integriert. Ein geschickter Handwerker. Dann immer wieder Gerüchte. Er soll ein paar Jungs am Laufen haben. Stricher. Obwohl ich mich dagegen ausgesprochen habe, hat er es geschafft, Freigänger zu werden. Einer von denen, die ich nicht wieder auf die Gesellschaft loslassen möchte. Was willst du tun? Mit Drohungen erreichst du bei dem garantiert nichts.«

Theo verzog das Gesicht, rutschte auf dem Stuhl hin und her. »Gerd, du kennst mich. Ich bin kein Verbrecher, aber manchmal, da weiß man, was richtig ist, und kommt trotzdem nicht weiter.«

Brehmer nickte und schloss die Tür.

Theo wurde leise. »Mottek.«

Brehmer beugte sich über seinen Schreibtisch. »Der Mottek, vor dem der ganze Knast die Hacken zusammenschlägt? Du glaubst, der hilft dir?«

Theo nickte.

»Warum sollte er?«

»Das willst du nicht wissen.«

Brehmer stand auf und verließ das Büro. Minuten später kam er zurück. Mit Mottek. Als der Theo Bosman sah, zeigte er für den Bruchteil einer Sekunde ein Lächeln, setzte sich. Brehmer verließ das Büro wieder. Schloss hinter sich ab.

»Mottek.«

»Boss.«

»Ich habe ein Problem und möchte dich um Hilfe bitten.«

Mottek sagte nichts. Theo schilderte die Situation.

»Kannst du was erreichen bei Strunz?«, schloss er und schaute Mottek fragend an.

»Er wird den Namen deiner Freundin nicht einmal mehr denken.« Und nach einer kurzen Pause: »Wie geht's der Familie?«

»Alle gesund. Bei dir?«

»Bestens, Marie macht Abitur. Sie will studieren.« Mottek wischte sich mit dem linken Handrücken über die Augen.

»Wie lange noch?«, fragte Theo Bosman.

»Vier Jahre, drei Monate, sechs Tage.«

Die Männer standen auf, ein Händedruck. Dann ging Mottek zur Tür, vor der Gerd Brehmer mit zwei Vollzugsbeamten wartete, die Mottek zurück in seine Zelle brachten.

Brehmer setzte sich wieder hinter seinen Schreibtisch. Theo rieb sich den Nacken.

»So was macht man nur einmal.« Brehmer schaute eindringlich.

Theo, der noch mitten im Raum stand, hob die Hand Richtung Schreibtisch. »Ich danke dir. Wir sehen uns beim Spiel?«

Brehmer nickte.

Als Theo die Schleuse passierte, sich das Tor hinter ihm schloss, spürte er, dass sein Herz aus dem Rhythmus kam. Er musste sich mal irgendwo hinsetzen. Einfach hinsetzen. Allein. Theo schaute sich suchend nach einer Bank um. Gegenüber, der Friedhof. Da ist es sicher ruhig, dachte er und überquerte die Straße.

Rhythm of the Heart

Den gegenüberliegenden Bürgersteig hatte Theo noch nicht erreicht, als er spürte, dass ihm die Kraft ausging. Todesangst. Viel mehr war da nicht mehr. Noch der Wunsch, eine Bank zu erreichen. Nicht auf der Straße liegen zu müssen. Hilflos den Blicken von Passanten ausgeliefert. Nicht in der Lage, aufzustehen.

Den Eingang zum Friedhof nahm er nur am äußeren Rand seines Bewusstseins wahr. In seiner Brust nur noch Unordnung. Seine Arme zitterten. Er setzte sich auf die Bank. Jetzt zitterten auch die Beine. Diese Angst, eine eigene, neue Welt. Jenseits der Welt, die er bisher bewohnt hatte. Er war nicht ohnmächtig, aber ohne Macht. Er hatte keine Macht mehr über seinen Körper.

Der Friedhofsgärtner war es, der Theo sah und seine Lage richtig einschätzte. Keine Viertelstunde später lag Theo auf der Liege der Notaufnahme. Dass eine Kanüle in seinem rechten Handrücken steckte, spürte er, ebenso eine Blutdruckmanschette am linken Oberarm. Man hatte sein Hemd ausgezogen. Ob er nach Schweiß roch? Die Hitze. Menschen beugten sich über ihn, stellten Fragen, sprachen miteinander, oder doch mit ihm? Er wusste es nicht, fühlte sich allein. Dachte an seinen Vater. Er sagte: »Papa.«

»Sollen wir jemanden für Sie anrufen?« Eine Frau legte ihm ihre Hand auf die linke Schulter. Das tat gut. Durch die dünne Latexschicht ihrer Einweghandschuhe spürte er die Wärme der Frau. Ihm war jetzt kalt. Dieser Druck im Kopf.

»Herr Bosman?«

Er träumte von Mellie. Sie war Krankenschwester, trug aber ein OP-Hemd und schob einen Ständer mit sich herum, an dem Transfusionsbeutel baumelten. Ein Transfusionsbaum mit Schläuchen, die alle in seinem Arm endeten.

Es piepte und es summte. Theo sah eine abgehängte weiße Decke. Platten mit kleinen Löchern. Er hob den Kopf. Schwindel. Um ihn herum ein Vorhang. Stimmen. Es war wie in einer großen Umkleidekabine. Die Temperatur angenehm warm. Er lag unter einer Bettdecke, schwitzte aber nicht. Er befand sich im Krankenhaus, und der Raum war klimatisiert. Es war dunkel. Nicht richtig dunkel. Kunstlicht.

Er räusperte sich. »Hallo.« Seine Stimme war rau. Neben seiner rechten Hand lag ein roter Klingelknopf. Er drückte ihn. Wenig später wurde der Vorhang am Fußende des Bettes zur Seite geschoben. Eine Frau in blauer Krankenhauskleidung kam lächelnd auf ihn zu.

»Hallo, Herr Bosman, ich bin Schwester Sabine. Wie geht es Ihnen?

Theo brummte. »Nach Joggen ist mir nicht.«

»Sie sind hier auf der Intensivstation des Essener Universitätsklinikums. Sie wurden zu uns gebracht, weil Sie kollabiert sind. Vorhofflimmern. Sagt Ihnen das was? Ihr Herz ist aus dem Rhythmus geraten. Wir haben eine Elektrokardioversion vorgenommen, jetzt schlägt Ihr Herz wieder gleichmäßig. Wie therapeutisch weiter zu verfahren ist, bespricht morgen der Kardiologe mit Ihnen. Im Augenblick bekommen Sie Medikamente, die Sie stabil halten.«

***

Das Treppenhaus klang hohl. Die Flip-Flops machten auf den Stufen quietschende Geräusche. Eine Automatiktür öffnete sich. Betty schlug das Herz bis zum Hals, als sie sich Schritt für Schritt der Kardiologie des Essener Uniklinikums näherte. Theo hatte ihr eine SMS geschickt.

»Dein Peiniger ist kaltgestellt. Ich leider auch. Herzprobleme. Bin im Uniklinikum Essen. Melde mich, sobald ich kann. Alles so weit okay. Der Kapitän ;)«

Sofort war Betty aufgesprungen. Den Golf hatte sie zweimal abgewürgt. Hinter der Frustbude eine Polizeikontrolle. Sie war bisher erst einmal kontrolliert worden, drei Monate, nachdem sie ihren Führerschein bestanden hatte. Heute, ausgerechnet heute, hatte sie ihre Papiere vergessen. Auf der A 40 war sie zu schnell unterwegs, hatte in der Abfahrt eine Ampel bei Dunkelgelb überfahren und auf der Suche nach einem Parkplatz fluchend eingesehen, dass Stressresistenz nicht zu ihren Stärken zählte.

»Zimmer 110«, hatte die Dame an der Information gesagt. Das passte ja. Rechts sah sie in Zimmer 126 einen Pulk aus weißen und blauen Kitteln, der hin- und herwogte. Für einen Moment gaben sie den Blick auf ein Augenpaar frei, in dem Angst ihre Spur hinterlassen hatte. Betty schaute weg, nach vorn. Weit konnte es nicht mehr sein.

Eine Zimmertür öffnete sich, ein Wagen schob sich ihr in den Weg, hoch bepackt mit Utensilien, deren Zweck Betty nicht kannte. Ein Arm kam hinter weißen Kartons mit grüner Schrift zum Vorschein, ein Oberkörper. Eine Frau, klein wie eine Grundschülerin, zerrte das Gefährt nun in die andere Richtung, parkte den Nachschub an der Wand mit Scheuerleiste. Der Durchgang war nur noch schmal.

Betty drehte sich zur Seite, quetschte sich mit zwei Schritten durch die Engstelle, schaute wieder den Gang hinunter und sah, wie Ella Lanken-Bosman aus dem Fahrstuhl trat. An ihrer Seite Bernard. Sie orientierten sich, kamen Betty entgegen. Die wandte sich ab, öffnete die Tür zum Besucher-WC und verschwand.

Es klopfte. Die Tür öffnete sich. Theo, der gleich vorn links lag, durch die Wand des Bads verdeckt, sah zunächst nicht, wer eintrat.

Beinahe gleichzeitig tauchten die Gesichter seines Sohnes und seiner Ex-Frau vor ihm auf. Sie wirkten körperlos. Nur Gesichter, nur Augen, nur Blicke. Besorgt und voller Liebe. Theo spürte die Wärme. Einen Moment nur, dann fand er zurück. »Den Verdienstausfall müsst ihr aber selbst tragen.«

Bernard wandte kurz den Kopf ab, Ella trat neben das Bett. Sie sagte nichts, schaute nur. Forschend. Das zweite Bett war nicht belegt. Bernard stellte sich mit dem Rücken zu ihm ans Fenster. Theo sah im Gegenlicht nur eine Silhouette. Ella setzte sich auf die Bettkante. Theo war übel.

»Vorhofflimmern, haben sie gesagt«, erklärte er.

Sie blieb still.

»Um dem Schlaganfallrisiko vorzubeugen, soll ich blutverdünnende Medikamente nehmen. Und Betablocker.« Pause.

Theo griff nach dem Glas auf dem Nachttisch. Seine Frau kam ihm zuvor, reichte es ihm.

»Und genau das ist es, was ich nicht will«, zischte Theo. Erneut wurde es still.

»Und ich will nicht, dass du stirbst«, sagte Bernard leise und drehte sich jetzt zu seinen Eltern um.

»Sterben, sterben, wer redet denn hier vom Sterben? Eine Katheterablation wollen die mir hier aufschwatzen.«

Ella schaute fragend.

»Ein Katheter wird zum Herzen geführt, und dort wird dann weggebraten, was die Rhythmusstörungen auslöst. Oft muss man das auch wiederholen.«

»Und?«, fragte Bernard.

»Ich bin doch kein Versuchskaninchen. Ich bespreche das mit meinem Hausarzt.«

»Du bist wie immer, Theo. Stur«, meinte Ella.

»Papa, ich möchte, dass du das machen lässt.« Bernard setzte sich auf die andere Bettkante.

Theo zog die Bettdecke ein Stück höher, schaute beide an. »Lasst mich«, sagte er nur.

Im Besucher-WC betrachtete sich Betty im Spiegel.

Der Platz ist besetzt, Betty. Du wärst Nummer zwei oder drei. Bestenfalls. Willst du das? Versteckst dich hier auf dem Klo, während die Ex an seinem Bett sitzt.

Sie drehte den Wasserhahn auf. Das Wasser plätscherte. Kaum Druck. Sie hielt die Hand in den Strahl. Lauwarm.

»Lauwarm«, sagte sie, »willst du das, Betty?«

Sie zuckte zusammen. Hinter ihr bediente jemand die Spülung, hatte ihr zugehört. Sie riss ein Blatt des rauen Papiers aus dem Spender, trocknete sich mit drei raschen Bewegungen die Hände und öffnete die Tür zum Gang.

Die Tür zu Zimmer 110 stand offen. Unsicher ging sie hinüber, schaute, sah das Bett am Fenster. Theos Ex-Frau und Bernard schienen den Besuch beendet zu haben. Betty klopfte leise. Keine Antwort. Sie klopfte nachdrücklicher, und Theo reagierte. »Lasst mich«, rief er, und Betty erschrak. So aggressiv klang seine Stimme, so abweisend.

Sie ging, beschleunigte ihren Schritt, passierte die Automatiktür und rannte. Und dann im Treppenhaus der Tiefgarage schrie sie. Ein Schrei ohne Worte. Denn Worte hatte sie nicht für dieses Gefühl.

Auf der Bettdecke breitete sich ein Fleck aus. Theo hatte heftig auf das Klopfen reagiert und mit dem Glas samt Inhalt auf seinen rechten Oberschenkel geschlagen.

Ein Krankenpfleger, Endfünfziger mit Pferdeschwanz, trat ein. Zunächst ging er an Theo vorbei, zog die Folie vom zweiten Bett und sagte: »Das Ende der Einsamkeit. Gleich kommt Leben in die Bude.« Dann sah er den Fleck auf Theos Bett und fragte: »Soll ich einen Blasenkatheter holen?«

Theo Bosman hatte das Gefühl, dass er hier schnellstens rausmusste.

»Wann ist Visite?«, rief er dem Pfleger hinterher.

»Heute nicht mehr.«

Der Bettnachbar stöhnte, er stank, und er lachte mit hoher Stimme, wenn sich im Fernsehen Peinlichkeit an Peinlichkeit reihte. Theo schaute auf die Uhr. Würde er das Krankenhaus jetzt verlassen, käme er gerade noch rechtzeitig zur Sportschau nach Hause. Er drückte die Klingel, wartete, versuchte den Nebenmann zu ignorieren. Der Pfleger, der ihm den Katheter angeboten hatte, erschien. Theo erklärte, er sei auf dem Sprung, man möge den Zugang im Handrücken entfernen.

»Ich hab mal in der Psychiatrie gearbeitet. Da hatten wir auch solche Typen«, sagte der Pfleger und drehte ab, um das Zimmer zu verlassen.

»Wenn ich mir das Ding hier selbst rausziehe, könnte das eine ziemliche Sauerei werden«, versuchte Theo, den Abgang des Pflegers zu verhindern. »Entlassung auf eigenes Risiko. Alles andere wäre Freiheitsentzug. Ganz schlecht für Sie und den Laden hier.«

»Wir werden keine Freunde mehr?«, fragte der Pfleger.

»Kommt darauf an.«

»Ich hole einen Arzt.«

Der Arzt war ein Hüne mit sanften Augen. Er setzte sich ungefragt auf Theos Bett, griff nach seiner Wasserflasche und trank in langen Zügen. »Wenn Sie sowieso gleich weg sind«, sagte er und zuckte mit den Schultern.

Er erklärte Theo, dass er unter anfallsartigem Vorhofflimmern leide. »Ich habe Sie hier aufgenommen und beobachtet, wie Ihr Herz auf äußere Einflüsse reagiert. Sie haben ein schreckhaftes Herz. Sie sind der Typ, der immer in Alarmbereitschaft ist. Das ist keine medizinische Diagnose. Das ist meine Meinung. Lassen Sie mal Fünfe gerade sein. Das könnte die beste aller Therapien sein.«

Dreißig Minuten später stieg Theo Bosman vor dem Haupteingang des Essener Universitätsklinikums in ein Taxi. Dem Arzt hatte er entlockt, dass sich beim CT keine Ablagerungen an seinen Gefäßen hatten finden lassen, dass er womöglich mit der richtigen Dosis Betablocker klarkommen könne und dass er unbedingt die Rhythmus-Sprechstunde aufsuchen solle. Anderenfalls sei nicht auszuschließen, dass er sich vorzeitig die Radieschen von unten ansehen könnte.

Als er das gesagt hatte, war Guste vor Theos geistigem Auge erschienen. Guste, wie sie immer mal wieder eine Stiege mit Radieschen auf die Theke ihres Kiosks gestellt hatte. »Frisch aussem Garten«, hatte sie gesagt und die Radieschen verschenkt.

Frisch aus dem Garten. Guste meinte, was sie sagte. Aus welchem Garten? Hatte sie einen Garten? Theo war alarmiert. Der Arzt hatte recht.

Als das Taxi losfuhr und der Schriftzug des Klinikums aus dem Gesichtsfeld verschwand, sagte Theo: »Alles ist verhandelbar.«

Der Taxifahrer schaute ihn im Rückspiegel an und antwortete: »Der Tod nicht. Und mein Fahrpreis auch nicht.«

Die Philosophen unserer Zeit, dachte Theo und schloss die Augen.

»So, Meister, ich würde jetzt gern weiter«, weckte der Taxifahrer Theo.

Er zahlte, öffnete die Tür, stieg aus, fühlte sich schwach, erneut stolperte sein Herz. Eine Mischung aus Angst und Wut flutete durch seinen Körper. Der Taxifahrer gab Gas, und als er von der Rheinbrückenstraße auf den Richard-Hindorf-Platz abbog, schlingerte Theo auf seine Haustür zu.

***

Betty blickte unscharf Richtung Düsseldorf. Dorthin, wo die Sonne sich langsam verabschiedete. Nach einem sommerlichen Tag, der sich so düster anfühlte. Lauwarme Düsternis. Trübsal. Waren Wörter mit »ü« grundsätzlich negativ? Rücksichtsloser Lügenbold zum Beispiel. Zwei »Üs« waren wohl schlimmer als nur eines.

Für die Kulturhauptstadt RUHR.2010 war Tiger & Turtle gebaut worden. Ein Gerüst aus Stahl, einer Achterbahn nachempfunden. Das Tolle an Achterbahnen war ja, dass es nach der Schussfahrt auch wieder bergauf ging. Mein Leben, dachte Betty, kennt gerade nur eine Richtung: abwärts.

Bei schönem Wetter und Sonnenuntergang war Tiger & Turtle besonders beliebt. Ein Geschiebe war das heute wieder. Betty rieb sich mit beiden Händen durch das Gesicht, versuchte ein inneres Tschakka, als ihr Handy klingelte und sie sofort wusste, wer sie anrief. Theo hatte sie einen Harfenklang als Klingelton zugewiesen.

Sie rang mit sich, ging ein paar Gitterroststufen nach unten, kehrte um, ein älteres Paar äußerte Missfallen. Dann nahm sie das Gespräch an.

»Hallo, Betty, ich dachte, ich ruf dich mal an, bevor du vergebens ins Krankenhaus fährst. Ich bin nämlich wieder in Ruhrort und«, er atmete hörbar, »ich brauch deine Unterstützung.«

Betty zögerte einen Moment. »Unterstützung?«

»Hilfe, gewissermaßen. Ich bin zufällig auf eine Spur gestoßen. Also nicht direkt eine Spur, es ist mehr eine Idee. Bei Guste gab es doch ab und zu Radieschen im Kiosk. Vielleicht hatte sie einen Garten. Den müsste man suchen. Nun bin ich aber nicht so fit, wie ich es gern wäre. Du könntest mich – begleiten?«

»Theo, ich hatte Angst. Ich dachte, du könntest sterben.«

»Danke. Und noch etwas: Dein Hassmailschreiber wird dich in Zukunft in Ruhe lassen, das habe ich geregelt.«

»Ich liebe dich.«

Nichts, kein Atmen, keine Antwort.

»Theo?«

»Betty. Ich …« Stille.

»Bin schon unterwegs.« Sie tippte auf das rote Feld und steckte ihr Handy wieder in die Jeans. Dann lief sie runter zu ihrem Auto. Sie konnte es selbst nicht glauben. Sie hatte die drei magischen Worte gesagt. Stimmte es überhaupt? War sie nicht nur verwirrt?

Eine halbe Stunde später parkte sie den Golf in Theo Bosmans Hof. Die Haustür war nur angelehnt. Sie stieg die Treppe hoch, auch die Wohnungstür stand offen. Theo saß an der Küchenbar, mit dem Rücken zu ihr.

»Ich habe Angst um dich.«

Theo drehte sich halb zu ihr um, stand auf, öffnete seine Arme. Sie ging auf ihn zu, und dann standen sie eng umschlungen nur da. Sprachlos. Sich nah auf eine Weise, die sie nicht verstanden.

»Traust du dir zu, den Jaguar aus Essen hierherzuholen?«, brach Theo das Schweigen.

Sie schob ihn von sich weg. »Vielleicht erzählst du mir erst mal, was passiert ist.«

Nachdem er ihr alles berichtet hatte, schloss sie ihn wieder in die Arme. »Wir müssen mal wieder was Schönes machen.«

»Ist Jaguar zu fahren was Schönes?«

»Ach, Theo, sei mal du selbst. Du musst hier keine Rolle spielen. Wo ist der Schlüssel?«

Theo schob ihn über die Küchentheke zu Betty hinüber.

»Ich könnte auf dem Rückweg Kamillentee mitbringen.«

Theo schüttelte den Kopf, rief ein Taxi und erklärte Betty, wo sie hinmusste.

Als sie in das Taxi stieg, spielte sie mit dem Jaguarschlüssel. Er ließ sie dieses Auto fahren, hatte ihr binnen weniger Tage den zweiten Schlüssel gegeben, den Ritterschlag quasi, und sie – sie sagte, sie liebe ihn. Wenn sie es recht bedachte, stand seine Reaktion noch aus.

Als das Taxi auf die Autobahn fuhr, rief sie Katja an und besprach den Dienstplan der nächsten Woche mit ihr. Von Theos Kollaps berichtete sie nicht und empfand ihr Schweigen prompt als Vertrauensbruch gegenüber ihrer Freundin. Diese scheiß Schonerei, dachte sie und rief noch mal an, um doch alles zu berichten.

***

Theo rasierte sich. Das tat immer gut, fühlte sich an, als ließe er etwas hinter sich. Im Bad erneuerte er sich. Wasser war sein Element. Pflegeprodukte nicht. »Shampoo für jeden Tag« las er auf der blauen Flasche. Für jeden Tag? Theo sah dem ablaufenden Schaum hinterher. Dann gab es wohl auch Shampoo nur für Dienstage und solches für schwere Tage, für Feiertage und den schönsten Tag im Leben. Er würde dem Hersteller einen Brief schreiben.

Sein Herz schlug ruhig und gleichmäßig. Sobald die Sache mit Guste geklärt war, würde er zu seinem Hausarzt, einem seiner besten Freunde, gehen. Ein kleines Genie. Früher hatte er geglaubt, Ärzte seien grundsätzlich kleine Genies. Aber Martin war eine Ausnahme, eine rühmliche Ausnahme. Er würde tun, was Martin für richtig hielt.

Gärten

Als Theo Bosman den Fernseher einschaltete, lief der letzte Spielbericht. Die Nachrichten schenkte er sich. Seinem schreckhaften Herz zuliebe. Stattdessen griff er zu seinem Notebook, öffnete Google Earth, zoomte auf Duisburg, tippte »Kleingarten Duisburg« in das Suchfeld und erhielt zehn Ergebnisse. Nur eine Anlage linksrheinisch. Die beiden rechtsrheinischen, die am nördlichen Ende von Laar, gerade mal zwei Kilometer entfernt, schätzte er, und die große Anlage rund um das Autobahnkreuz Duisburg. Das schien ja überschaubar.

Er klickte auf den Link zur Homepage des Ortsverbandes, die ihn rasch ernüchterte. Entgegen der Auskunft bei Google Earth gab es in Duisburg hundertsechs Kleingartenanlagen mit sechstausenddreihundertfünfundzwanzig Gärten. Theo stellte sich vor, wie Sinja von Stetten auf hohen Hacken zwischen Kopfsalat und Stachelbeeren herumwackelte. Nein, er würde selbst recherchieren. Wer wusste schon, wann Frau von Stetten wegen Personalmangels dazu kommen würde, sich im Garten umzuhören, falls sie in Gustes Wohnung überhaupt Unterlagen dazu gefunden hatte.

Theo stand auf, wischte sein Whiteboard sauber, projizierte eine Karte Duisburgs auf die freie Fläche, markierte Gustes Kiosk als den Ort, an dem sie gezwungen worden war, den weißen Lieferwagen zu besteigen, markierte den Leichenfundort auf der Kohleninsel. Luftlinie waren das knapp zweitausend Meter, mit dem Auto aber fast sechs Kilometer. Dazwischen lagen Kreuzungen, Ampeln, belebte Straßen. Warum waren die Mörder das Risiko eingegangen, unterwegs aufzufallen? Warum ausgerechnet die Kohleninsel? Sie war abgelegen, einsam. Aber ein weißer Lieferwagen auf schwarzer Fläche – es musste einen Grund geben.

Theo änderte die Projektion, schaltete auf Satellitenfoto um, und das Erste, was er wahrnahm, waren die Schiffe rund um die Kohleninsel. Hatten sie mit Guste auf ein Schiff gewollt? Hatte zu diesem Zeitpunkt vielleicht Carsten Klein dort mit seinem Schiff gelegen?

Sofort rief er Harry Blumster auf dessen Privathandy an, um das zu klären. Aber zu einem Carsten Klein oder dessen Schiff hatte der keinerlei Informationen.

»Ich wollte nachfragen, ob es bei morgen bleibt.«

Theo Bosman brauchte einen Moment. »Ach, unsere Verabredung auf der ›Calypso‹. Ja sicher.«

»Schon wieder vergessen. Entweder hast du was am Kopf, oder wir sind dir nicht mehr gut genug«, mutmaßte Harry.

Theo ging nicht darauf ein. »Ich hab schwer um die Ohren, Harry. Halb acht sollte es sein, oder? Darf nur nicht so spät werden. Ich muss mal wieder früh ins Bett. Ist das okay?«

»Ja klar. Wir freuen uns. Bis morgen und grüß Betty.«

Die »Anneke« und Kent Stevens kamen Theo in den Sinn. Er schrieb »Stevens« an die Tafel, dann »Carsten Klein«, »Radieschen« und »Briefkasten«.

Es klopfte an der Tür. Das konnte nur sein Vater sein, der eine Aversion gegen Klingeln hatte. »Ich muss was anfassen können«, pflegte er zu sagen, »am liebsten sind mir ja Glocken.« Zu Hause hatte er eine montiert, aber die Nachbarn beschwerten sich. Wenn er eine Glocke aufhängen wolle, solle er an die Nordsee ziehen.

Theo stand auf und rief: »Ist offen.«

Es war Tom Bosman, der schnaufend hereinkam. Sein Blick versprach Ärger. »Bernard hat uns angerufen. Deine Mutter hat geheult. Ich bin in die Klinik gefahren und stand vor einem leeren Bett. Theo, das war nicht gut. Ich erwarte, dass so was nicht noch mal vorkommt. Und jetzt erzählst du mir haarklein, was passiert ist.«

Er setzte sich auf Theos Schreibtischstuhl. Fünf Minuten später stand er auf und wiederholte: »Ich erwarte, dass so was nicht noch mal vorkommt. Gute Besserung. Geh zu Martin. Tschüss.« Damit erhob er sich und ging.

Theo wusste, dass er glimpflich davongekommen war. Sein Vater hatte ihn immer liebevoll und auf Augenhöhe behandelt. Wenn allerdings seine Grenzen überschritten wurden, kannte er keine Nachsicht. Theo wusste, dass er seine Eltern nicht aus seinem Leben ausschließen sollte.

Er nahm sich den Arztbrief vor, überflog Laborwerte, Diagnose und Therapieempfehlung, landete bei der Medikamentenliste, las sorgfältig und warf die Dokumentation seiner Schwäche in den Korb mit Altpapier. Aus dem Blister drückte er eine rote Tablette, deren Lackierung Flecken an Daumen und Zeigefinger hinterließ. »Gezeichnet«, flüsterte er, »jetzt bin ich gezeichnet.«

Er schob die Tablette in den Mund, trank einen Schluck Wasser, reckte sich und ergänzte: »Aus den Augen, aus dem Sinn. Was man nicht sieht, das gibt es nicht.«

Er schaute auf das Satellitenfoto, das die Kohleninsel zeigte. Kein weißer Transporter, keine Guste Krawitz. Nur Kohle. So weit das Auge reichte. Kohle, Kohle, Kohle. War es den Frettchen um Geld gegangen? Hatte Gustes Leben ihnen als Druckmittel dienen sollen?

Theo landete gedanklich immer wieder bei Carsten Klein. Es konnte nicht sein, dass man bei Guste keinerlei Hinweise auf seinen Aufenthaltsort fand. Auch wenn er Vorbehalte hatte – Sinja von Stetten hatte bestimmt sorgfältig gearbeitet und Gustes Wohnung, Gustes Kiosk, ihre Papiere durchforstet.

Doch was man nicht sieht, das gibt es meistens doch. So wie er seine kleinen Geheimnisse und Verstecke für sich behielt, besaß Guste womöglich auch einen Rückzugsraum. Die Radieschen, der Garten. Wo blieb denn Betty nur? Theo Bosman zwang sich, sie nicht anzurufen.

Er ging zum Plattenspieler, zog wahllos eines seiner zahlreichen Springsteen-Alben aus dem Regal, war zufrieden mit dem Ergebnis, legte die schwarze Scheibe auf, griff nach dem Tonarm, führte ihn vorsichtig, senkte ihn ab und war ergriffen, als »Dancing in the Dark« erklang. Mit Ella hatte er darauf so oft getanzt. Er schloss die Augen, ließ sich von der Musik davontragen.

***

Gustes Sohn auf die Spur zu kommen war vielleicht die einzige Chance, ihre Mörder zu finden, das dachte auch Betty auf dem

Rückweg von Essen nach Duisburg. Er musste die Verbindung sein. Theos Idee mit den Radieschen fand sie schlüssig. Wo hatte Guste einen Garten gehabt?

Der Jaguar schnurrte, dass selbst ihr dieser seidenweiche Lauf auffiel. Die Fahrt über die Autobahn, ein Genuss. Betty schwebte in den Sonnenuntergang. So jedenfalls fühlte es sich an. Am Spaghetti-Knoten verließ sie die Autobahn, bog links auf die Ruhrorter Straße ab, unterquerte die Eisenbahnbrücken, ließ das Verdeck elektrisch in den Kofferraum surren, legte einen Arm ins Fenster und fühlte sich wie James Dean. Der war ein Mann!

Über ihr spannte sich die A3 über die Ruhr, und dann tauchte am linken Straßenrand, versteckt zwischen dichtem Baumbestand, ein Schild mit der Aufschrift »KGV Ruhrperle e.V.« auf. Ein Kleingarten ist ja auch ein Garten, dachte Betty. Eine dieser Kleingartenanlagen grenzte sogar an ihre Joggingstrecke, direkt hinterm Rheindeich. Von Gustes Wohnung aus schnell zu erreichen.

In Ruhrort, Höhe Kaufland, hätte Betty die englische Katze geradeaus lenken müssen. Tat sie aber nicht. Sie bog rechts ab, ließ das Museum für Binnenschifffahrt und ihre Wohnung rechts liegen, folgte Vater Rhein in nördlicher Richtung, genoss den kühlenden Wind und parkte am Spielplatz, hinter dem das Gelände des Kleingartenvereins Am Wasserturm lag. Von der Deichkrone aus hatte sie schon oft auf die gepflegten Gärten und Lauben geschaut. Hätte sie mehr Zeit, würde sie sich auch um einen Garten bewerben. Mit Kindern musste man einen Garten haben, dachte Betty. Aber Kinder hatte sie ja noch nicht.

Sie betrat das Areal der grünen Daumen zur blauen Stunde. Die Hitze des Tages hatte sich gelegt. Gedämpftes Lachen, der Duft gegrillter Würstchen erfüllte die Luft. Betty stoppte am erstbesten Garten, machte winkend auf sich aufmerksam. Ein Kleingärtner näherte sich mit Grillzange. Sein weißes Feinrippunterhemd spannte über einem gewaltigen Bauch. »Wat is los, Mädchen?«

»Ich such den Garten von Guste Krawitz.«

»Kenn ich nich. Wir sind aus Oberhausen. Sonst noch wat?«

»Nein danke, einen schönen Abend für Sie.«

Der Griller nickte und entfernte sich wieder in die Dämmerung.

Betty lief zum Zentrum der Anlage, hier schien es belebter. An einer sorgfältig geschnittenen Ligusterhecke standen zwei Paare mittleren Alters, fachsimpelten über eine elektrische Heckenschere. Betty näherte sich mit sanft pendelndem Oberkörper und breitem Lächeln. Als Erste wurde die zierliche Frau mit Kopftuch auf sie aufmerksam und schaute sie freundlich an. Die anderen drei beschäftigten sich weiterhin mit der Heckenschere.

»Guten Abend zusammen, ich suche Guste Krawitz. Können Sie mir vielleicht sagen, wo ihr Garten ist?«

»Krawitz, Krawitz. Tut mir leid. Das sagt mir nichts.« Die Frau schüttelte bedauernd den Kopf.

Betty bedankte sich und drehte sich um.

»Augenblick. Eine Guste kenne ich doch. Guste Klein.« Die Frau kam einen Schritt auf Betty zu. »Da müssen Sie zurück, den ersten Gang links und dann, ich glaube, der letzte oder vorletzte Garten. Meinen Sie denn Guste Klein?«

»Ja, die meine ich. Das ist ihr Mädchenname. Toll, dass Sie mir geholfen haben. *Teşekkür.*«

»Rica ederim!«, antwortete die Kleingärtnerin.

Betty bemühte sich, nicht zu rennen, nahm die nächste Abzweigung, ging nun schneller, und tatsächlich erkannte sie Gustes Garten auf Anhieb. Einen Fahnenmast vor der Laube zierte das Gelderner Banner. Blau-gelb-rot mit goldenem Löwen. Unverkennbar. Bettys erste große Liebe hatte beim GSV Geldern Fußball gespielt. Blau-gelb-rot. Guste war offensichtlich eine Lokalpatriotin.

Das schmiedeeiserne Törchen war abgeschlossen. An ihm hing ein Schild aus Holz: »Freundeshafen«. Hausfriedensbruch, dachte Betty, eine Straftat nach Paragraf 123 StGB, Höchststrafe ein Jahr Freiheitsentzug. Sie würde mit Theo wiederkommen.

Betty machte zwei Fotos und lief zurück zum Auto. Sie fühlte sich, als hätte sie im Lotto gewonnen. Sie startete den Jaguar und rief: »Betty Harmes, Superstar!« Eine Gruppe Jugendlicher schaute sie vom Bürgersteig aus fragend an.

Dass Betty binnen kürzester Zeit Gustes Garten ausfindig gemacht hatte, beeindruckte Theo Bosman mächtig. Er strahlte wie seit Wochen nicht mehr.

»Das ist ein Riesenschritt, Betty.« Er ging in sein Büro und kam mit einer grünen Polizeimütze wieder heraus. »Meine erste Uniformmütze. Du sollst sie haben. Hast du dir wirklich verdient.«

Betty spürte, dass er es ernst meinte. Die Mütze war ihm wichtig, die Geste auch. Sie nahm die Mütze aus seinen Händen, setzte sie ehrfurchtsvoll auf und schaute ihn fragend an.

»Dir steht sogar dieser Deckel«, befand Theo, »immer schön achtgeben auf das gute Stück. Ich ziehe mich mal eben um.«

Betty trat vor den Spiegel am Treppenabgang, betrachtete sich, schob die Mütze in die Stirn, dann in den Nacken. So albern sind Uniformen gar nicht, dachte sie. Sie machen selbstbewusst und sorgen für einen gewissen Respekt. Und das Zusammengehörigkeitsgefühl wird gestärkt, überlegte sie weiter. Bestimmt hatte dazu jemand in Soziologie oder Psychologie mal eine Hausarbeit geschrieben. Sie ging zurück in die Küche.

»Du willst zum Fußball?«, fragte sie, als Theo aus dem Schlafzimmer zurückkam.

»Nein. Aber wer glaubt, Einbrecher fallen nicht auf, wenn sie ganz in Schwarz zur Arbeit gehen, täuscht sich gewaltig. Anpassen, immer schön anpassen. So funktioniert die Evolution, und so funktioniert auch die beste Ablenkung.«

Theo zupfte sein MSV-Trikot zurecht und schaute auf die Uhr. »Wir sichern uns ab«, sagte er und wählte die Handynummer seiner Ex-Frau. Wohl wissend, dass die Frühaufsteherin mit großer Wahrscheinlichkeit bereits Schäfchen zählte.

Tatsächlich meldete sich die Mobilbox. Theo erklärte der Staatsanwältin nun zwar nur mittelbar, aber immerhin noch vor jeder eigenmächtigen Handlung die Situation, betonte, dass er nicht mit Sinja von Stetten habe sprechen können und Gefahr im Verzug sei, denn er könne nicht ausschließen, dass Gustes Mörder nicht auch auf Ideen kämen. Er versprach, keine Spuren zu zerstören und zu dokumentieren, was zu dokumentieren sei. Er schloss, indem er auf seinen erfreulich stabilen Zustand hinwies, und versicherte, gleich in der nächsten Woche in Martins Praxis vorstellig zu werden.

»Du hast Sinja von Stetten doch gar nicht angerufen«, merkte Betty an.

»Ich habe nicht mit ihr gesprochen. Woran das lag, habe ich nicht gesagt.«

Betty legte den Kopf zur Seite und suchte Theos Blick. »Es gibt nicht nur einen Theo Bosman«, stellte sie fest.

»Betty, bevor es nun endgültig Nacht wird und jedes Kratzen auf Metall wie ein aufziehendes Gewitter klingt, sollten wir mal los. Ich möchte doch die Schrebergärtner nicht beunruhigen.« Er angelte einen kleinen schwarzen Rucksack aus dem Schränkchen unter der Garderobe.

»Was ist das?«

»Handwerkszeug«, sagte er nur.

Im Hof angekommen, entging Betty sein prüfender Blick nicht. »Du suchst nach Kratzern?«, fragte sie und stieg in den Jaguar.

»Als sei ich so auf das Auto fixiert.« Theo zog ein Blatt aus dem Schlitz zwischen Motorhaube und Windschutzscheibe. »Der Herbst kommt früh.«

Betty sollte fahren. Inzwischen hatte sie sich an den Jaguar gewöhnt und fuhr zügig aus der Einfahrt hinaus. »Es ist wie mit gutem Essen«, sagte sie, »wenn du einmal Sterneküche kennst, kommt verkochtes Gemüse nicht mehr in Frage.«

»Ist deine Kolumne eigentlich schon erschienen?«

»Willst du sie mal lesen?«

»Ja sicher.«

»Sobald wir die Verbrecher gefangen haben«, lachte Betty und beschleunigte in der Rechtskurve hinter dem Binnenschifffahrtsmuseum, dass Theo ein bisschen bang wurde.

Betty parkte den Wagen auf der Ahrstraße, schloss das Verdeck, und sie stiegen aus. Er setzte den Rucksack auf.

»Du bist blass, Theo.«

»Nachts sind alle Katzen grau, komm.«

Sie liefen durch die Kleingartenanlage, in der es kühler war als mitten in Ruhrort. An Gustes Garten angekommen, streifte Theo Handschuhe über, zückte sein Picking-Besteck und knackte das Vorhängeschloss im Handumdrehen. Auch das Türschloss zur Laube stellte kein Problem dar. Betty ging schräg hinter ihm und filmte wie besprochen mit Theos Kamera, die er eigens für Zwecke wie diese angeschafft hatte. Beste Bild- und Tonqualität auch bei schlechten Lichtverhältnissen und so klein, dass sie in eine Hand passte.

»Nichts anfassen«, ermahnte Theo und drückte die hellblau gestrichene Holztür auf. Sie schabte über den Linoleumboden.

Die Laube bestand aus einem Raum, in dem unter dem rückwärtigen Fenster neben einer Küchenzeile ein Tisch mit zwei Stühlen stand, an der rechten Stirnwand ein Regal mit einem Fernseher aus der Vor-Flatscreen-Ära, links gegenüber dem Fernseher ein abgewetztes graues Schlafsofa. Es roch muffig.

Theo knipste das Licht an. Betty entfuhr ein besorgtes »Nein.«

»Irrlichternde Leuchtspuren einer Taschenlampe sind auffälliger als der gewohnte Schein einer Stehlampe«, erklärte er und ging zum Sofa hinüber, nahm alle Kissen hoch, klappte den Bettkasten auf und lehnte sich über das Sofa hinweg zur Wand. Er tastete auf der Oberkante eines Bilderrahmens entlang, zog das Bild einige Zentimeter von der holzvertäfelten Wand ab, ging in die Knie, schaute unter den Tisch und unter die Stühle. Dann stieg er auf einen Stuhl, kontrollierte den Spalt zwischen Küchenoberschränken und Decke, schaute in die Oberschränke, öffnete Dosen, schloss sie wieder, wendete sich den Unterschränken zu.

Betty verfolgte sein systematisches Vorgehen mit der Kamera, sagte nichts. Theo arbeitete schnell. Wonach er wohl suchte, fragte sich Betty.

Im Regal, das auch den Fernseher beherbergte, stieß Theo auf eine Schachtel, die Briefe und Quittungen enthielt. Er reichte sie Betty. »Fotografieren, beide Seiten.«

Betty legte die Videokamera so auf der Küchenarbeitsplatte ab, dass Theos Suche weiter im Bild war. Sie fotografierte, ohne zu lesen. Rechnungen, vermutete sie. Vielleicht ein gutes Dutzend, drei handgeschriebene Briefe, eine Garantieurkunde. Sie legte den Stapel Papier wieder zurück in die Schachtel und stellte sie ins Regal.

Theo öffnete einen schmalen Schrank. »Männerklamotten«, sagte er. »Guste hatte ein Verhältnis.«

Betty ging zu ihm, schaute die T-Shirts, Hemden und Hosen an. »Ein Verhältnis? Das ist die Garderobe eines jüngeren Mannes. Die Sachen gehören ihrem Sohn. Da könnte ich wetten. Vielleicht hat der ja ab und zu hier gewohnt.«

Inzwischen hatte sich Theo vorgearbeitet und nahm mit zufriedenem Lächeln ein Handy aus einem flachen Korb, in dem außerdem zwei Fernbedienungen und ein Brillenetui lagen. Ein Gerät, das schon ein paar Jahre auf dem Cover hatte, mit Kratzern übersät auch das Display. Theo betätigte die Drucktasten an der Seite, doch nichts geschah.

»Kein Akku.« Er steckte das Handy in seinen Rucksack. Dann nahm er den Besen, der neben dem Küchenhochschrank stand, und klopfte mit dem Stiel Stück für Stück Decke und Fußboden ab. »Wir sind fertig«, sagte er schließlich.

Betty verließ als Erste die Laube und ging zum Tor. »Moment«, hielt Theo sie auf, ging einmal um die Laube herum, knackte das Vorhängeschloss des kleinen Schuppens, inspizierte eine Kiste, die allerlei Gartenwerkzeug beherbergte, schaute in den Fangkorb des Rasenmähers, hob das Gerät kurz an, drückte auf den Tüten mit Sämereien herum und tauchte wieder auf.

»Eine SD-Karte hättest du so aber nicht gefunden«, kommentierte Betty.

»Die KTU muss ja auch was zu tun haben. Ella schickt die Kollegen vermutlich schon im Morgengrauen hierher. Und mit Telefon und Briefen haben wir erst mal genug zu tun. Lass uns gehen.«

Theo drückte das Vorhängeschloss am Tor wieder zu, und kaum hatten sie den Jaguar bestiegen, schloss er das Handy an das Ladekabel an. Betty startete den Motor.

»Wir warten«, sagte Theo und zeigte auf das Handy. »Wir warten, bis das Ding sich wieder einschaltet. Sollte es passwortgeschützt sein, fahren wir direkt zu Leo.«

Es war, wie er vermutet hatte. »Frau Harmes, bringen Sie uns nach Duissern, bitte.«

Sie fuhren raus aus Ruhrort. Das Verdeck geöffnet. Als sie die Schwanentorbrücke überquerten, schaute Betty auf den Innenhafen. »Schön hier«, sagte sie. »Wir müssen mal was Schönes machen.«

»Das sagtest du bereits, und ich weiß auch schon, was.«

»Nämlich?«

»Wart's ab.«

»Überall Funkanlagen«, sagte Betty und deutete auf einen Sendemast. Stell dir vor, man könnte die Strahlung sehen.« Sie bog links ab. »Als Verbrecher würde ich mich in die Vor-Handyzeit zurückwünschen.«

Theo legte den Arm über ihre Rücksitzlehne. »Warum? Es hat sich nichts geändert. Die hatten Autos, wir hatten Autos, die haben Handys, wir haben Handys. Waffengleichheit. Das Gleichgewicht des Schreckens.«

»Weil Autos und Handys so schrecklich sind?«

»Nicht die Dinge sind schrecklich. Es sind die Menschen, die Schreckliches mit den Dingen tun.«

Monster

Leo saß hinter ihrer Villa von Kerzen umgeben in einer Hollywoodschaukel, die optisch und dem Alter nach zu Inge aus dem Internetcafé gepasst hätte. Sie trug einen hellgrauen Jumpsuit und zog an einem Joint, als Theo und Betty kurz nach ein Uhr in der Früh bei ihr ankamen.

»Ihr auch?«, fragte sie und hielt Betty die Sportzigarette hin.

Betty lehnte ab. »Muss noch fahren.«

Theo grinste. Er hatte Leo von unterwegs angerufen und reichte ihr das Handy. Leo fischte ein Notebook vom Korbtisch und verband die beiden Geräte. »Vielleicht einen Schluck Wein?«

»Muss noch fahren«, wiederholte Betty. »Gegen ein Wasser hätte ich nichts.«

Das war sie also nun, die legendäre Leo. Die angeblich superreiche Nerd-Ikone hing lässig kiffend in einer Hollywoodschaukel, tippte auf dem Notebook auf ihrem Schoß herum und gab Theo ein Zeichen. »Wasser ist in der Küche.«

Theo trollte sich. Auf den Stufen zur säulenumstandenen Veranda meldete sich sein Herz. Anders als in den Monaten zuvor. Wie in Watte gepackt. Unrhythmisch, aber nicht hämmernd, leise wummernd allenfalls. Kurz wurde ihm schwindelig, dann war der kleine Schlenker über die Wupper vorbei. Er würde herausfinden, woher die Redensart stammte; über die Wupper gehen, das klang allemal schöner als abkratzen, ins Gras beißen, den Arsch zukneifen …

»Theo, wo bleibst du? Ich verdurste.«

Wieder im Garten angekommen, goss Theo allen Wasser ein.

Leo kicherte. »Das Passwort ist Carsten1208.« Sie zog das Kabel vom Handy ab und reichte es Theo. Er schaute sich die zuletzt gewählten Rufnummern an, dann die Nummern, die Gustes Handy angewählt hatten. Oder war es gar nicht Gustes Handy? Carsten1208. Vielleicht war es das Handy ihres Sohnes.

An jenem Abend, der zu Gustes letztem wurde, zählte Theo

siebenunddreißig verpasste Anrufe von immer derselben Nummer. Er zog sein Handy hervor und schickte die Nummer mit einer knappen Erklärung an seine Ex-Frau und an Sinja von Stetten. Dann wählte er die Mobilbox des fremden Handys an. Eine gespeicherte Nachricht. Er hielt sich das Handy ans Ohr: »Wir haben dir per Mail ein Video geschickt. Komm mit der Kohle rüber oder deine Mutter stirbt.«

Theo atmete schwer. Das Handy gehörte also tatsächlich Carsten Klein. Die männliche Stimme klang wie die eines Teenagers. Das Deutsch gebrochen, mit osteuropäischem Akzent.

Es gab zwei E-Mail-Konten auf dem Handy. Er tippte auf »carsten1208@lycos.nl«. Am fraglichen Tag hatte Carsten Klein sieben E-Mails erhalten, zwei davon mit einem Anhang. Absender war »abc678@yahoo.com«. Theo sah, dass der erste Anhang elf MB groß war und der zweite vierunddreißig MB.

»Leo, kannst du das Handy hier mal ins WLAN einbinden?« Er reichte das Handy über den Tisch, trank einen Schluck.

»Was haben die gesagt?«, fragte Betty.

»Warte, ich lade gleich was runter, dann wissen wir mehr.«

Leo hielt Theo das Handy hin, und er lud die Anhänge vom Server. Zwei Videos. Er setzte sich rüber auf die Hollywoodschaukel neben Leo, winkte Betty, die sich links neben ihn setzte. Dann berührte Theo den Start-Button.

Gustes Gesicht, ganz nah. Die beiden Frauen und Theo zuckten zusammen. Leo schlug eine Hand vor ihren Mund. Gustes linkes Auge blutunterlaufen, ihre Oberlippe aufgeplatzt. In ihrem Blick nur Angst.

»Los, mach's Maul auf«, sagte jetzt die Stimme, die auch die Nachricht auf Carsten Kleins Mobilbox hinterlassen hatte.

Das Bild wackelte. Guste sagte nichts. Plötzlich kippte ihr Kopf nach links, und sie stöhnte.

»Sag deinem Bastard von Sohn, er soll das Geld bringen. Wir fahren jetzt auf die Kohleninsel. Und wenn er da nicht in einer halben Stunde auftaucht, machen wir dich kalt. Los, sag's ihm.«

Wieder kippte Gustes schmerzverzerrtes Gesicht nach vorn. Sie stöhnte, hielt die Augen geschlossen. Dann endete das Video.

Theo stand auf, ging ein paar Schritte in den Garten, ins Dunkel. Er schluckte, versuchte, sich zu beherrschen, ging noch ein paar Schritte bis zur Mauer, die den Garten umschloss, lehnte sich mit dem Rücken gegen die Backsteine, spürte deren raue Oberfläche. »Alles nur für Geld«, murmelte er. Die Wut, die er in den letzten Tagen in sich gespürt hatte, verschwand. Er war fassungslos und traurig.

Dann ging er zurück zu Betty und Leo, die nebeneinandersaßen und schwiegen. Er setzte sich wieder zwischen sie, schaute beide fragend an. Sie nickten. Daraufhin starteten sie das zweite, längere Video. Es war sieben Minuten nach dem letzten Anrufversuch und dreiundfünfzig Minuten nach dem ersten Video angekommen.

Wieder war Guste zu sehen, wieder ihr Gesicht in Nahaufnahme. Ihre Haut sah fahl aus. An den Bildrändern konnte man das Schwarz der Kohle erahnen. Die Sonne kam von rechts. Gustes rechte Gesichtshälfte lag im Schatten. Wieder sprach der Mann mit der jungenhaften Stimme: »Wir haben eine halbe Stunde auf dich gewartet. Du gehst nicht ans Telefon, du meldest dich nicht nach dem ersten Video. Du glaubst, wir meinen es nicht ernst?«

Man sah, wie jemand hinter Guste trat. Nur schemenhaft. Eine Plastiktüte wurde ihr über den Kopf gestülpt. Sie schrie. Zwei Hände rafften die Tüte vor ihrem Hals zusammen. Sie atmete ein, die Tüte zog sich zusammen, blähte sich wieder ein wenig auf, als Guste ausatmete. Theo hielt die Luft an. Die Tüte wurde ihr mit einem Ruck vom Kopf gezogen. Ihre Augen waren weit aufgerissen. Eine neue Angst war zu sehen. Todesangst.

»Nichts konnte Guste Angst machen«, brüllte Betty. »Die stärkste Frau, die ich gekannt habe. Diese Pisser. Ich schlag sie tot.« Sie schlug mit der rechten Hand auf den Korbtisch. Beide Wassergläser kippten um.

Leo gab ein hysterisches Kichern von sich. Der Joint, der Schock der Bilder. Theo stoppte die Wiedergabe.

»Das sind Monster«, schrie Betty, »die haben kein Recht zu leben. Monster.«

Theo stand auf, umarmte sie, nahm ihren Kopf an seine Schulter. »Wir kriegen sie, Betty. Wir kriegen sie.«

Betty zitterte. Rotz lief aus ihrer Nase. Sie machte sich frei von Theo, lief raus auf den Rasen.

»Lass sie«, riet Leo, die dazukam.

Theo schaute auf das Handy. Das Display zeigte ein Standbild. Die Angst in Gustes Augen würde er nie vergessen. Er ließ das Video weiterlaufen.

»Carsten Klein, du Betrüger, was glaubst du, wie lange man die Luft anhalten kann? Dreißig Sekunden, eine Minute? Weißt du was, Alter? Wir testen das einfach mal.«

Guste wand sich, aber schon steckte ihr Kopf wieder in der Plastiktüte. Ihre Schreie, das Knistern der Tüte, wenn sie sich zusammenzog, sich aufblähte. Der Mann zählte: »Einundzwanzig, zweiundzwanzig …« Bei siebenundzwanzig blähte sich die Tüte kaum noch auf. Ihr Atem wurde langsamer.

»Ein geiler Test, oder? So lebensnah. Carsten Klein, du Drecksack. Wir sind jetzt noch fünfzehn Minuten hier. Mal sehen, ob deine Mama so lange durchhält. Du bringst die Kohle oder den Stoff. Mir egal.« Man sah, wie sie Guste in den Transporter bugsierten. Dann endete das Video.

Theo griff nach der Flasche Wasser und trank. Er schaute Leo an, deren Blick leer wirkte, ging hinüber zu Betty, nahm ihre Hand und führte sie zurück zum Tisch. In der Nachbarschaft fuhr ein Auto vor. Türen öffneten sich, Lachen, Türen schlossen sich.

»Leo, kannst du alle Daten so schnell wie möglich an die Staatsanwaltschaft schicken?«

Leo nickte, kopierte die Daten, gab Theo das Handy zurück.

»Danke, Leo, ich melde mich, wenn wir mehr wissen. Und dann treffen wir uns mal. Wie besprochen. Also …«

Ihm fehlten die Worte. Mit Betty an der Hand verließ er den weitläufigen Garten, vorbei an der Villa, die jetzt düster und geheimnisvoll wirkte, hinaus auf die Straße zum Auto.

»Soll ich lieber fahren?«, fragte Theo, als sie eingestiegen waren.

Betty schüttelte den Kopf. »Wohin?«

»Die Aufgabe bleibt dieselbe. Carsten Klein finden.«

»Worum geht es bei der Geldforderung?«

»Wenn ich die Andeutungen von Kent Stevens richtig deute, dann arbeitet Carsten Klein für irgendeine Bande als Drogenkurier. Die Balkanroute. Da sind nicht nur Flüchtlinge unterwegs. Vermutlich hat er Stoff auf eigene Rechnung verkauft. Der Typ deutet das ja an. Das ist ein bisschen dünn, aber ich denke, dass Ella einen Haftbefehl erwirken kann.«

Er öffnete die Tür, stieg wieder aus, rang nach Luft, schwankte. Betty sah, dass er die Arme ausstreckte, um Halt zu finden. Sie löste den Sicherheitsgurt, lief zu ihm.

»Theo.«

Er machte eine abwehrende Geste, stützte sich an einem Altglascontainer ab, schlug sich mit der rechten Hand auf den Brustkorb, dort, wo sein Herz stolperte. Dann ging er ein paar Schritte unter den Alleebäumen entlang, weg von der Straße.

Betty blieb bei den Altglascontainern. Seine Angst war zu ihrer Angst geworden. Was sollte sie tun, bräche er hier zusammen? Müsste sie einen Notarzt rufen, oder sollte sie ihn zur Ruhe kommen lassen?

Theo Bosman drehte um, kam auf sie zu und lächelte ein schiefes Lächeln. »Schreckhaftes Herz, meinte der Kardiologe im Krankenhaus.«

»Kämpf nicht gegen dein Herz. Es ist deins, es gehört zu dir. Steinerne Herzen gibt es genug.«

»Lass uns zum Deich fahren, aufs Wasser gucken«, schlug Theo vor.

Der Jaguar parkte vor Bettys Haustür. Das Knistern des heißen Motors blieb zurück, als sie Hand in Hand die Deichstraße überquerten. Sie stiegen die Stufen zum Deich empor, schauten auf das rasch fließende Wasser des Stromes, gingen dem Rhein noch ein paar Schritte entgegen und legten sich schließlich in stiller Übereinkunft ins Gras. Theo schloss die Augen. Betty zog ihr Handy aus der Tasche, und es dauerte keine Minute, bis Otis Redding sang.

Sittin' in the morning sun
I'll be sittin' when the evening comes
Watching the ships roll in
Then I watch them roll away again.

»Ohne Wasser ginge ich kaputt«, sagte Theo.

Sie schauten in den sternenklaren Himmel. Das Gras war vom Tau schon nass. Betty sah sich eingehend das fremde Handy an. Dann richtete sie sich auf und zeigte Theo eine SMS, abgeschickt nur drei Tage vor Gustes Tod. Bis dahin hatte Carsten Klein die reinkommenden Anrufe beantwortet. Drei Tage nur, die vielleicht den Tod seiner Mutter bedeutet hatten.

»Liebe Mama. Das Handy schenke ich dir. Ich bezahle auch den Vertrag weiter. Wenn ich das nächste Mal in den Garten komme, bringe ich Vanillepudding und Lakritz aus Amsterdam mit. Und vielleicht auch ein paar Tulpen ;) Dein Sohn.«

»Amsterdam«, sagte Betty. »Er ist in Amsterdam. Vielleicht wohnt der da. Wir müssen dahin.«

»Amsterdam hat mehr Einwohner als Düsseldorf, vergiss es.«

»Ach, Theo, lass dich nicht hängen. Carsten Klein ist Binnenschiffer, eine Spur führt nach Amsterdam. Der Rhein, die Nordsee. Wir suchen nicht an Land. Wir suchen auf dem Wasser.«

Theo drehte sich auf die Seite und schaute Betty an. »Du hast Jagdfieber, Betty Harmes. Deine Idee ist nicht übel. Häfen, Kanäle. Vielleicht lebt er auf einem Hausboot. Registriert ist das nicht. Das wüsste die Polizei inzwischen. Amtshilfeersuchen dauern, und bis die Behörden Informationen austauschen … Ach, ein weites Feld. Wäre Carsten Klein an Land oder auf dem Wasser angemeldet, hätten wir davon erfahren. Er hat sich also nicht angemeldet oder unter einem falschen Namen oder er ist bei Freunden untergeschlüpft. Vielleicht weiß Kent Stevens mehr.«

Ihn übermannte die Müdigkeit. Selbst seine Gesichtshaut fühlte sich schwer an, sein Puls war kaum tastbar. Die Medikamente konnten das sein, oder die Erschöpfung. »Betty, ich muss jetzt schlafen.« Er erhob sich, strich ihr über den Kopf und ging rheinaufwärts den Deich entlang.

Betty blieb zurück und schaute ihm nach, bis seine Umrisse verschwammen, sich mit dem Grau der Nacht verbanden. Es dauerte einen Moment, bis sie sich sammelte und ebenfalls nach Hause ging.

Kaffee, Kuchen, EKG

Sie hatte geschlafen wie ein Baby. Keine Träume, nur friedliches, reinigendes Nichts. Geweckt wurde sie durch das Summen einer Biene oder vielleicht auch einer Hummel. Sie lenkte ihre noch reine Aufmerksamkeit auf das, was sie hörte. Beinahe war es ein Brummen. Ja, eher ein Brummen. Sonor, beruhigend. Das Insekt musste unmittelbar vor ihrem kleinen Giebelfenster seinem Tagwerk nachgehen. Dort, wo Betty Rosmarin, Petersilie und leider ohne Erfolg Basilikum in Tontöpfen zog und wo sie mit Hingabe ihre Geranien pflegte. Das Summen, nein, das Brummen klang wie Musik. Betty hatte Bilder im Kopf. Mit ihrer Kindergartenfreundin Sonja lag sie im hohen Gras, flocht aus Gänseblümchen einen Kranz und setzte ihn in deren Haar. Es duftete nach Sommerwiese.

In der Rheinbrückenstraße drückte ein farbverschmierter Zeigefinger auf einen Klingelknopf.

Drinnen schaute Theo Bosman auf die Uhr. Mittwochmorgen, kurz vor acht. Betty, dachte er und ging runter zur Tür. Schon am Schatten erkannte er jedoch, dass es sein Sohn war.

Theo öffnete, trat zur Seite, machte eine einladende Geste. Bernard ging einen Gruß murmelnd an ihm vorbei. Als Theo die Wohnküche erreichte, hatte sich Bernard bereits an den Tresen gesetzt.

»Espresso?«, fragte Theo und knipste die Maschine an. Keine Antwort. Er drehte sich zu Bernard um, zog die Augenbrauen hoch und breitete fragend die Arme aus.

»Papa, bitte geh zu Martin.«

Theo blies die Backen auf, presste Luft durch die Stimmritze, kam um die Theke herum, setzte sich neben seinen Sohn und rieb die Handflächen an seinen Oberschenkeln. »Bernard, sobald ich das mit Guste, wie soll ich sagen …«

Bernard bewegte sich nicht, antwortete auch nicht. Er stützte beide Ellbogen auf die Theke und seinen Kopf mit beiden Händen ab.

»Ende der Woche sehe ich bestimmt schon klarer, und dann rufe ich Martin an. Ich kann da ja auch nicht einfach …«

Bernard drehte den Kopf nach rechts, schaute seinen Vater an. »Lea will schwanger werden. Vielleicht ist sie es ja schon.«

Theo hielt unwillkürlich die Luft an. Sein gestikulierender Arm fror mitten in der Bewegung ein.

»Wir wünschen uns eine Familie, ein gesundes Kind. Und wir wünschen uns einen gesunden Opa für unser Kind.«

Theo spürte, wie ihm Tränen in die Augen schossen. Seine Mundwinkel zog es nach unten, den Rest seines Gesichts nach oben. Sie umarmten sich, wie sie sich schon lange nicht mehr umarmt hatten. Zärtlich. Und Theo wusste, dass sein Sohn nicht fremdging. Er wusste es einfach.

Betty war kurz wieder eingenickt. Jetzt schreckte sie hoch. Schweißgebadet. Sie hatte von Sonja geträumt, von einem weißen Sarg, in den man sie gelegt hatte. Am Abend jenes Sommertages, an dem Betty den Kranz aus Gänseblümchen geflochten hatte, war Sonja erwürgt worden. Erwürgt und vergraben, nachdem das zwölfjährige Mädchen vergewaltigt worden war. Bis heute hatte man den Mann nicht gefunden.

Mit weichen Knien ging Betty ins Bad, ließ sich kaltes Wasser über die Handgelenke laufen. Dann rief sie Theo an.

Auf dem Tresen, zwischen Bernard und seinem Vater, meldete sich Theos Handy. Theo löste die Umarmung, griff danach, Bernard war schneller.

»Jetzt nicht.«

»Entschuldige.« Er räusperte sich, breitete erneut die Arme aus, schloss sie hinter dem schmalen Rücken seines Sohnes, der nun vielleicht bald Vater würde. So jung, wie auch er Vater geworden war.

»Es wird euer größtes Glück«, sagte Theo und spürte Bernards Nicken an seinem linken Schlüsselbein. Wenige Zentimeter darunter geriet Theos Herz wieder aus dem Takt. Er atmete mit aufgeblähten Nasenflügeln.

Bernard richtete sich auf. »Fahr nach Geldern. Geh zu Martin.

Heute.« Er reichte seinem Vater den Telefonhörer, und der rief seinen Freund Martin an, um sich mit ihm noch für denselben Tag in dessen Hausarztpraxis am Issumer Tor zu verabreden, die er für seinen Freund ausnahmsweise am freien Mittwochnachmittag öffnen wollte.

Bernard verabschiedete sich erleichtert.

Theo duschte, zog sich an, aß einen Apfel, kontrollierte, ob seine Versichertenkarte noch gültig war, und schlenderte zu Betty hinüber in die Deichstraße, wo noch immer sein Auto stand. Er ging bewusst langsam, wollte nicht schwitzen. Vielleicht musste er sich bei Martin ja … freimachen. Mit dem Zweitschlüssel öffnete er den Jaguar, startete den Motor und fuhr los.

Auf der anderen Rheinseite fuhr er Richtung Norden. Als die Baerler Eisenbahnbrücke in Sicht kam, wählte er Bettys Nummer.

»Ich hatte so einen furchtbaren Traum«, meldete sich Betty, »da musste ich dich anrufen. Habe ich dich unter der Dusche erwischt?«

»Nein, Bernard war da. Wir waren so auf unser Gespräch konzentriert.«

»Was Besonderes?«, wollte Betty wissen.

»Ja, erzähle ich dir später.«

»Später, du spinnst wohl. Neugierig machen und dann hängen lassen.«

»Betty, ich bin auf dem Weg zu meinem Hausarzt.«

»Theo Bosman«, rief Betty ins Telefon und klang erfreut, »es geschehen noch Zeichen und Wunder. Schön, dass du einen lichten Moment hattest. Aber dein Auto steht doch vor meiner Haustür.«

»Ich habe den Zweitschlüssel genommen. Du denkst an unsere Verabredung mit Harry und Birgit?«

»Klar doch.«

Theo fühlte sich unwohl, hatte er Betty doch die wichtigste Neuigkeit vorenthalten. Er wusste nicht, ob Ella schon informiert war. Oma Ella, dachte er belustigt und sagte das mehrmals vor sich hin. Opa Theo. Ob er sich daran gewöhnen würde? Jetzt schon? Er war keine fünfzig.

Als er sein Auto vor Martins Praxis parkte, konnte sich Theo kaum an die letzten zwanzig Minuten erinnern, war wie im Blindflug nach Geldern gefahren. Immer in Gedanken an Kinderlieder, an Bernard und wie der Fahrradfahren gelernt hatte, an die Besuche beim Kieferorthopäden, Elternabende, Vorlesen auf der »Alma«. Das war doch alles gerade erst gestern gewesen. Er zog den Zündschlüssel ab, drückte die Autotür ins Schloss und stieg die kleine Außentreppe hoch.

Mit einem tiefen Seufzer schob er die Praxistür auf und registrierte, dass Martin das gelbe Strukturglas noch immer nicht ausgetauscht hatte. Den Sprung hatte das Glas schon gehabt, als die Praxis noch Martins Vater gehörte. Die Tür quietschte in den Angeln, schabte über den Boden. Die Natursteinplatten zeigten halbkreisförmige Vertiefungen vom Öffnen und Schließen durch Abertausende Patienten, die diese Räume besorgt, ängstlich, aber sicher auch voller Hoffnungen betreten und verlassen hatten.

Martin sah verschlafen aus. Mehr als das, übernächtigt.

»Tut mir leid«, begann Theo.

»Ach, Theo. Komm demnächst einfach einmal im Jahr zu normalen Sprechzeiten. Dann können wir uns solche Extrawürste sparen.«

»Es ist wegen Bernard.«

»Wegen Bernard. Soso. Du hast auch noch was am Kopf, wie mir scheint.«

Er griff nach Theos Oberarm und führte ihn in das Labor, in dem auch eine Liege und ein EKG-Gerät standen.

»Du bist nicht wegen Bernard hier. Du bist wegen dir hier. Wie wäre es, würdest du dich und dein Leben mal ernst nehmen? Mir gehen die ewigen Ausreden echt auf den Sack. Früher war es deine Mutter, um die du dich kümmern musstest, dann war es Ella, dann Bernard, dann irgendwelche Leichen, jetzt wieder Bernard. Merkst du eigentlich noch was? T-Shirt ausziehen, hinlegen.«

»Du hast aber wirklich gute Laune heute«, sagte Theo und legte sich auf die Liege, die bedenklich knarrte.

Martin hielt beim Hantieren mit den Kabeln inne. »Theo, ich bin nicht zu deiner Belustigung hier. Ich habe Krach mit

Katharina, die ganze beschissene Quartalsabrechnung am Hals, und ob du es glaubst oder nicht, ich läge jetzt gern im Garten. Steck dir deine Sprüche sonst wo hin.«

Theo schwieg. Es war ihm unangenehm, dass er Martin um diesen Termin gebeten hatte.

Der befestigte Elektroden an seiner Brust, rollte auf dem Hocker zum Drucker, dann zu dem kleinen Schreibtisch, an dem schon Martins Vater gesessen hatte. Er wandte Theo den Rücken zu, las den Arztbrief, den ihm das Essener Uniklinikum noch schnell gefaxt hatte. Theo dachte, die Decke könne mal wieder gestrichen werden, und er fragte sich, ob die dunklen Punkte dort oben Blutspritzer waren.

Dann legte Martin die Unterlagen beiseite, rollte wieder zum Drucker, entnahm ihm einen Streifen Papier, auf dem die elektrischen Aktivitäten des Herzmuskels dargestellt waren. Den Papierstreifen begutachtete er nur kurz und legte ihn in Theos Patientenakte.

»Komm. Hier rüber.«

Martin deutete auf einen Stuhl mit Armlehne aus Edelstahl, einen grünen Stauschlauch in der Hand. Theo war froh, dass er gute Venen hatte. Bei Arztbesuchen mit seiner Mutter hatte er gesehen, wie Arzthelferinnen und Ärzte in ihren Armbeugen und Handrücken einigermaßen verzweifelt nach einem geeigneten Gefäß gesucht hatten. Seine Venen fand jeder Anfänger. Nachdem Martin drei Laborröhrchen gefüllt hatte, ließ er Theo die Einstichstelle mit einem Tupfer komprimieren und stellte die Röhrchen zur Seite.

»Ist das Blut morgen noch frisch genug für das Labor?«, fragte Theo.

»Ich bringe das gleich weg, in die Klinik. Da kenne ich jemanden. So, hoch mit dir, ein Häuschen weiter.« Ohne Erklärung verließ Martin das Labor.

Theo folgte mit freiem Oberkörper. Neben Martins Sprechzimmer gab es einen abgedunkelten Raum, in dem Sonographien durchgeführt wurden. Martin deutete auf eine Liege.

»Echokardiographie. Da kann ich sehen, wie es um die Leistung deines Herzens steht. Aber eins sage ich dir gleich:

Regelmäßige Besuche bei einem Kardiologen ersetzt das hier nicht.«

Theo legte sich wieder hin und suchte Augenkontakt. »Hör auf, mir zu drohen. Ich nehme dich, wie du bist, und ich erwarte, dass du mich so nimmst, wie ich bin.«

Stumm verteilte Martin Ultraschallgel auf Theo Bosmans linker Brust. »Theo, ich nahm, nehme und werde dich nehmen, wie du bist. Privat. Aber als mein Patient sage ich dir, was zu tun ist, und wenn du dich nicht dran hältst, schmeiß ich dich raus.«

Die Untersuchung war nach wenigen Minuten beendet. »Kannst dich wieder anziehen.«

Martin ging zum Fenster, öffnete es und zündete sich eine Zigarette an. »Über eine Ablation hat man mit dir gesprochen?«

»Ich lass mich nicht grillen.«

»Blut verdünnende Medikamente wegen des erhöhten Schlaganfallrisikos?«

»Ja, wurde mir erklärt.«

»Interessieren dich Details?«

»Nein.«

»Meine Empfehlung?«

»Ja.«

»Betablocker, kein Alkohol, Ausdauersport und beruflich wie privat stabile Verhältnisse. Du kommst einmal im Quartal zu mir. Dann entscheide ich, ob du zum Kardiologen musst, und meine Entscheidung ist verbindlich. Ist das okay?«

Theo wischte sich das Gel von der Brust. »Kein Alkohol?«

Martin schnippte die Zigarette in den Garten. »Keinen Tropfen.«

»Das mit der Kippe ist eine Sauerei«, sagte Theo.

»Geht dich einen Scheiß an. Ist mein Garten.«

Theo stand auf und stellte sich neben seinen Freund. »Wenn diese Anfälle kommen, habe ich eine elende Angst, Todesangst. Und ich bin wütend. Diese Hilflosigkeit.«

»Vorhofflimmern. Du wirst daran nicht sterben. Aber du bist gut beraten, eine Psychotherapie zu beginnen.«

Theo schaute Martin an. »Ich bin doch nicht bekloppt.«

»Doch, bist du. Sind wir irgendwie alle. Ich kenne eine sehr gute, sehr smarte und überdurchschnittlich patente Kollegin in Moers. Da gehst du hin. Und vielleicht erlasse ich dir dann die Ablation.«

Theo setzte sich auf die Schreibtischkante. »Ich halte fest: Ich werde nicht daran sterben. Das ist richtig?«

»Richtig. Du leidest an keiner weiteren Herzerkrankung. Die Rhythmusstörung tritt anfallsartig auf. Zwischen den Anfällen hat sich bis auf das letzte Ereignis in Essen der Sinusrhythmus immer wieder von allein eingestellt. Richtig?«

»Stimmt.«

»Bleibt das Schlaganfallrisiko. Wir beobachten, und gegebenenfalls ist Antikoagulation, also die medikamentöse Hemmung der Blutgerinnung angezeigt, um ein Blutgerinnsel zu verhindern. Daran könntest du nämlich sterben.«

Theos Handy meldete sich. Er zog es aus der Tasche und sah die Nummer der Staatsanwaltschaft.

»Da muss ich kurz ran.«

Ella kam sofort zur Sache: »Leo hat uns die Daten des Handys überlassen. Die Videos, furchtbar. Du hast recht. Das sind Frettchen. Es ergeben sich keine Hinweise auf die Absender der E-Mails oder der SMS. Die Nummern helfen uns auch nicht weiter. Prepaidkarten. Die Handys sind nicht zu orten. Kent Stevens hat von Stetten inzwischen befragt, der will nichts gesehen haben, schon gar keine Herren im Anzug auf seinem Schiff. Und wo sich Carsten Klein aufhält, weiß er angeblich auch nicht.«

Theo hatte nichts anderes erwartet. »Danke, Ella.«

»Du klingst so komisch. Wie geht's dir? Wo bist du?«

»Mir geht's gut. Ich bin bei Martin. Er sagt, ich werde nicht sterben.«

Ella lachte kurz auf. »Dann ist ja gut. Grüß ihn von mir.« Sie legte auf.

»Du arbeitest an einem Fall?« Martin zündete sich die nächste Zigarette an.

»Ich unterstütze Staatsanwaltschaft und Polizei. Leider kenne ich die Tote. Eine tragische Geschichte, die mich traurig macht, und wütend.«

Martin blies den Rauch durch die Nase aus.

»Ella lässt dich grüßen.«

Martin nickte. »Vielleicht habe ich auch bald eine Ex-Frau.«

»Was ist los?«

»Sie hat einen anderen Mann.« Martin schluckte. »Einen, der Zeit für sie hat.« Er schnippte Asche aus dem Fenster, legte den Kopf nach links, nach rechts.

»Theo, du hast doch immer zu allem und jedem eine Meinung. Fällt dir nichts ein?«

»Nichts, was dir nicht auch einfiele.«

Martin drückte die Zigarette an der Fensterbank aus. »Als hätte ich nicht auch gern mehr Zeit. Übrigens auch mal für mich. Was denkt sich Katharina? Glaubt sie, ich hätte das alles freiwillig gemacht, mich mit Krankenkassen rumgeärgert, mit dämlichen Kollegen, uneinsichtigen Patienten?«

»Ja, Martin, das glaubt sie wahrscheinlich. Und sie hat recht. Niemand hat dich gezwungen. Vielleicht ist das jetzt der perfekte Zeitpunkt, eine junge Kollegin mit in die Praxis zu nehmen.«

Theo machte Anstalten, zu gehen. Martin druckte ein Rezept aus, unterschrieb es und reichte es seinem alten Freund. Dann trennten sich die Männer wortlos. Sie hatten einander verstanden.

Ich grill doch kein Gemüse!

Theo Bosman setzte bereits den Blinker, um zurück nach Duisburg zu fahren, als er vor sich selbst erschreckte. Mit diesem und jenem war er beschäftigt, hatte aber nicht daran gedacht, seine Eltern auf den aktuellen Stand zu bringen, was seine Gesundheit betraf. Er fuhr um die Verkehrsinsel herum und erreichte das Haus, in dem seine Eltern wohnten, wenig später.

Er berichtete sachlich. Seine Mutter weinte. Er versuchte sie zu beruhigen, scherzte mit seinem Vater, sie weinte weiter. Er ertrug das nicht und ging. Eine Wolke verzog sich, und das helle Licht der Sonne vertrieb die Schatten. Mütter und Söhne, dachte er.

Guste Krawitz fiel ihm ein und Carsten Klein. Er schloss nicht aus, dass sie ein gutes Verhältnis zueinander gepflegt hatten. Wie anders war zu erklären, dass er ihr sein Handy schenkte und sie sich in der Laube trafen? Ob sie ein Geheimnis geteilt hatten? Eines, das Gustes Mörder kannten?

»Polka im Kopf«, sagte Theo zu sich selbst. Er brauchte eine Pause. Sofort. Orsoy. Der kleine Strand in Orsoy. In Moers-Nord fuhr er von der Autobahn ab, parkte nur zweieinhalb belanglose Popsongs später gegenüber des Orsoyer Hofes und lief wie ferngesteuert der römischen Terrasse des Restaurants entgegen.

Hier war er vor langer Zeit zuletzt mit Ella gewesen, auf einer Radtour. Mit Bernard auf einem 24er-Mountainbike. Blau-weiß mit einem MSV-Aufkleber auf dem hinteren Schutzblech. Alles hatte seine Ordnung gehabt, seine gute Ordnung. Zwei Jobs im öffentlichen Dienst, eine Familie mit Kind, Liebe inklusive. Nicht im Traum hatte er damals gedacht, er könne hier eines Tages sitzen, so ohne Orientierung, so ratlos.

Theo riss sich zusammen. Nein, er war nicht ohne Orientierung, auch nicht ratlos. Er war verunsichert. Daran war nichts Schlechtes. Er war sensibel und offen für neue Erfahrungen und Erkenntnisse. *»What's next?«*, hatte eine Seminarleiterin vor vielen Jahren gebetsmühlenartig wiederholt und war damit allen auf die Nerven gegangen, aber was war so falsch an der Frage?

Er aß Apfelkuchen mit Sahne, trank den Kaffee und ging dann hinüber zum Strand, sah sich um. Er war allein. Trotz der schwülen Wärme. Er setzte sich in den Schatten eines mächtigen Baumes, zog sein Handy hervor, stellte es stumm und verfolgte die Schiffe rheinabwärts, bis sie hinter der nächsten Flusswindung aus seinem Blickfeld verschwanden. Esoterisches, fernöstliches Zeug war eigentlich nicht seine Sache. Aber er konzentrierte sich auf seinen Atem, auf das Einatmen und auf das Ausatmen. Ein, aus – ein, aus.

Etwas stupste ihn an der linken Schulter. Theo öffnete die Augen, merkte, dass er auf dem Sand lag, kurz eingenickt war. Ein Golden Retriever stand über ihm und schaute ihn an. Ein Pfiff, die Muskeln des Hundes spannten sich, und er sprintete davon. Sand spritzte in Theos Gesicht. Er schaute auf sein Handy. Kurz vor achtzehn Uhr. Er war nicht eingenickt. Er hatte geschlafen, mehrere Stunden lang. Auf dem Display sah er sieben verpasste Anrufe. Allesamt von Betty.

Er tippte auf ihr Kontaktfoto. Sie ging sofort ran und klang nicht sauer, sondern besorgt. Er war ihr wichtig. »Ich komme«, sagte Theo und: »Schön, dass es dich gibt.« Aber da hatte Betty schon aufgelegt.

Es war achtzehn Uhr fünfundvierzig, als Theo die »Calypso« betrat. Er hatte sich für Betty zwei Sätze zurechtgelegt, schob die Tür zum Salon auf und stieß mit Dörte zusammen. Scheue Blicke. Sie wusste Bescheid, fragte aber nicht nach seinem Abstecher in die Uniklinik. Dörte wirbelte, kalauerte, schleppte Champagner und zwei kleine Fässchen Bier heran. Rick stieße später dazu, sagte sie. Bettys Einladung freue sie wirklich.

Bald schon kamen Birgit und Harry Blumster. Sie in Hotpants, er in einem Hawaiihemd, das auch Rick gestanden hätte. Es war neunzehn Uhr fünfzig, als Harry bereits drei Gläser Champagner gekippt hatte und verkündete: »Ich grill doch kein Gemüse!«

Betty stellte die vorbereiteten Paprika und Tomaten zur Seite. Harry stand mit Dörte untergehakt am Grill, den die Männer unter das Vordach des Toilettenschuppens getragen hatten. Birgit und Betty saßen an Bord und redeten. Theo kam sich überflüssig vor. Rick rief an, er könne nicht kommen.

Es war dreiundzwanzig Uhr sechsundvierzig, als sich Harry zu Theo gesellte. Er schwankte. »Boss. Du hast es gut. Bei dir drängt kein Behördenapparat auf immer neue Formblätter oder erlässt ständig Vorschriften. Du bist frei. Vogelfrei, du Glückspilz. Wehe, du verrätst, dass ich dir hier und da mit Infos weiterhelfe, dann bin ich weg vom Fenster. Verstehst du, ein toter Mann. Biiirgit. Wir fahren.«

»Mensch, Harry, das versteht sich doch von selbst.«

Birgit sprang auf, umarmte Betty, winkte Theo zu und verschwand, ihren Mann stützend, hinter dem Schuppen, wo ihr Auto parkte.

Ein Taxifahrer näherte sich dem Boot. Dörte wollte sich zu Rick nach Düsseldorf fahren lassen.

Es war null Uhr achtundzwanzig, als Betty das Trockentuch zur Seite legte und Theo sich fragte, was Harry ihm bedeuten wollte.

Theo dachte an die Sätze, die er für Betty gedanklich vorbereitet hatte, als sie sich unvermutet von ihm verabschiedete. Sie musste am nächsten Morgen früh zum Gericht und wollte noch zurück nach Ruhrort fahren.

»Sollen wir mittags im Kaldi essen? Du erzählst mir dann noch mal in Ruhe, was dein Arzt gesagt hat, ja?« Sie küsste ihn kurz auf den Mund. Das Geräusch ihrer Flip-Flops. Dann wurde es still.

Post für Guste

»Monday, Monday, pada, padada, so good to me …« Dörte hatte sich als musikalischen Morgengruß für The Mamas and the Papas entschieden und beschallte den gesamten Hafen. Theo wippte mit, rubbelte sich die Haare trocken und stieg in seine schwarzen Lieblingsshorts. Er war früh aufgewacht und hatte beschlossen, kurz nach Hause zu fahren, um nötigen Kram zu erledigen und sich dann wieder dem Fall Guste Krawitz zu widmen.

Noch bevor die letzten Takte von »California Dreamin'« verklangen, saß Theo im Auto. Die Luft war schwer und schwül. Auf der Ruhrorter Straße hinter der Autobahnbrücke alles frei. Er gab dem Jaguar die Sporen und ließ ihn fliegen. Eine Radarfalle nur und der Führerschein ist weg, dachte er und beschleunigte grinsend. Ein Gefühl kleiner Freiheit, ein Gefühl von gelungener Flucht. So leicht war er glücklich zu machen.

Er würde Betty bitten, mit ihm zu verreisen. Auf der »Calypso«, den Rhein runter, aufs Meer. Nach Cornwall vielleicht. Da gab es Palmen.

In Ruhrort angekommen, folgte Theo einer Eingebung und fuhr ohne besondere Absicht durch die Harmoniestraße. Hinter Gustes Kiosk sah er den Briefträger vom Neumarkt aus mit strammen Schritten der Querstraße entgegeneilen, er überquerte die Harmoniestraße, ging zu Gustes Haustür, blieb stehen und schob Post in ihren Briefkasten. Theo hielt an, wartete, bis der Briefträger im übernächsten Haus verschwand, und stieg aus.

Er ging zur Tür und klingelte ganz oben. Es summte, er drückte die Tür auf und rief: »Stadtwerke, bin nur kurz im Keller.« Oben schloss sich eine Tür.

Er öffnete Gustes Briefkasten: Werbung, die Rechnung eines Modeversandhauses, Post vom Finanzamt und ein Brief mit niederländischer Briefmarke. Theo legte alles wieder zurück, bis auf den Brief aus den Niederlanden, und verließ das Haus.

In seiner Wohnung wimmelte Theo Raluca ab und öffnete den Brief. Die Neugier drängte ihn. Der Briefkopf wies den Yachthafen »Sixhaven« in Amsterdam als Absender aus und war an Guste Krawitz adressiert. Es wurden Liegegebühren berechnet für »Motoryacht, länger als fünfzehn Meter, Name der Yacht: ›Geldern‹«.

Länger als fünfzehn Meter, las er noch mal. Guste Krawitz besaß bestimmt keine Yacht. Carsten Klein? Als Partikulier käme man nicht auf einen so grünen Ast. Theo kratzte sich am Kinn. Wahrscheinlich war es ganz einfach. Der Bengel wusch Geld über seine Mutter.

Guste und ihr Sohn. Hatten sie gemeinsame Sache gemacht? War sie ihm bei seinen Drogengeschäften behilflich gewesen? Das wollte so gar nicht zu seinem Bild von ihr passen. Aber das spielte jetzt keine Rolle. Immerhin hatte er eine Adresse. Er griff zum Telefon und rief Rick Boysen an. Kurz nach neun Uhr überquerten die beiden Männer in Elten die Grenze zwischen Deutschland und den Niederlanden. Das Mittagessen mit Betty verschob er.

Rick fragte, ob es nicht klug wäre, die Staatsanwaltschaft zu informieren.

»Damit uns die Polizei Carsten Klein vor der Nase wegschnappt?« Theo war strikt dagegen. »Wir überbringen dem Sohn meiner alten Freundin eine Todesnachricht. Das ist sicher nicht verboten.« Und nach einer kurzen Pause fügte er hinzu: »Dörte hat einen seltsamen Einfluss auf dich. Entweder bist du plötzlich gesetzestreu geworden oder ein Schisser.«

»Lass Dörte da raus.«

»Oh, was Ernsteres?«

Rick schaute Theo von der Seite an, bis dieser zurückschaute. »Vielleicht. Ich hätte jedenfalls nichts dagegen.«

Ein Dutzend schweigend zurückgelegter Kilometer später überquerten sie die Ijsel, und Rick Boysen erkundigte sich, was genau der eigentliche Zweck dieser Reise war.

»Ganz einfach, Carsten Klein kennt die Mörder seiner Mutter. Ich will Namen. Und wie ich schon sagte, wir überbringen eine

Todesnachricht. Ich gehe davon aus, dass er nichts vom Mord an seiner Mutter weiß.«

»Wenn ich dich richtig verstanden habe, ist er in Drogengeschäfte verwickelt.«

»Ja, davon gehe ich aus.«

»Und?«

»Wir befragen ihn. Dann rufen wir Ella an und warten auf die Polizei. Du setzt dich so lange auf ihn drauf, und ich hole uns was zu essen.«

»Die Krankheit hat einen seltsamen Einfluss auf dich.«

Rick schaltete das Radio ein. Es liefen Nachrichten. »Ich liebe diese Sprache«, sagte er. »Niederländisch klingt, wie Niederländer sind. Meistens sehr relaxed, aber in manchen Dingen, bei Geschäften zum Beispiel, da sind sie knallhart.« Rick machte Kratzgeräusche im Rachen, um seine Theorie zu verdeutlichen.

»Hast du einen Ballermann dabei?«, fragte er, als sie in Utrecht auf die A2 Richtung Amsterdam abbogen.

Theo grinste. »Klar, ich habe doch dich, mein kleiner Ballermann.«

Heidelandschaft zu beiden Seiten der Autobahn. Sie passierten Bussum vor den Toren Amsterdams. *»Dit is Radio Veronica«*, sagte der Mann im Radio, und Theo lächelte.

»Von denen wurden wir beim Bund geweckt.«

»Du warst in Holland bei der Bundeswehr?«

»Mhm, in Budel. Luftwaffenausbildungsregiment.«

»Du hast eine Vorliebe für Uniformen, Theo. Luftwaffe, Wasserschutzpolizei.«

»Ich bin nichts, ich kann nichts, gebt mir eine Uniform. Das haben wir beim Bund vor uns hin gebrabbelt, wenn mal wieder was nicht klappte. Später in der Hundertschaft brüllten uns das Linksautonome entgegen. Die Wahrheit ist, ich wusste nicht, wo es langgeht. Weiß ich heute noch nicht. Aber wer weiß das schon?«

Rick drehte das Radio lauter. »Heute geht's erst mal weiter geradeaus. Noch siebenundzwanzig Kilometer. Hoffentlich ist der Typ auch zu Hause.«

Theo ging davon aus, dass Carsten Klein sich nicht auf seinem

Frachtschiff aufhielt, das hätte er erfahren. Er arbeitete wohl im Augenblick nicht. Sollten sie ihn im Hafen nicht antreffen, könnten sie sich in der Nachbarschaft umhören. Irgendwas kriegte man doch immer raus.

Vor dem IJtunnel, der sie direkt in die Amsterdamer Innenstadt führte, verließen sie die Stadsroute und bogen ab in ein Gewerbegebiet wie jedes andere, dann gepflegte Einfamilienhäuser zu beiden Seiten. »Jetzt rechts abbiegen«, empfahl das Navi. Der Sixhavenweg, eine Sackgasse.

»Dreh um, wir fallen hier auf. Der Jaguar. Dann noch das deutsche Kennzeichen«, wandte Rick ein.

Theo wendete und bog in die Meeuwenlaan ab. Ein heller Wohnblock, viergeschossig. Balkone mit Blick auf die Amsterdamer Innenstadt jenseits des Wassers.

»Keine üble Lage«, fand Rick. »Guck mal, die Fähre legt direkt vor der Haustür an. Hier brauchst du echt kein Auto. Es ist einigermaßen ruhig, und da drüben tobt das Leben.« Rick Boysen zeigte geradeaus auf die Skyline der niederländischen Hauptstadt.

»Willst du jetzt auch noch sesshaft werden?«, fragte Theo.

Gegenüber dem Wohnblock fanden sie einen Parkplatz. Theo schaute auf die Uhr. Gut zwei Stunden hatten sie gebraucht. Die beiden Männer stiegen aus.

Rick wischte sich Schweiß von der Stirn. »Ich dachte, hier an der Nordsee wäre es ein bisschen kühler.«

Theo winkte ab. Sie gingen hinüber zum Yachthafen. »Ein bisschen wie in Mülheim«, sagte Theo. »Schick ist das nicht.«

»Aber cool«, befand Rick. »Die Architektur, da drüben der riesige Kreuzfahrer, vier Sprachen auf zehn Metern. Eine echte Metropole, großartig.«

Der Sixhavenweg war eine schmale Allee. Das Blätterdach spendete Schatten. Sie liefen an einer Lagerhalle vorbei, ein Baustellenfahrzeug kam ihnen entgegen und zog eine träge wabernde Staubfahne hinter sich her. Der Staub senkte sich und bildete einen Film auf der wegen der Hitze feuchten Haut. Theo wischte über seinen linken Unterarm, sofort bildeten sich graue Schmierstreifen.

Um sie herum stapelten sich überall Container. Graue Bauzäune wechselten sich mit hohen, grünen Hecken ab. Im Westen trennte der Noordhollandsch Kanaal, im Süden und Osten das IJ Amsterdam Nord vom Zentrum. Sixhaven war eine Halbinsel, von der man sich mit einem Boot Tag und Nacht unauffällig entfernen konnte, um irgendwo unentdeckt wieder an Land zu gehen. Flüsse, Grachten, Kanäle, das Markermeer, die Nordsee. Für Ortsunkundige ein Labyrinth, in dem man leicht die Orientierung verlor.

»Der perfekte Platz, um unterzutauchen«, stellte Rick fest. »Du kannst übers Wasser kommen, über Land wieder verschwinden. Und wenn du das Getümmel der Touristen nutzt, da drüben an der Fähre, findet dich kein Mensch mehr. Blöd ist Carsten Klein nicht.«

Der Weg beschrieb eine Neunzig-Grad-Rechtskurve. Links im Scheitelpunkt der Kurve ein Tor zum Hafengelände, gleich daneben eine Laterne, davor ein weißer Lieferwagen. Theo blieb stehen, ging einen Schritt zurück, um das Nummernschild sehen zu können. »Rick!« Er winkte seinen Freund zu sich und deutete auf das Kennzeichen.

»In so einem Sprinter haben die Frettchen Guste vom Neumarkt entführt.« Mit seiner Handykamera machte er ein Foto vom Kennzeichen und schickte es Ella. Dann fügte er noch eine Sprachnachricht an, in der er alles erklärte. »Wenn die Carsten Klein hier finden, ist er dran«, schloss er.

»Hätten wir mal doch einen Ballermann mitgenommen«, sagte Rick nur.

Sie folgten der schmalen Straße, die jetzt direkt am Kanal entlangführte. Links das Hafenbecken mit Segel- und Motoryachten, rechts der Kanal, der nach gut dreihundert Metern auf das IJ stieß.

»Die Yachten sind alle etwa zehn Meter lang. Da ist keine über fünfzehn Meter dabei«, bemerkte Rick.

»Wart's ab. Vielleicht sind die Liegeplätze für die fetten Yachten vorn an der Hafeneinfahrt.« Theo zog seine Umhängetasche nach vorn an die Hüfte. Dort, wo die Tasche an seinem Rücken gelegen hatte, waren Haut und Hemd feucht, und nun fühlte sich die Nierengegend geradezu kühl an, obwohl kaum ein Lüftchen ging. Er öffnete den Überschlag, entnahm ein Fernglas, schaute sich um und kletterte dann auf die Leitplanke, die den Weg vom Kanal trennte. »Halt mich mal fest«, bat er Rick.

»Die Leute denken noch, wir wären ein Paar!« Rick umschloss Theos Unterschenkel mit seinem rechten Arm. »Du könntest dir mal die Beine rasieren, oder steht Betty auf Affen?«

»Ach, Rick, du musst dich mal entscheiden. Bist du altmodisch und homophob oder ein metrosexueller Hipster? Vielleicht lässt du Dörte entscheiden.«

»Siehst du was?«

»Oh ja, du glaubst nicht, was man hier alles so sieht, Süßer.«

Rick ließ los, und Theo sprang von der Leitplanke herunter.

»An den Stegen tatsächlich keine Boote, die lang genug wären, aber vorn am IJ, da liegen auch Hausboote. Lass uns mal rumgehen.«

Die Schleuse, die den Kanal mit dem IJ verband, entließ eine Motoryacht mit fröhlicher Besatzung. Holländische Schlagermusik und Stimmengewirr. Hier die ausgelassene Partygesellschaft, drüben im Hafen vielleicht Gustes Mörder.

Sie gingen weiter, erreichten das Ende der Sackgasse. Ein Parkplatz, auf dem man vielleicht fünf oder sechs Autos abstellen konnte, grenzte an das Hafenbecken und die weite Wasserfläche des IJ, auf dessen anderer Seite die gewölbten Kuppeldächer des Centraal-Bahnhofs in der Sonne glänzten. An der Schmalseite des Hafenbeckens lagen gepflegte Hausboote, die zur Landseite hin an blühende Gärten angrenzten. Holzterrassen, Gartenmöbel, Tontöpfe, in denen blühende Pflanzen einen süßlichen Duft verströmten. Ein schmaler Fußweg trennte die Terrassen von einem Staudengarten, in dem auf einer Wäschespinne bunte Handtücher in der Sonne trockneten.

»Das reinste Paradies«, fand Rick, »kein Mensch weit und breit. Die Menschen arbeiten wahrscheinlich alle.«

Sie liefen an zwei weiteren Hausbooten vorbei, die Häusern ähnlicher sahen als Booten. »Fehlen nur die Gartenzwerge«, sagte Theo.

Beinahe waren sie am Ende des schmalen Landstreifens angelangt, als sich von links kommend ein Schiff näherte. »Das ist ja ein Brummer«, rief Rick.

»Ein österreichischer Brummer. Das ist eine Ladenstein«, erklärte Theo, »eine Ladenstein 68. Die hat über zwanzig Meter, zweimal tausend PS. Gebraucht so über den Daumen sechshundert-, siebenhunderttausend Euro.«

Auf dem Bug las Theo »Geldern«. Es handelte sich um die Yacht von Carsten Klein. »Der haut ab. Ich glaub's nicht. Das gibt's doch nicht. Rick, wir sind drei Minuten zu spät.«

Auf der Flybridge tauchte ein Mann auf.

»Rick!«, rief Theo.

»Ich stehe direkt neben dir.«

»Rick, der Typ da im schwarzen Anzug. Das ist einer von den Frettchen, die Guste entführt haben. Ich bin absolut sicher. Ey, du mieses Stück Scheiße. Ich krieg dich«, brüllte Theo und rannte durch den Staudengarten zur Spundwand, gegen die die Wellen klatschten.

»Theo, er hört dich nicht.« Rick schüttelte den Kopf. »Gott sei Dank«, fügte er leiser hinzu. »Komm hier rüber. Denk an dein Herz. Ich habe keine Lust auf Mund-zu-Mund-Beatmung.«

Neben einem der Hausboote war ein Angelboot festgemacht. Rick sprang in das offene Boot, ging zum Heck und machte sich am Außenbordmotor zu schaffen. Theo folgte ihm, stellte sich mit dem Rücken zum Boot und beobachtete die Fahrt aufnehmende »Geldern«.

»Nicht abgeschlossen und noch warm«, rief Rick und drehte den Tankdeckel auf. »Sprit ist auch drin.« Er öffnete den Benzinhahn, zog den Choke, legte den Leerlauf ein und riss am Handstarter. Der Motor sprang sofort an.

»Mach die Leine los«, rief er Theo zu, als eine Frau aus dem Hausboot gerannt kam und was auf Holländisch brüllte. Freundlich klang das nicht.

Theo sprang ins Boot, sofort drehte Rick den Gasgriff, und das Boot setzte sich in Bewegung.

»Klootzak! Krijg de pest!«, wetterte die Frau und warf ihnen einen Gegenstand hinterher, den Theo nicht identifizieren konnte.

Er holte sein Smartphone aus der Umhängetasche und wählte Ellas Handynummer. Rick hörte, wie die Staatsanwältin laut wurde. »Internationale Verwicklungen«, schnappte er auf, »Oberstaatsanwalt«, und »du lernst es nicht«.

Amsterdam spezial

An Bord der »Geldern« steckte Carsten Kleins Kopf in einer Plastiktüte. Seine Hände waren mit Kabelbindern auf dem Rücken zusammengebunden, seine Augen mit Panzertape zugeklebt. Er fühlte, wie die »Geldern« vibrierte. Sie fuhren. Jemand zog die Plastiktüte von seinem Kopf und riss ihm dabei einige Haare aus.

Ohne Vorwarnung hatte der Mann ihn vor ein paar Minuten mit einem Rohr geschlagen und gebrüllt: »Los, geh wieder rein. Sofort.« Mehr nicht. Dabei stand er doch noch in der Tür, hatte den Salon noch gar nicht verlassen. Er hatte versucht, seinen Morgenmantel zusammenzuraffen, aber da hatte der Mann ihn schon ein zweites Mal geschlagen und seine linke Hand getroffen. Bestimmt war sie nun gebrochen. Obendrein schmerzte der Kiefer und fühlte sich geschwollen an.

Die Plastiktüte wurde wieder über seinen Kopf gezogen. Nach der Wut, nach dem Schmerz, kam jetzt die Angst.

Ella Lanken-Bosman telefonierte mit Sanne van Baarle, ihrer Amtskollegin beim Arrondissementsparket Amsterdam. Sie waren sich vor über zehn Jahren in Bussum über den Weg gelaufen, als Ella versuchte, Niederländisch zu lernen. Sanne hatte die Sprachlehrerin bei den juristischen Lektionen unterstützt. Seitdem trafen sie sich regelmäßig und vermieden Gespräche über den Job.

Heute aber ging es nicht anders. Carsten Klein sollte so schnell wie möglich festgenommen werden. Den europäischen Haftbefehl schickte Ella ihr auf elektronischem Weg. Und dann erklärte sie die ungewöhnliche Situation der Verfolgungsfahrt auf dem IJ, gab ihr Theos Handynummer und hoffte das Beste.

»Rick, vielleicht lässt du mich mal ran«, drängelte Theo, »so verlieren wir sie noch.«

»Schleichfahrt, Theo, Schleichfahrt. Wenn die Gas geben, sind sie sowieso weg. Wir hängen uns unauffällig dran.«

Theo nahm wieder das Fernglas. Backbords lagen mehrere Boote der niederländischen Wasserpolizei.

»Vielleicht sollten wir die Profis ranlassen«, schlug Rick vor.

»Und was sagen wir denen? Lass mal. Ella kümmert sich da schon drum. Sieh lieber zu, dass du noch ein bisschen was aus diesem Motörchen rausholst.« Theo setzte das Fernglas wieder ab. »Nur das Frettchen auf der Flybridge. Außer ihm sehe ich niemanden.«

Carsten Klein verlor das Bewusstsein, lag auf dem Rücken. In seinem eigenen Bett.

Der Mann, der ihm die Tüte über den Kopf gestülpt hatte, machte ein paar schnelle Schritte durch die geräumige Eignerkabine ins angrenzende Bad, ließ Wasser über ein Handtuch laufen, kam zurück zu Carsten Klein, schlug ihm ins Gesicht und legte das triefende Handtuch in seinen Nacken. Er rief Kleins Namen, öffnete die beiden großen Bullaugen, drehte die Klimaanlage auf, ging zurück zum Bett, lagerte Carsten Kleins Beine mit einem Kissen hoch und schlug ihm erneut ins Gesicht.

»Komm schon!«, rief der Mann. Dann holte er im Bad Wasser in zwei Zahnputzbechern und leerte sie langsam über der Stirn des Bewusstlosen aus und rüttelte an ihm, bis der nach Luft schnappend wieder zu sich kam.

»Schöne Träume gehabt? Deine Zukunft gesehen? Du kannst eine haben. Noch ist alles möglich. Sag mir, wo der Stoff liegt. Aber«, jetzt brüllte der Mann, »mach dein Maul auf!«

Der Abstand zwischen der Luxusyacht und dem Angelboot, in dem Theo Bosman und Rick Boysen saßen, vergrößerte sich zusehends. Mittlerweile waren sie auf Höhe des Botels angekommen, einem schwimmenden Hotel mit riesigen roten Buchstaben auf dem Oberdeck.

Theos Handy klingelte. Ruud Brunsma, Polizist der »Waterpolitie« meldete sich. Er sprach nur gebrochen Deutsch, Theo nur mäßig Niederländisch, sodass sie sich unter Zuhilfenahme der jeweiligen Schulenglischkenntnisse in einer Dreisprachenmischung verständigten, die Rick losprusten ließ.

Theo erklärte, dass er die Mörder von Guste Krawitz an Bord der »Geldern« vermute und dass Carsten Klein sehr wahrscheinlich in Lebensgefahr schwebe. Sich dem Schiff mit einem Polizeiboot zu nähern, hielten Ruud Brunsma und Theo Bosman für die schlechteste, weil gefährlichste Lösung. Sie verabredeten ein Vorgehen, das die mutmaßliche Geisel besser schützte.

Der leichte Wellenschlag ließ das Angelboot unruhig auf das Wasser aufschlagen. Durch das Fernglas Details auf der »Geldern« zu erkennen fiel Theo immer schwerer. Die Ladenstein beschleunigte. Theo rief Ruud Brunsma nochmals an.

Den Motor des Angelbootes schonte Rick nun nicht mehr, sondern drehte den Gasgriff bis zum Anschlag auf. Das Plärren des Zweitakters schmerzte in den Ohren. Dennoch verloren sie den Anschluss. »Was ist der Plan?«, brüllte er gegen Motorlärm und Fahrtwind in die Richtung seines Freundes, der sein Handy wieder wegsteckte.

»Welcher Kran denn?«, brüllte der zurück und suchte die Hafenanlagen nach Auffälligkeiten ab.

»Nicht Kran, Plaaan«, schrie Rick.

Theo drehte sich auf dem schmalen Sitzbrett nun zum Steuermann um. »Der Plan? Abwarten. Sie können nicht verschwinden. Wir sehen sie, die Polizei sieht sie, sie sind auf dem Radar. Es ist hell, kein Nebel.«

»Und was, wenn sie Carsten Klein unterdessen abschlachten, so wie seine Mutter?«, warf Rick ein.

»Das werden sie nicht tun. Sie haben erlebt, dass das einmal schiefgegangen ist. Ein zweites Mal riskieren sie das nicht. Die wollen den Stoff. Sonst nichts.«

»Ich zeig euch, wo der Stoff ist«, japste Carsten Klein.

»Sag es mir einfach«, antwortete sein Peiniger.

»Zu kompliziert. Ich brauche eine Karte. Oben auf der Brücke. Ihr könnt alles haben. Aber lasst mir die Yacht.«

Das Schiff legte sich leicht auf die Seite. Carsten Klein wurde schwindelig. Sie fuhren viel zu schnell. Er wusste nicht, ob er sich eine Geschwindigkeitskontrolle wünschen sollte. Vielleicht konnte er handeln und kam mit zwei blauen Augen davon.

»Komm hoch.«

Der Mann packte ihn, führte ihn aus der Kabine heraus, hoch auf das Hauptdeck.

»Wo ist die Karte?«

»Vorn beim Steuerstand, neben dem Niedergang. Aber du musst mir das Klebeband abnehmen.«

»Los, eine Stufe noch.« Der Mann schob ihn vorwärts.

Carsten Klein wusste, dass sie jetzt unmittelbar hinter dem Ruder standen.

»Okay, kneif die Augen zu, vielleicht behältst du ja deine Augenlider. Der Mann griff an Kleins Schläfe, versuchte, den Anfang des Panzertapes zu erwischen, und riss dann mit einem Ruck. Carsten Klein schrie vor Schmerz. Er spürte, dass Blut über seine linke Wange lief.

»Scheiße«, sagte der Mann hinter ihm, ging zur Pantry und kam mit einer Rolle Küchenpapier zurück. »Ich mach dich los. Keine Zicken, sonst bist du tot. Klar?«

Carsten Klein nickte.

Der Mann, der eine Strumpfmaske und einen dunklen Anzug trug, ließ ein Butterflymesser aufschnappen und durchtrennte die Kabelbinder. Dann drückte er ihm die Küchenrolle in die linke Hand, die stärker schmerzte als die aufgerissene Augenbraue. Carsten Klein war sich sicher, dass sie gebrochen war.

Mit rechts drückte er einige Blatt des Küchenpapiers auf sein Auge. Rasch war das Papier durchnässt. »Das blutet wie Sau, ich brauche einen Druckverband«, wandte er sich an den Mann mit der Maske, »in der Pantry ist ein Verbandskasten.«

Der Mann nickte und folgte Carsten Klein hinüber in die große Küche. In der Schublade unter der Arbeitsplatte aus schwarzem Granit befand sich der Verbandskasten, und dahinter lag die Signalpistole. Vor einigen Wochen war er gerade dabei gewesen, die Pistole zu reinigen, als eine Nachbarin mit ihrem kleinen Sohn an Bord gekommen war. Da hatte er die Pistole vorsorglich gut verstaut.

Schnell schob er die Schublade wieder zu und öffnete den Verbandskasten. Als er die Schere entnahm, griff der Mann sich an den Hosenbund. Dort steckte eine Pistole. Carsten Klein zog die Folie von einer Mullbinde herunter, schnitt zwei Streifen Leukoplast ab und legte die Mullbinde auf die Klebestreifen. Dann drehte er sich zur spiegelnden Front der Mikrowelle und presste die Mullbinde samt Klebestreifen auf seine Augenbraue. Jeder Handgriff schmerzte. Seine linke Hand war inzwischen stark angeschwollen. An der Handkante bildete sich ein Erguss. Carsten Klein fasste einen Entschluss.

Er war mit dem Mann allein. Der andere musste oben am Steuer stehen. Von dem, was hier unten geschah, konnte man oben nichts hören. Die Schublade war für den Mann nicht einsehbar. Sie lag hinter der Theke. Er öffnete die Schublade, stöhnte.

»Ich stell das nur eben zurück. Dann zeig ich dir auf der Karte, wo der Stoff liegt. Die Karte liegt im Schapp dahinten bei der Sitzgruppe.« Er deutete zum Heck.

Der Mann drehte sich tatsächlich um. Rasch griff Carsten Klein nach der Pistole. Er wusste, dass sie noch geladen war. Er spannte den Hahn, kam hinter der Theke hervor und machte einige Schritte auf den Mann zu, blieb aber außerhalb seiner Reichweite. Er würde den Mann mit der Maske als Geisel nehmen und beide zwingen, von Bord zu springen.

Der Mann öffnete das Schapp, zog die oberste Karte heraus, drehte sich zu Carsten Klein um und starrte in die Mündung der Signalpistole.

Theo Bosman fühlte den drohenden Hexenschuss. Die Autofahrt, der Stress, das Hocken auf dem harten Sitzbrett, die Schläge, die sich vom hüpfenden Boot auf seine Wirbelsäule übertrugen, und der Fahrtwind, der den Lendenwirbelbereich auskühlte. Eine Melange, die dem welkenden Körper nicht guttat. Das nervte ihn. Sein Handy. Wohl Ruud Brunsma mit neuen Strategien, vermutete er.

Es war seine Mutter. »Junge, wie geht es dir? Wir sitzen hier und kommen um vor Sorgen. Ich habe die ganze Nacht nicht geschlafen. Das lässt eine Mutter nicht ruhen, brauchst du nicht zu glauben. Na ja, jetzt habe ich jedenfalls Migräne. Du machst aber auch Sachen.«

»Mama, ich kann jetzt nicht. Ich melde mich.« Er drückte das Gespräch weg.

Sofort hob Springsteen wieder zum Refrain an. »Ich kann jetzt nicht!«, rief Theo laut.

Es war Ruud Brunsma, der das nächste Manöver besprechen wollte. In diesem Moment sah Theo einen roten Feuerball aus der Tür des Hauptdecks der »Geldern« austreten.

»Eine Leuchtkugel«, brüllte Rick. Sie zischte nur wenige Meter über ihnen hinweg.

Ruud Brunsma erklärte, man werde zugreifen.

Von achtern näherte sich eine neutrale Yacht. Sie überholte das Angelboot backbord. Ein Mann in blauem Poloshirt grüßte, indem er die rechte Hand an die Stirn legte. Hinter der Yacht, jetzt mit Theo Bosman und Rick Boysen auf gleicher Höhe, ein stark motorisiertes Schlauchboot der Wasserpolizei mit sechs Polizisten eines Sondereinsatzkommandos an Bord. Gleichzeitig querte ein Polizeiboot das IJ von steuerbord kommend.

»Das ist ja das reinste Wasserballett«, rief Rick und drosselte den Motor. Ihr Angelboot schaukelte im Wellenschlag der Schiffe.

»Wenn die diese Aktion koordiniert kriegen, lade ich die Jungs auf ein Bier ein«, antwortete Theo.

Das IJ beschrieb eine leichte Linkskurve. Rick schnitt die Kurve, sodass sie die »Geldern« und die Manöver der drei Polizeiboote von schräg hinten beobachten konnten.

Das Schlauchboot hielt sich weiter hinter der neutralen Yacht versteckt. Von rechts steuerte das große Polizeiboot in einem stumpfen Winkel auf die »Geldern« zu. Es sah aus, als seien die Boote auf Kollisionskurs. Der Bug der »Geldern« hob sich nun ein Stück weiter aus dem Wasser, sie beschleunigte. Das große Polizeiboot, von dem sie nur noch das Schraubenwasser sahen, machte mit akustischen Signalen auf sich aufmerksam, das Schlauchboot löste sich aus dem Schutz der neutralen Yacht und hielt mit Höchstgeschwindigkeit von hinten auf die »Geldern« zu.

»Die bringen sie auf«, rief Theo, »bestimmt werden sie versuchen, sie in das Hafenbecken dort vorn abzudrängen.« Er deutete auf eine kleine Einbuchtung vor dem Petroleumhafen, dessen silbrig schimmernde Tanks in Sichtweite kamen.

Rick drehte den Gashahn wieder auf. Der Motor jaulte. Gleichzeitig hörte Theo ein Knattern. Ein Hubschrauber näherte sich. Die niederländische Polizei ging auf Nummer sicher. Entkommen würde an Bord der »Geldern« niemand. Jedenfalls nicht lebend.

Carsten Klein zitterte am ganzen Körper. Als der Mann mit der Maske sich plötzlich umdrehte, hatte er abgedrückt. Instinktiv, im Affekt, aus Versehen. Er wusste es nicht mehr. Noch nie hatte er auf einen Menschen geschossen. Der Knall war ohrenbetäubend gewesen, Rauch breitete sich aus, es roch nach Pulver. Die Leuchtkugel war quer durch das Hauptdeck geschossen. Den Mann mit der Maske hatte sie nur knapp verfehlt. Der ging in Deckung, während Carsten Klein zitternd auf den Boden sank, die Signalpistole noch im Anschlag.

In diesem Moment erreichte das Schlauchboot die »Geldern«. Über die Badeplattform enterten die Polizisten mit vorgehaltenen Pistolen die Yacht. Drei Männer drangen in das Hauptdeck ein, drei Männer tasteten sich vorsichtig zur Flybridge hoch. Was an Bord vorging, konnten Theo Bosman und Rick Boysen nicht sehen.

Von oben waren Schreie zu hören, zwei Schüsse fielen. Gleichzeitig stürmten drei Polizisten in schwarzen Overalls in den Salon, zwei überrumpelten den Mann mit der Maske, brachten ihn zu Fall und drehten ihm die Arme auf den Rücken. Der andere Polizist richtete seine Waffe auf Carsten Klein.

Der ließ die Signalpistole auf den Boden sinken, schob sie von sich weg und hob seine linke Hand. »Vorsicht, gebrochen.«

Der Polizist näherte sich dem am Boden sitzenden Carsten Klein, der nicht verstand, was gerade passierte.

»Was ist los, wo kommt ihr her?«

»Kop dicht!«, kommentierte der Polizist, und Carsten Klein wusste, dass es vorbei war. Er hielt sein Maul.

Die »Geldern« verlor an Fahrt. Das Schlauchboot der Polizei war backbord längsseits gegangen, das große Polizeischiff fuhr auf der Steuerbordseite mit niedriger Geschwindigkeit parallel. Unterdessen hatte auch das Angelboot die »Geldern« fast erreicht.

Theo nahm eine Leine zur Hand, wollte gerade festmachen, als oberhalb der Badeplattform zwei der Polizisten auftauchten und eine gebückte Gestalt abführten. Das schwarz-weiß gestreifte Muscle-Shirt mit Totenkopf erkannte Theo sofort. Er hatte es erst vorgestern noch gesehen.

Kent Stevens, den die Polizisten zur Badeplattform herunterschoben, wechselte mit gefesselten Händen auf das Schlauchboot der Polizei und sah Theo verwundert und traurig an. Nur drei Meter trennten sie, und doch waren es nun Welten.

Einer der Polizisten winkte Theo Bosman an Bord. Ruud Brunsma war gebeten worden, dem deutschen Zivilisten Zugang zu Carsten Klein zu verschaffen. Ungewöhnlich, aber wenn Sanne van Baarle es so wollte, gab es gute Gründe.

Theo kletterte ins Cockpit, das beinahe so groß war wie der Salon seiner »Calypso«. Der Salon der »Geldern« war dagegen ein kleiner Tanzsaal, und der massige Carsten Klein in der Sitzgruppe ein Häufchen Elend. Theo erkannte in ihm sofort den Sohn seiner Mutter. Die gleiche gebeugte Haltung, ihre Augen.

»Guten Tag, Herr Klein, ich bin Theo Bosman aus Ruhrort. Ich bin hier im Auftrag der Duisburger Staatsanwaltschaft.« Er legte sein Smartphone auf den niedrigen Tisch. »Ich zeichne Ihre Aussage auf. Seit wann kennen Sie Kent Stevens?«

»Kenne ich nicht.«

»Der Mann, der vor zwei Minuten abgeführt wurde.«

»Habe ihn heute zum ersten Mal gesehen.«

»Was wollte er von Ihnen?«

Carsten Klein betrachtete seine linke Hand. »Ich brauche einen Arzt. Die ist gebrochen.«

»Sie werden es überleben. Was wollten die Männer von Ihnen?«

»Ein Überfall. Sie kamen im Hafen plötzlich an Bord. Dachten wohl, dass ich Geld habe, wegen der Yacht.«

»Und? Haben Sie Geld?«
»Ich bin Binnenschiffer.« Er lächelte müde.
»Und die Ladenstein hier?«
»Gehört mir nicht.«
»Sondern?«
»Was geht Sie das an?«
»Die Staatsanwaltschaft hat einen europäischen Haftbefehl ausgestellt. Gegen Sie wird gemäß den Paragrafen 29a, 30 sowie 30a Betäubungsmittelgesetz unter anderem wegen bandenmäßiger Einfuhr von Drogen ermittelt. Die Polizei wird Sie festnehmen. Untersuchungshaft, Anklage und dann – ich tippe mal auf fünf Jahre Freiheitsentzug. Ich bin auch hier, um nach entlastenden Indizien Ausschau zu halten.«
Carsten Klein stöhnte. Er hielt sich demonstrativ die linke Hand. »Dürfen Sie mir medizinische Versorgung verweigern?«
»Wir sind auf dem Wasser. Sie kommen in ärztliche Behandlung, sobald wir an Land sind.«
Theo nahm das Handy vom Tisch. »Unterbrechung der Befragung von Carsten Klein. Der Verdächtige hat Schmerzen. Entlastende Hinweise konnte er nicht geben.« Dann wandte er sich wieder an Carsten Klein.
»Der Grund meines Besuches, der sich unerwartet zur Rettungsaktion entwickelt hat, ist eigentlich ein anderer. Wann waren Sie zuletzt in Ruhrort?«
»Da fahre ich immer nur vorbei.«
»Sie und ich wissen, dass das falsch ist. Vielleicht ist es besser, wenn die Duisburger Polizei die Befragung fortsetzt. Mein Anliegen ist auch privater Natur. Ich bin ein Freund Ihrer Mutter.«
»Mutter? Was geht Sie meine Mutter an?«
Theo drehte das Handy so, dass Carsten Klein das Display gut sehen konnte. Dann startete er den ersten Film, in dem zu sehen war, wie einer der Anzugträger eine Tüte über Gustes Kopf zog. Carsten Klein wurde blass, erstarrte in nach vorn gebeugter Haltung.
Theo startete das zweite Video, in dem einer der Anzugträger sagte: »Ein geiler Test, oder? So lebensnah. Carsten Klein, du Drecksack. Wir sind jetzt noch fünfzehn Minuten hier. Mal

sehen, ob deine Mama so lange durchhält. Du bringst die Kohle oder den Stoff. Mir egal.«

Carsten Klein schaute Theo an. »Ist sie …?«

Als Theo Bosman nickte, sackte Carsten Klein zusammen und begann zu weinen. Er weinte wie ein Kind. Wie ein Kind, das gerade seine Mutter verlor.

Theo holte ein Glas Wasser aus der Pantry, drückte zwei Schmerztabletten aus einem Blister, den er in seiner Tasche fand, und reichte Carsten Klein beides.

»Der Mann im schwarz-weiß gestreiften Shirt«, machte Theo einen zweiten Anlauf.

Nach einer Weile fing sich Carsten Klein und gab zu, dass er Kent Stevens kannte. Vor einem halben Jahr hatte der ihm davon erzählt, dass er mit den Rumänen Geschäfte mache, weil er dringend Geld brauche, um seine Frau und die beiden Mädchen abzusichern, falls das mit seinem Magengeschwür schiefging. Er schlug Klein einen Deal vor. Der sollte in Rumänien eine größere Menge Stoff abholen, denn Stevens musste ins Krankenhaus. Von Teilen war die Rede gewesen.

Carsten Klein rang nach Luft, schluckte die Tabletten.

Bei den ersten Malen war alles gut gegangen, und es war genug für alle abgefallen. Aber dann entschied er sich, auf eigene Rechnung zu arbeiten und weder mit Stevens noch mit den Rumänen zu teilen. Er holte den Stoff, lieferte ihn aber nicht ab, sondern wollte ihn selbst verkaufen. Die Yacht war auf Pump gekauft, sie sollte mit dem Gewinn abbezahlt werden, und dann schnell weg. Ganz weit weg.

»Mit diesem Geld …« Er schluchzte. »Ich habe die Nachricht, das Video gar nicht gesehen. Ich wäre doch sofort auf die Kohleninsel gekommen. Wo ist meine Mutter jetzt?«

»Die Leiche Ihrer Mutter befindet sich zurzeit in der Pathologie und ist noch nicht freigegeben. Sie werden bei der Beerdigung dabei sein können.«

»Mama und ich, mit dem Geld wollten wir neu anfangen. Irgendwo, wo uns keiner kennt.« Er wischte sich mit der rechten Hand Tränen aus dem Gesicht und flüsterte: »Ich wäre doch sofort gekommen, Mama. Sofort, die hätten alles haben können.«

»Was hatte Ihre Mutter mit all dem zu tun? Warum läuft das Schiff auf ihren Namen?«

»Sie diente zur Tarnung. Die Rumänen sollten weder mich noch das Geld finden können. Ich habe sie bedrängt, da mitzuspielen, habe ihr ein schlechtes Gewissen gemacht, dass sie mir was schulde, wo sie mich als Kind doch einfach abgegeben hat. Ich wollte Mama beweisen, dass ich es schaffen kann, es zu was bringe. Sie sollte nicht mehr arbeiten, nicht im Kiosk, nirgendwo, sie sollte es endlich schön haben. Mit mir. Und jetzt habe ich sie umgebracht.«

Ruud Brunsma betrat den Salon mit einem Hundeführer, der einen dunklen Riesenschnauzer an der Leine führte. Der hatte den Stoff in der Wandverkleidung des Schlafzimmers gefunden.

Es gab einen kleinen Ruck. Die »Geldern« legte an. Zwei Polizisten kamen in den Salon und führten Carsten Klein hinaus. Die Yacht würde er nie wiedersehen.

Ich packe meinen Koffer

Theo Bosmans Handy piepte. Betty schaute fragend.

»Tablettenalarm. Ich würde mir an deiner Stelle überlegen, ob du mit einem Todkranken Urlaub machen willst.«

»Ist ja nur ein Wochenende«, antwortete Betty. »Notfalls werfe ich dich zur Abwechslung über Bord.«

Sie zog den Schüsselanhänger mit dem kleinen Rettungsring aus der Hosentasche. »Und den hier, den werfe ich dir dann hinterher.«

»Nur ein Wochenende«, wiederholte Theo. »Immerhin. Raluca macht mir die Hölle heiß. Zwei Kunden haben gedroht, abzuspringen, wenn ich mich nicht bald kümmere.«

Betty zog den Reißverschluss ihres Koffers auf. Theo schaute neugierig. »Da ist ja fast nichts drin. Für eine Frau.«

»Brauche ich denn mehr?«, fragte Betty. »Es soll ja heiß bleiben.«

Am nächsten Morgen lagen sie unter einem Sonnenschirm im weißen Sand. Reggae lag in der Luft.

»Südsee«, sagte Theo. »Ich liebe die Südsee.«

Betty hielt ihm Sonnencreme hin und machte einen runden Rücken. »Ja, Xanten hat auch seine schönen Seiten. Solange ich mir die Relikte der Römer nicht schon wieder angucken muss, können wir gern noch ein bisschen bleiben.«

Theo Bosman verrieb gerade Sonnencreme in seinen Händen, als sich ein Schlauchboot näherte. In ihm saßen sein Sohn und seine Schwiegertochter.

»Woher wissen die so genau, wo wir sind?«, wollte er von Betty wissen. Die zuckte aber nur grinsend mit den Achseln.

Die beiden steuerten geradewegs auf sie zu, winkten freundlich und kamen an Land. Lea trug ein rotes Kleid, Bernard ein weißes Hemd und eine hochgekrempelte schwarze Hose. Sie legten ein Handy mit angeschlossenem kleinen Lautsprecher in den Sand. Noch bevor Bosman etwas sagen konnte, erklang Tangomusik. Sein Sohn zog Lea an sich, und zusammen improvisierten sie barfuß ein gekonntes Tänzchen im Sand. Theo und Betty klatschten Beifall, als sie endeten.

»Du glaubst nicht, was Bernard mir vorhin gebeichtet hat«, sagte Lea, und Theos Herz stolperte.

»Diese ominösen Auszeiten in Köln. Weißt du, was dein Sohn gemacht hat?« Sie legte eine Pause ein und schaute fragend. »Dein Sohn hat Tango tanzen gelernt, nur für mich. Seit Jahren habe ich darum gebettelt. Und nun, zu unserem dritten Hochzeitstag, überrascht er mich damit.«

»In vier Wochen findet auf der Mühlenweide direkt am Rhein der erste Ruhrorter Tango-Sommer statt«, kündigte Bernard an und verbeugte sich mit großer Geste. »Ich möchte dem Grauen der letzten Zeit etwas Neues, etwas Positives entgegensetzen. Ruhrort war für mich immer ein Ort der Begegnung, ein Ort, an dem sich Kulturen mischen. Tango Argentino, ein Tanz, der zum Weltkulturerbe zählt. In Buenos Aires tanzen ihn die Menschen auf der Straße. Warum nicht auch bei uns? Bitte tragt etwas Schwarzes und etwas Rotes, wenn ihr kommt, denn ich habe euch bereits auf die Anmeldeliste gesetzt.«

»Auf keinen Fall«, rief Theo.

»Unbedingt!«, fand Betty.

***

Theo Bosman hörte, wie auf dem Hof Autotüren schlugen. Er ging ans Fenster. Ein Pick-up. Neben der offenen Ladefläche ein Mann in gelbem T-Shirt und gegenüber Mellie, die nach einem Bohrhammer griff und damit in der Garage verschwand.

Theo lächelte, atmete tief durch, setzte sich an den Tisch und sagte: »Raluca, die Welt ist schlecht.«

Sie antwortete: »Rumänen, Deutsche, alles … wie sagen Sie immer, Boss? Alles Frettchen!«

»Ich wiederhole es gern. Das Böse ist überall zu Hause.«

»Das Gute auch!« Raluca stellte einen Teller vor seine Nase. Suppe mit einem Klacks saurer Sahne. Über Homberg donnerte es. Die Hitze war vorüber.